U0165155

吴晓东　著

辽 远 的 国 土 ：

中 国 新 诗 的 诗 性 空 间

饕书客　　陕西新华出版　陕西人民出版社

图书在版编目（CIP）数据

辽远的国土：中国新诗的诗性空间／吴晓东著.
—西安：陕西人民出版社，2023.5
ISBN 978-7-224-14849-7

Ⅰ.①辽… Ⅱ.①吴… Ⅲ.①诗歌评论—中国—当代
—文集 Ⅳ.①I207.22-53

中国国家版本馆 CIP 数据核字（2023）第 028176 号

出 品 人：赵小峰
总 策 划：关 宁
出版统筹：韩 琳
策划编辑：王 倩 武晓雨
责任编辑：晏 藜
封面设计：哲 峰

辽远的国土：中国新诗的诗性空间
LIAOYUAN DE GUOTU：ZHONGGUO XINSHI DE SHIXING KONGJIAN

作 者 吴晓东
出版发行 陕西人民出版社
（西安市北大街 147 号 邮编：710003）
印 刷 陕西隆昌印刷有限公司
开 本 920 毫米×1092 毫米 1/32
印 张 11.625 印张
字 数 260 千字
版 次 2023 年 5 月第 1 版
印 次 2023 年 5 月第 1 次印刷
书 号 ISBN 978-7-224-14849-7
定 价 89.80 元

如有印装质量问题，请与本社联系调换。电话：029-87205094

序言：生活在远方

在我写作本书的过程中，经常浮现在脑海里的，是法国象征派诗人兰波的一句诗——"生活在远方"。

我感受到了"远方"是诗人们所真正热爱的范畴，并渐渐地意识到这个远方完全可以是个心理空间、图像空间，也可以是文字传达的意象空间、符号空间。本书试图处理的很多主题词，都是这样的意象与符号，也可以说构成了远方范畴的具体化。

而在某种意义上说，远方或许就是诗性的代名词。

远方不仅仅是存在于遥不可及的远处的一个场所，远方或许也是一种感受力，意味着在世界的某个地方存有那么一个值得你去感受的诗意空间。而无论任何人，内心保有一点远方和诗意，就可能给我们日渐干涸的人生带来一点滋润和慰藉，至少带给我们一种关于世界的诗意的感受力。

往严肃了说，这种感受力既是一种人文素养，也是观察世界的特殊眼光。有了这种感受力，我们就有可能像海德格尔和诺瓦利斯所说的那样，"诗意地栖居"在大地上，而不是像爬行动物那样躺平在大地上。人类的生存不同于其他生物的地方，或许正在于人的存在内含有一种诗性意义。人类观照生活和世界具有一种诗性方式，就像传统的浪漫主义所表述的那样，人有一颗根深蒂固的"浪漫心"，这并不是一个过时的表达。我欣赏心理学家容格的一句话："人类存在的唯一目的，就是要在纯粹自在的黑暗中，点起一盏灯来。"这盏灯就是诗性之灯，它使人类原本并无目的和意义的生存有了意义和目的，从而对虚无的人类构成了真正的慰藉，正像暗夜行路的孤独旅人从远方的一点灯火中感受到温暖和抚慰一样。而这盏诗性之灯会照亮我们一辈子的生命旅途。

与诗人对远方范畴的热爱相似的，还有流行歌手们对远方的歌吟。远方也是崔健、许巍、朴树、李健等歌手喜欢的范畴。前些年流行一首高晓松词曲、许巍原唱的歌《生活不只是眼前的苟且》："我妈说生活不只是眼前的苟且，还有诗和远方。"这句歌词直接把诗与远方并置，远方也成为关于诗的某种隐喻。

但另一方面，诗和远方或许也应当是一种反思性的范畴，换句话说，当我们对诗和远方顶礼膜拜时，是不是也会丧失对当下、对身边、对日常、对尘世生活的某种热爱的能力？有个"子非鱼"女士曾经在她的公号"开屏映画"中发表了一篇文章，名为《高晓松，您的腰疼不疼》，喷的正是高晓松的这首《生活不只是眼前的苟且》。她说的是，高老师敢情您已经盆满钵满了，现在说还有诗和远方的田野，是不是有点站着说话不腰疼啊？有人随后就发表文章认为高晓松得了一种"病"——"诗和远方病"，更可怕的地方就在于这个心理机制假设所有人都应该去追求"诗和远方"，而耽溺于"眼前的苟且"的人都应当遭到唾弃。我读了这番言论后也悚然一惊，开始思索如何在诗与远方这类范畴中也赋予新的反思维度。

所谓生活在远方，这个远方其实永远是以一种可能性存在的，远方不可能变成现实性。因为你如果到达了远方，远方就不成其为远方，还有更远方的远方在远方存在。海子在他生前最后一首诗《黑夜的献诗》中就表达了远方的相对性："你从远方来，我到远方去。"海子的好友、诗人西川也有一句诗，我认为可以提供对海子这句诗最好的解释："对于远方的人们，我们是远方。"

这意味着，所谓的远方是相对的，我们身边的生活一样具有远方的属性。我们完全可以把日常生活诗意化、远方化、陌生化、审美化。

远方可能就在我们身边，端看你如何转换一种观看的眼光。

目　录

上篇　寻梦与乌托邦

寻梦：辽远的国土的怀念者

辽远的国土的怀念者，我，我是寂寞的生物。

——戴望舒《我的素描》

在中国现代诗歌众多的群落和流派中，我长久阅读的，是20世纪30年代以戴望舒、卞之琳、何其芳为代表的现代派诗人。尽管这一批诗人经常被视为最脱离现实的，最感伤颓废的，最远离大众的，但在我看来，他们的诗艺也是最成熟精湛的。现代派的时代可以说是中国文学史上并不常有的专注于诗艺探索的时代，诗人们的创作中颇有一些值得反复涵泳的佳作，其中的典型意象、思绪、心态已经具有艺术母题的特质。这使戴望舒们的诗歌以其艺术形式内化了心灵体验和文化内涵，从而把诗人所体验到的社会历史内容以及所构想的乌托邦远景通过审美的视角和形式的中介投射到诗歌语境中，使现代派诗人的历史主体性获得了文本审美性的支撑。

这批年青诗人群体堪称一代边缘人。在 20 世纪 30 年代阶级对垒、阵营分化的社会背景下，诗人们大都选择了游离于党派之外的边缘化的政治姿态；同时，他们有相当一部分来自乡土，在都市中感受着传统和现代文明的双重挤压，又成为乡土和都市夹缝中的边缘人。他们深受法国象征派诗人的影响，濡染了波德莱尔式的对现代都市的疏离陌生感以及魏尔伦式的世纪末颓废情绪，五四的退潮和大革命的失败更是摧毁了他们纯真的信念，于是诗作中普遍流露出一种超越现实的意向，充斥于文本的，是对"辽远"的憧憬与怀想：

> 我觉得我是在单恋着，
> 但是我不知道是恋着谁：
> 是一个在迷茫的烟水中的国土吗，
> 是一支在静默中零落的花吗，
> 是一位我记不起的陌路丽人吗？
>
> ——戴望舒《单恋者》

无论是"烟水中的国土""静默中零落的花"，还是"记不起的陌路丽人"，都给人以一种辽远而不可即之感，成为"单恋者"心目中美好事物的具象性表达。而"辽远"更是成为现代派诗中复现率极高的意象："我想呼唤/我想呼唤遥远的国土"（辛笛《RHAP-SODY》）；"迢遥的牧女的羊铃，/摇落了轻的木叶"（戴望舒《秋天的梦》）；"想一些辽远的日子，/辽远的，/砂上的足音"（李广田《流星》）；"说是寂寞的秋的悒郁，/说是辽远的海的怀念"（戴望舒《烦忧》）；"我倒是喜欢想象着一些辽远的东西，一些并不存在的人物，和一些在人类的地图上找不出名字的国土"（何其芳《画梦录》）……在这些诗句中，引人注目的正是"辽远"的意象，其"辽远"本身就意味着一种乌托邦情境所不可缺少的时空距离，这种辽远的距离甚至比辽远的对象更能激发诗人们神往与怀想的激情，因为"辽远"意味着匮缺，意味着无法企及，而对于青春期的现代派诗人们来说，越是可望而不可即的东西就越能吸引他们长久的眷恋和执迷。正如何其芳在散文《炉边夜话》中所说："辽远使我更加渴切了。"这些"辽远"的事物正像巴赫金所概括的"远景的形象"，共同塑造了现代派诗人的乌托邦视景，只能诉之于诗人的怀念和向往。当现实生活难以构成灵魂的依托，"生活在远方"的追求便使诗人们把目光投向更远的地方，投向只能借助于想象力才能达到的"辽远的国土"。

> 辽远的国土的怀念者，我，我是寂寞的生物。
> ——戴望舒《我的素描》

"辽远的国土的怀念者"构成了一代年青诗人的自画像，由此也便具有形塑一代人群体心灵的母题意味，继而升华为一个象征性的意象。人们经常可以从一些并不缺少想象力的诗人笔下捕捉到令人倾心的华彩诗句或段落，但通常由于缺乏一个有力的象征物的支撑而沦为细枝末节，无法建立起一个具有整体性的诗学王国。而"辽远的国土"或许正是这样一个象征物，它使诗人们笔下庞杂的远景形象获得了一个总体指向而有了归属感。作为一个象征物，"辽远的国土"使诗人们编织的想象文本很轻易地转化为象征文本，进而超越了每个个体诗人的"私立意象"，而成为一个"公设"的群体性意象，象征着现代派诗人灵魂的归宿地，一个虚拟的乌托邦，一个与现实构成参照的乐园，一个梦中的理想世界。也正是在这个意义上，作为现代派领袖人物的戴望舒把自己所隶属的诗人群体命名为"寻梦者"。

一代"寻梦者"对"辽远"的执着的眷恋也决定了现代派诗歌在总体诗学风格上的"缅想"特征。"缅想"成为一种姿态，并从文字表层超升出来，笼罩了整个诗歌语境，规定着文本的总体氛围。在诗人笔下，这种"缅想"的姿态甚至比"远方"本身所指涉的内涵还要丰富。英国诗人威廉·布莱克把艺术视为"与天堂交谈的一种手段"，"寻梦者"们对"辽远"的缅想也无异于与理想王国的晤谈。但这并不是说诗人们借此就能实现对不圆满的现世的超逸，事实上，诗人们对远方的缅想背后往往映衬着一个现实的背景，恰恰是这个现实的存在构成了诗歌意绪的真正底色。这使得诗人们的心灵常常要出入于现实与想象的双重情境之间，在两者的彼此参照之中获得诗歌的内在张力。譬如李广田的这首《灯下》：

> 望青山而垂泪，
> 可惜已是岁晚了，
> 大漠中有倦行的骆驼
> 哀咽，空想像潭影而昂首。
> 乃自慰于一壁灯光之温柔，
> 要求卜于一册古老的卷帙，

想有人在远海的岛上

伫立，正仰叹一天星斗。

　　这首诗正交织了现实与想象两种情境。岁晚的灯下向一册古老的卷帙求卜构成了现实中的情境，同时诗人又展开对大漠中倦行的骆驼以及远海岛上伫立之人的冥想。诗人"望青山而垂泪"，进而试图寻求自我慰藉，对古老卷帙的求卜以及对远岛的遥想都是找寻安慰的途径。但诗人是否获得了这种"自慰"呢？大漠中空想潭影的饥渴的骆驼以及远方伫立者的慨叹只能加深诗人在现实处境中的失落，构成的是诗人遥远的镜像。因此，仅从诗人的落寞的现实体验出发，或者只看到诗人对远方物象的怀想，都可能无法准确捕捉这首诗的总体意绪。文本的意蕴其实正生成于现实与远景两个世界的彼此参照之中。

　　这种现实与想象世界的彼此渗透和互为参照不仅会制约诗歌意蕴的生成，甚至也可能决定诗人联想的具体脉络以及诗歌的结构形式。试读林庚的《细雨》：

风是雨中的消息

夹在风中的细雨拍在窗板上吗

夜深的窗前有着陌生的声音

但今夜有着熟悉的梦寐

而梦是迢遥或许是冷清的

或许是独立在大海边呢

但风声是徘徊在夜雨的窗前的

　　说着林中木莓的故事

　　忆恋遂成一条小河了

　　流过每个多草的地方

　　是谁知道这许多地方呢

　　且有着昔日的心欲留恋的

　　林中多了泽沼的湿地

　　有着败叶的香与苔类的香

　　但细雨是只流下家家的屋檐

　　渐绿了阶下的蔓生草

　　这是现代派诗中难得的美妙之作，我们从中可以考察一种内在的乌托邦视景如何可能制约着诗歌中物景呈现的距离感。诗中交替呈现"远景的形象"与切近的物像。关于窗前风声雨声的近距离的观照总是与对远方的联想互为间隔，远与近的搭配与组接构成了诗歌的具体形式。诗人由窗前的"陌生的声音"联想到梦的迢遥以至"大海边"，但迅速又把联想拉回到"夜雨的窗前"，从风声述说的"林中木莓的故事"，联想到"忆恋"的小河流过许多无人知道的地方，再联想到"昔日的心"的留恋，但马上又转移到对"流下家家的屋檐"的细雨的近距离描述，整个结构仿佛是电影中现实与回忆、彩色与黑白两组镜头的切换，给读者一种奇异的视觉感受。诗人的思绪时时被雨中的风声牵引到远方的忆恋的世界，又不时被拍打在窗板上的雨声重新唤回到现实中来。远与近的切换其实体现的是诗人联想的更迭，这正是联想与忆恋的心理逻辑，《细雨》的结构形式其实是联想与追忆的诗学形态在具体诗歌文本中的体现和落实。《细雨》由此自出机杼地获得了对乌托邦视景的另一种呈现方式。遥远与切近的两组意象之间形成了一种内在的张力和秩序，构成了想象和现实彼此交叠映照的两个视界，从而使乌托邦远景真正化为现实生存的内在背景。

卡夫卡曾经有句名言：生活是由最近的以及最远的两种形态的事物构成的。这两个世界不是截然二分的，它们互为交织与渗透，共同塑造着具体的生活型范。对林庚所属的现代派诗人来说，切近的现实与辽远的世界之间的彼此参照塑造了他们这些边缘人的总体心态。"辽远的国土"是难以企及的，"梦寐"也因为迢遥而显得冷清，"独立在大海边"凸显的更是茕茕孑立的形影。而身边行进中的生活又是难以融入的，他们以超逸的缅想姿态徘徊于现实与理想的边缘地带，文本的意象网络中往往拖着这两个世界叠印在一起的影子。由此似乎可以说，现代派诗中"远景的形象"尚缺乏一种自足性，诗人们越是沉迷于对远方的怀想，就越能透露他们在现实中所体验到的缺失感。"辽远的国土"的母题最终昭示的，正是诗人们普遍的失落情绪。因为对"辽远的国土"的怀念，毕竟是一种对乌托邦的怀念。一代诗人不可避免地要经受乐园梦的破灭，这就是"辽远的国土"之追寻的潜在危机。步入诗坛伊始的何其芳曾"温柔而多感"地迷恋英国 19 世纪女诗人克里斯蒂娜·乔治娜·罗塞谛的诗句："呵，梦是多么甜蜜，太甜蜜，太带有苦味的甜蜜，/它的醒来应该是在乐园里……"然而从梦中苏醒的诗人发觉自己并没有在乐园中，而依旧身处"沙漠似的干涸"的衰颓的北方旧都。"当我从一次出游回到这北方大城，天空在我的眼里变了颜色，它再不能引起我想像一些辽远的温柔的东西。我垂下了翅膀。"(何其芳《梦中道路》)浪漫的乐园梦幻并没有长久持续，而是迅速"从蓬勃，快乐又带着一点忧郁的歌唱变成彷徨在'荒地'里的'绝望的姿势，绝望的叫喊'"，诗人"企图遁入纯粹的幻想国土里而终于在那里找到了一片空虚，一片沉默"(《刻意集》序)。何其芳的这种心灵历程在追寻"辽远的国土"的一代诗人中颇具代表性。与其遥相呼应的是南国的戴望舒，他的《乐园鸟》更典型地体现了失乐园的心态：

> 是从乐园里来的呢？
> 还是到乐园里去的？
> 华羽的乐园鸟，
> 在茫茫的青空中
> 也觉得你的路途寂寞吗？
>
> 假使你是从乐园里来的
> 可以对我们说吗，
> 华羽的乐园鸟，
> 自从亚当、夏娃被逐后，
> 那天上的花园已荒芜到怎样了？

自从亚当、夏娃被逐出乐园后，对乐园的向往与追求就成了人类永恒的热望。这首《乐园鸟》创意的新奇处，就在于拟想了一个往返于伊甸乐园的使者——乐园鸟的形象，借此表达对失去的乐园的眷恋。"乐园鸟"正是这种追求的热望的一个象征，从而寄托了诗人对乌托邦的渴念和求索。这是现代派诗歌中最好的收获之一。"华羽的乐园鸟"也构成了一代诗人的自我写照，而对天上花园的荒芜的追问则象征了诗人们乐园梦的破灭，"荒芜"中也拖着 T. S. 爱略特的长诗《荒原》的影子。

乐园梦的失落根源于乐园本身的虚拟性和幻象性。尽管"辽远的国土"构成了诗人们的心理寄托和精神归宿，具有"准信仰"的意味，但一种真正的信仰不仅需要背后的目的论和价值论的支撑，同时还必须在信徒的日常行为中获得具体化的落实，否则便如沙上之塔，终将倾覆。对"辽远的国土"的憧憬很难在现实中找到具体对应，现实是诗人们企图游离甚至逃逸的世界，这使他们无法把远方的视景引入日常生活秩序中，无法像基督徒那样在日常的祷告、礼拜以及圣餐仪式中具体地感知天堂的存在。在诗人们笔下，天上的花园只是一个无定型的幻影，一个镜花水月，无法直面严峻的现实，一块细小的石子都会轻易地击破这个纯美却脆弱的世界。

乌托邦主义和虚无主义是一把利剑的双刃。在"辽远的国土"失落的过程中，一代诗人所强化的，正是潜伏在心底的虚无主义情绪。杜衡曾这样剖析戴望舒《乐园鸟》时期"虚无的色彩"的时代根源："本来，像我们这年岁的稍稍敏感的人，差不多谁都感到时代底重压在自己底肩仔上，因而呐喊，或是因而幻灭，分析到最后，也无非是同一个根源，我们谁都是一样的，我们底心里谁都有一些虚无主义的种子；而望舒，他底独特的环境和遭遇，却正给予了这种子以极适当的栽培。"这颗"虚无主义的种子"终不免在 20 世纪 30 年代的社会历史情境中破土。孙作云在 1935 年创作的《论"现代派"诗》一文中这样描述现代派的群体特征："横亘在每一个作家的诗里的是深痛的失望，和绝望的悲叹。他们怀疑了传统的意识形态，但新的意识并未建树起来。他们便进而怀疑了人生，否定了自我，而深叹于旧世界及人类之溃灭。这是一个无底的深洞，忧郁地，悲惨地，在每一个作家的诗里呈露着。"由此我们不难理解何其芳的"郁结与颓丧"，也不难理解卞之琳的"喜悦里还包含惆怅、无可奈何的命定感"，更不难理解李广田的"我有深绿色的悲哀，是那么广漠而又那么沉郁"。现代派诗人们在拟构了"辽远的国土"的同时，也埋下了失乐园的因子，这就是乐园梦的双重属性。

诗人们并非没有对乐园梦的这种脆弱属性的体认与觉察。在感受着"辽远的国土"的虚无缥缈的同时，他们也在动荡的现实中寻求"乐园"的替代物，这就是现代派诗中的另一个原型意象——"异乡"。

相较于并不真实存在的"辽远的国土"，"异乡"提供的是现实生活中所能企及的异己的生存际遇。诗人们的异乡行迹中印证着海明威的名言："一个人是需要移植自身的。"这种"移植自身"的过程，是个体生命不断获得再生的过程，而"异乡"的体验，则时时为他们的生命灌注新鲜的滋养。譬如徐迟的这首诗："在异乡，／在时代中，灌溉我的心的田园的，／是热闹的，高速度的，自由的肥料。／我的心原是一片田园，／但在异乡中，才适合了我自己。"（《故乡》）李广田和林庚都曾写过同题诗作《异乡》，传达了异乡客所普泛具有的共通体验，反映了诗人一种纸面上的漂泊感。这些羁旅异乡的游子，或者像徐迟，故乡虽有"木舟在碧云碧水里栖止的林子"的绮丽风景，但却"曾使我的恋爱失落在旧道德的规律里"，"又到处是流长飞短的我的恋情的叱责"；或者像何其芳，山之国的故居"屋前屋后都是山，装饰得童年的天地非常狭小"，心灵的翅膀"永远飞不过那些岭嶂"；又或者像戴望舒，魂牵梦绕于"一个在迷茫的烟水中的国土"，而一任"家园寂寞的花自开自落"。或许可以说，"异乡"是由"辽远的国土"所衍生的一个次母题，是诗人们漂泊生涯的具体化，是诗人们在现实生活中所能达到的一个"远方"，也是"辽远的国土"在现实中一个并不圆满的替代物。

"在异乡"既是一种人生境遇，一种心理体验，同时也是诗歌文本中一种具体的观照角度。林庚的《异乡》体现出的即是这样一种特殊的视角：

异乡的情调像静夜
吹拂过窗前夜来的风
异乡的女子我遇见了
在清晨的长篱笆旁
黄昏的小船在水面流去
赶过两岸路上的人了
前面是樱桃再前面是柳树
再前面又是路上的人
在树下彳亍的走着
异乡的情调像静夜
落散在窗前夜来的雨点

> 南方的芭蕉我遇见了
> 在清晨的长篱笆那边
> 黄昏的小船在水面流去
> 赶过两旁路上的人了
> 前面是樱桃再前面是柳树
> 再前面又是路上的人
> 在树下彳亍的走着
> 异乡的情调像静夜
> 吹落在窗前夜来的风雨

　　这首诗描绘的当是诗人一次江南之行的所见，它的奇特处在于变化中的重复与重复中的变化，从而在整体上给人一种既回环往复又变幻常新之感。这种复沓与回环传达了一种"行行复行行"的效果。从视点上说，这是由作为异乡客的诗人的观照角度决定的。诗人仿佛坐在一只小船上顺水漂流，一路上遇见了长篱笆旁的异乡女子和芭蕉，赶过了两岸彳亍行走的路人，又超过了岸边的樱桃和柳树，如此的景象一再地重复下去，从清晨直至黄昏。诗作在形式上的复沓与诗人旅行中固有的视点的移动是吻合的，但这种复沓却并不让人感到腻烦，重复中使人获得的是新奇的体验。这种体验正来自诗人作为异乡人的旅行视角。但最终决定着这种变幻感和新奇感的却并不是移动着的视角，而是视角背后观照者陌生的异乡之旅本身，以及诗人身处异乡的漂泊经历在读者心头唤起的一种普遍的羁旅体验。因而，在诗的最后，诗人眼中的一切异乡景象都随着小船的漂流而消失在身后，"在异乡"的

"情调"本身逐渐扩展开来并弥漫了整首诗的语境。

林庚的《异乡》还表现了旅行者一种审美化的静观心态。这种审美心态对于体味着"人在旅途"的孤独感，承受着"生之行役"（李广田《生风尼》）的负荷感的现代派诗人来说是难得一见的。而当诗人们长久处于羁旅异乡的现实处境之中的时候，这种羁旅生涯却派生出了另一种恒常的情绪，这就是郁结在游子心头的乡愁。鲁迅曾把20年代乡土小说家群称为"侨寓文学的作者"。从"在异乡"的角度看，30年代的现代派诗人也堪称一批"侨寓诗人"，一批瞿秋白在《鲁迅杂感选集》序言中所概括的"薄海民"（Bohemian，即波希米亚人）。在远离家乡的异乡生涯中，故园之恋常常在他们心头潜滋暗长，这使现代派诗歌总是笼罩着一种时代性的怀乡病情绪。

乡愁是记忆的一种特殊的形式，一种无定型的弥漫的形式，它构成了异乡客心头惯常的底色。年青的诗人们无须刻意地提醒自己思乡，屡见不鲜的情形是，一件小小的物什，一片与内心相契的风景，一段当年听习惯了的音乐，甚至一缕谙熟的气味，都会蓦然唤起故乡之忆。值得从诗学意义上关注的，正是乡愁的表现形式。如同一切普泛意义上的记忆形式的具体性，乡愁在羁旅诗人笔下也有具体性的特征。如李广田的这首《乡愁》：

> 在这座占城的静夜里，
> 听到了在故乡听过的明笛，
> 虽说是千山万水的相隔罢，
> 却也有同样忧伤的歌吹。

> 偶然间忆到了心头的，
> 却并非久别的父和母，
> 只是故园旁边的小池塘，
> 萧风中，池塘两岸的芦与荻。

　　诗人在静夜中捕捉到的是类似故乡明笛的吹奏，"同样忧伤的歌吹"构成了唤醒诗人乡愁的具体契机。而更值得留意的，是这首诗的下半段：偶然间浮上诗人心头的，只是故园的池塘、萧风、芦荻。记忆中复现的这些故园图景似乎有一种偶发性与随意性，诗人自己也没有料到忆到心头的只是那座小池塘。但这恰恰是乡愁的法则，小池塘的出现，并非诗人刻意选择的结果，并不意味着萧风中涌浪般的芦荻给诗人留下了更刻骨铭心的记忆，也不意味着远行人对小池塘的眷恋超过了故园的亲人或其他的风土人物。不妨设想诗人以故乡的任何其他事物来置换小池塘的意象，诗意效果仍是相同的。这里更重要的是，诗人偶然间的所忆恰恰暗示了故园记忆的弥漫性，暗示了乡愁无所不在的普覆性。理解了这一点再回头品味整首诗，乡愁的氛围愈加弥漫起来，把故乡的明笛、家园旁的池塘、岸边的芦与荻都笼罩在其中。这说明具体回忆起什么并不是诗人关注的重心，诗人所关注的是具体化的记忆所传达的无所不在的乡愁本身。由此，状写故园之恋诗篇中的一切具象之物，都最终指向乡愁的总体性与弥漫性。

　　弥漫性的乡愁在表现故乡忆恋的同时，更提示着诗人们在异乡的当下心境。乡愁构成了异乡生活的情绪底色，标志着游子在体验异乡的新鲜感的同时，也体验着与异乡无法彻底融洽的疏离感。诗人们时刻准备着从遥远的异乡启程奔赴更遥远的异乡。旅居北方的何其芳，便常常萌生"一种奇异的悒郁的渴望，那每当我在一个环境里住得稍稍熟习后便欲有新的迁徙的渴望"。诗人如此追问："是什么在驱策着我？是什么使我在稍稍安定的生活里便感到十分悒郁？"或许可以说，驱策着诗人的，正是渴望从异乡到异乡不断迁徙漂泊的生命形态本身。更多的诗人在对异乡的追逐之中迷恋的只是漂泊的人生历程，正如 30 年代的小说家艾芜说的那样："我自己，由四川到缅甸，就全用赤脚，走那些难行的云南的山道……但如今一提到漂泊，却仍旧心神向往，觉得那是人生最销魂的事呵。"（《想到漂泊》）从而对生命的移植过程的眷恋逐渐衍化为一种目的。现代派诗人的群体形象由此也堪称一代漂泊者，他们大都是诗人辛笛所谓"永远居无定所的人"。他们视野的远方"有时时变更颜色的群山"，进入耳鼓的人语，常常是"充满异地声调的"（辛笛《寄意》），他们目睹过高原上的孤城落日，也领略过燕市人的慷慨悲歌（禾金《一意象》）。在"栈石星饭的岁月，骤山骤水的行程"（戴望舒《旅思》）之中，一代漂泊的异乡客更深切地体验到了青春内在的激情以及生命本能的冲动，正像何其芳在《树荫下的默想》一文中所写的那样："我将完全独自地带着热情和勇敢到那陌生地方去，像一个被放逐的人。……仍然不关心我的归宿将在何处，仍然不依恋我的乡土。未必有什么新大陆在遥遥地期待我，但我却甘愿冒着风涛，带着渴望，独自在无涯的海上航行。"这种独自奔赴陌生地方，"像一个被放逐的人"的体验无疑具有典型性。戴望舒即自称是一个"寂寞的夜行人"，林庚也如穆木天评价的那样，有一种"流浪人化"的特征。
"他们在异乡所发现的新生命恰好是一面真实的明镜，把他们的
本来面目照得清清楚楚"，所谓的本来面目是身后的故园永无归
期的自我放逐，是时时处在人生的道程之中的无栖止感，是生命
个体独自面对陌生世界的苍凉体验。何其芳"独自在无涯的海上
航行"的渴望昭示了一代异乡人孤立无援的心理处境，它强化了
诗人们的孤独感受，但更强化了诗人们对自我的确证，激发了孤
独体验中的自我崇高感，这就是现代派诗人"在异乡"的母题中更
富心灵史价值的蕴含。

　　无论是"辽远的国土"，还是"在异乡"，都构成了现代派诗歌
的原型母题，有助于考察诗人的主体性以及审美心理是如何在诗
歌形式层面具体生成和凝聚的，也有助于考察意识形态以及社会
历史在诗歌文本语境中的内在折射，进而在积淀了审美和心理的
双重体验的艺术母题中寻找一种心灵与艺术的对应模式。在任何
具有成熟诗艺的文本类型中，相对恒定的符号秩序都意味着同样
恒定的心理内容在形式上的生成。我们试图把握的，是现代派诗
人的心灵状态以及对世界的认知究竟如何借助于意象的中介转化
为对世界进行观察的艺术方式，以及如何具体转化为构筑诗歌艺
术母题的原则。正如巴赫金所说，当这些原则"作为具体地构筑
文学作品的原则，而不是作为抽象的世界观中的宗教伦理原则，
对文艺学家才有重要意义"。

镜像：临水的纳蕤思

> 我们选择的纳蕤思主题，是某种需加解释和说明的诗的自传。
>
> ——瓦雷里

法国蒙彼利埃（Montpellier）的一个植物园中，有一座柏树环绕的坟墓，墓碑上镌刻着这样的铭词："以安水仙之幽灵。"墓中埋葬的是 18 世纪英国诗人容格的女儿那耳喀莎（Narcissa）。这个名字很容易使人联想到希腊神话中的水仙之神纳蕤思（Narcissus）①，铭词中的"水仙"字样也正由此而来。

1890 年 12 月，有两位法国青年长久伫立在这座坟墓前，被铭词激起了无穷的遐想②。第二年，这两位青年分别发表了诗歌

---

① Narcissus 有多种汉译，如纳喀索斯、那耳喀索斯、纳西塞斯、纳西斯等。本文采用卞之琳在 20 世纪 30 年代的译法。

② 参见克洛德·马丹（Claude Martin）：《纪德》，第 82 页，北京：三联书店，1992。

《水仙辞》以及诗化散文《纳蕤思解说——象征论》，瓦雷里(Paul Valéry，1871—1945)和纪德(André Gide，1869—1951)的名字也从此逐渐蜚声法国以及世界文坛。而《水仙辞》以及《纳蕤思解说——象征论》，则使希腊神话中这一水仙之神在象征主义语境中被瓦雷里描述为一种"需加解释和说明的诗的自传"①，成为象征主义诗学的重要资源。随着纪德声名日隆，他的"解说"逐渐演变为代表纪德早期艺术观的"纳蕤思主义"，而瓦雷里在1922年问世的《水仙的断片》中也再度思考纳蕤思主题，水仙之神最终成为"诗人对其自我之沉思"的象征。

当两位文学大师流连于纳蕤思想象的时候，他们恐怕很难料到这一经由他们再度阐释的神话原型，会在几十年后构成了遥远的东方国度中一代青年诗人自我形象的忠实写照。

纳蕤思的神话

《水仙辞》在问世近40年后由梁宗岱译介到中国文坛②。20世纪20年代末，梁宗岱在为《水仙辞》所做注释中这样叙述纳蕤思的神话本事：

> 水仙，原名纳耳斯梭，希腊神话中之绝世美少年也。山

① 转引自马立安·高利克(Marián Gálik)：《中西文学关系的里程碑》，第204页，北京大学出版社，1990。
② 梁宗岱译《水仙辞》最初发表于《小说月报》1929年1月10日第20卷第1期，后又在《小说月报》1931年1月10日第22卷第1期再度发表。

林女神皆钟爱之，不为动。回声恋之犹笃，诱之不遂而死。诞生时，神人尝预告其父母曰："毋使自鉴，违则不寿也。"因尽藏家中镜，使弗能自照。一日，游猎归，途憩清泉畔。泉水莹静。两岸花叶，无不澄然映现泉心，色泽分明。水仙俯身欲饮。忽睹水中丽影，绰约婵娟，凝视不忍去。已而暮色苍茫，昏黄中，两颊红花，与幻影同时寝灭，心灵俱枯，遂郁郁而逝。及众女神到水边苦寻其尸，则仅见大黄白花一朵，清瓣纷披，掩映泉心。后人因名其花曰水仙云。①

梁宗岱用华丽的文笔描述了纳蕤思临水自鉴，心灵俱枯，郁郁而死的形象。这一形象本身具有的幻美色彩是近世欧洲诗人经常掇拾起纳蕤思母题的重要原因②。瓦雷里就一直没有摆脱纳蕤思的原型对他的诱惑。如果说 1891 年的《水仙辞》塑造的是一个唯美的水仙形象，具有"惨淡的诗情，凄美的诗句，哀怨而柔曼如阿卡狄底《秋郊》中一缕孤零的箫声般的诗韵"③，那么 1922 年的《水仙的断片》则超越了少年时的唯美色彩和凄怨的诗情而臻于一

---

① 这是梁宗岱 1927 年初夏所做的注释，参见梁宗岱：《译者附识》，载瓦雷里《水仙辞》，梁宗岱译，上海：中华书局，1931。
② 冯至在 1935 年写作的散文《两句诗》中即曾指出"近代欧洲的诗人里，有好几个人不约而同地歌咏古希腊的 Narcissus，一个青年在水边是怎样顾盼水里的他自己的反影"（冯至：《山水》，第 19 页，石家庄：河北教育出版社，1994）。马立安·高利克也称瓦雷里的《水仙辞》"描述的自恋主题取材于奥维德《变形记》中关于那耳喀索斯和神女厄科的一段"（《中西文学关系的里程碑》，第 203 页，北京大学出版社，1990）。"这则故事从欧维德（Ovide）以后就屡被演述"（Sabine Melchior-Bonnet：《镜子》，第 142 页，台北：蓝鲸出版有限公司，2002），从而使纳蕤思这一神话人物构成了近现代西方文化史上一个重要的心理原型形象。
③ 梁宗岱：《诗与真·诗与真二集》，第 13 页，北京：外国文学出版社，1984。

个更沉潜的冥思境界，从而成为"寓诗人对其自我之沉思，及其意想中之创造之吟咏"①。诗中的纳蕤思作为一个倾听者，在高擎的霁月的照彻下沉潜于"难测的幽隐"，体悟到的是一种"真寂的境界"。梁宗岱在 1927 年致瓦雷里的一封信中这样阐释瓦雷里的新境界："在这恍惚非意识，近于空虚的境界，在这'圣灵的隐潜'里，我们消失而且和万化冥合了。我们在宇宙里，宇宙也在我们里：宇宙和我们的自我只合成一体。这样，当水仙凝望他水中的秀颜，正形神两忘时，黑夜倏临，影像隐灭了，天上的明星却一一燃起来，投影波心，照彻那黯淡无光的清泉。炫耀或迷惑于这光明的宇宙之骤现，他想象这千万的荧荧群生只是他的自我化身……"②从这个意义上说，纳蕤思形象中的自恋因素弱化了，"新世纪一个理智的水仙"③诞生了。这是一个沉思型的纳蕤思，凝神静观，与万物冥合，而这个沉潜的纳蕤思正是瓦雷里为自己拟设的形象，借此，瓦雷里涤除了象征主义所固有的世纪末颓废主义情绪，把诗歌引向了一个更纯粹的沉思的境界。恰如梁宗岱评价的那样："他底生命是极端内倾的，他底活动是隐潜的。他一往凝神默想，像古代先知一样，置身灵魂底深渊作无底的探求。"④正是这种内倾的生命与隐潜的冥想使瓦雷里再造了纳蕤思的形象。瓦雷里执迷水仙之神的过程，正是其自身诗艺历程的一个形象的表征。

---

① 梁宗岱：《梁宗岱译诗集》，第 73 页，长沙：湖南人民出版社，1983。
② 梁宗岱：《梁宗岱译诗集》，第 73 页，长沙：湖南人民出版社，1983。
③ 梁宗岱：《梁宗岱译诗集》，第 72 页，长沙：湖南人民出版社，1983。
④ 梁宗岱：《保罗·梵乐希先生》，《诗与真·诗与真二集》，第 7 页，北京：外国文学出版社，1984。

　　中国诗坛对瓦雷里的最初的了解，要归功于梁宗岱的译介①。瓦雷里从此深刻影响了中国诗坛崛起于 30 年代的现代派诗人群②，由瓦雷里重新塑造的纳蕤思的形象也构成了对现代派诗人年青心灵的持久诱惑。

　　而执着于向中国读者介绍纪德者首推卞之琳。从 20 世纪 30 年代初直至 40 年代，他先后翻译了纪德的《浪子回家集》《赝币制造者》《赝币制造者写作日记》《窄门》《新的粮食》等作品。其中，作为《浪子回家集》首篇的《纳蕤思解说——象征论》曾经在 1936 年的《文季月刊》上全文刊载。纪德笔下这一水仙之神的形象也终于登上了中国文坛。

　　在《纳蕤思解说——象征论》中，纪德重新建构了纳蕤思的神

① 20 世纪 20 年代末，梁宗岱在翻译《水仙辞》和《水仙的断片》的同时，还写了一篇极富才情的《保罗·梵乐希先生》，连同瓦雷里的《水仙辞》一起刊于《小说月报》1929 年第 20 卷第 1 期。1931 年由上海中华书局出了单行本，并在 1933 年出了第二版。30 年代梁宗岱译介了瓦雷里的《歌德论》《法译"陶潜诗选"序》以及《"骰子底一掷"》等几篇文章，创作了论文《歌德与梵乐希》。上述论文均收入梁宗岱：《诗与真·诗与真二集》，北京：外国文学出版社，1984。

② 如卞之琳在反思 20 年代中国文坛以李金发为代表的初期象征派时所说："他们炫奇立异而作践中国语言的纯正规范或平庸乏味而堆砌迷离恍惚的感伤滥调，甚少给我真正翻新的印象，直到从《小说月报》上读了梁宗岱翻译的梵乐希（瓦雷里）《水仙辞》以及介绍瓦雷里的文章（《梵乐希先生》）才感到耳目一新。"并认为梁宗岱在 30 年代关于瓦雷里的"译述论评无形中配合了戴望舒二三十年代已届成熟时期的一些诗创作实验，共为中国新诗通向现代化的正道推进了一步"（卞之琳：《人事固多乖：纪念梁宗岱》，《新文学史料》1990 年第 1 期）。高利克也称"对何其芳早期创作发展有决定性影响的是梁宗岱的《保罗·梵乐希评传》（即《保罗·梵乐希先生》——引者按）一文……瓦雷里一度成为何其芳的偶像和他进一步研究法国以及随后的英国象征主义的跳板。梁宗岱文中所论及的其人其诗，是何其芳诗歌创作和文学生涯一定的原动力"（马立安·高利克：《中西文学关系的里程碑》，第 203 页，北京大学出版社，1990）。

话。首先，如同瓦雷里诗中的水仙之神，纪德也把纳蕤思塑造成一个孤寂的静思者的形象。纳蕤思对于自己水中的形象，只能远观而获得，他无法真正拥有它，"一个占有它的动作会把它搅破"。换句话说，当纳蕤思试图求得与水中影像的完全同一，俯身去吻自己的倒影时，水中的幻象就会破碎。只有与水面保持距离，纳蕤思才能完整地获得自己的倒影。于是，放弃行动，耽于静观，沉迷于"对于自我的默契与端详"，构成了纳蕤思性格的基本特征。其次，纪德试图赋予自己笔下的纳蕤思以沉思乐园的禀性。纳蕤思企望回返人类已经失去的伊甸园。这是一个"纯粹的乐园，观念的花园"，但由于亚当"不安于坐观，想参加大观，证见自己，一动就破坏了和谐，失去了乐园，撩起了时间，于是人类和一切都努力想恢复完整，恢复乐园"①。然而，失去的"纯粹的伊甸"毕竟永远失落了，纳蕤思只能"向一个乐园的结晶的已失的原形努力突进"②，"在现实的波浪之下辨认此后即藏在那里的乐园的原型"。由此，纳蕤思临流自鉴所追寻的，既是自我的影像，也是理想的乐园。主体对自我认同的寻求一开始就与雅克·拉康(J. Lacan)所阐释的"他者"紧密关联，只不过这个"他者"既是自己水中的倒影，又是作为乌托邦象征的乐园。然而，正像纳蕤思自己的影像是虚幻的一样，他所追寻的乐园，同样是幻象的存在，乐园只不过是一个象征图式。但恰在象征的意义上，纳蕤思的形象构成了对艺术家的一个完美的隐喻。纪德所勾画的乐

---

① 卞之琳：《安德雷·纪德的〈浪子回家集〉——译者序》，《沧桑集》，第148页，南京：江苏人民出版社，1982。

② 纪德：《纳蕤思解说——象征论》，《文季月刊》，1936年第1卷第1期。

园，在本质上类似于柏拉图的观念世界，是一个在现实中无法企及的理想国的象征。而艺术的本质正在于通过象征方式去间接传达这个观念的世界，正像纳蕤思从溪水中去获得自我的幻象的显现和完整一样。"诗人的职分"也由此转化为透过形象世界去"重新获得那种早已经失去了的原始形式，那种乐园般透明的形式"，去重新揭破关于乐园的秘密。这仍然要求诗人采取纳蕤思般的孤寂内省的姿态：

> 一旦时间停止运行，一日沉寂出现，艺术家就预感到秘密不久即会自泄，他会把握住"自身存在所具有的那种内在和谐的数"，并且获得对世界的完整视觉。这种视觉及和谐的数通过一种绝对的形式体现出来，艺术家最终就会得到乐园般晶明的美。①

既然如此，艺术家的职分就获得了某种转化，从对乐园的向往与追寻转化为对乐园的显现形式的沉思与捕捉。这正是纪德的《纳蕤思解说——象征论》最终所获得的结论。

与纪德的上述理念相似，瓦雷里选择纳蕤思主题的真正意图是把它看作"某种需加解释和说明的诗的自传"，瓦雷里更看重的是纳蕤思主题中蕴含着的关于诗人以及关于诗的真谛。纳蕤思之所以成为象征主义诗人很容易认同的原型，正是因为他的身上具有着使诗人为之倾倒的禀赋：孤独的自恋，内倾与沉想，以心灵

---

① 张若名：《纪德的态度》，第39页，北京：三联书店，1994。

去倾听，在放弃行动的同时获得灵魂的更大的自由，从而在心灵深处洞悉"一个幽邃无垠的太空，一个无尽藏的宝库"。因而在纳蕤思临水自鉴的姿态中隐含着沉思型诗人的诸多心灵的母题。它要求诗人摆脱对感官世界的沉迷，去把握内心世界的律动并与超越的未知域契合。这正是法国象征主义诗人的艺术轨迹。无论是波德莱尔对"幽昧而深邃的统一体"的执着，兰波对"未知"的通灵的追求，还是马拉美对"重归天宇的灵感"的表述，都使象征派诗人走上了以心灵的自省的方式臻于超验本体的道路。作为法国象征派传统的继承者，瓦雷里与纪德进一步缔造着沉思型诗人的形象。他们是心灵世界的立法者，力图以纯洁的纳蕤思式的幻想"把握感官世界之外的现实"，正如张若名在30年代的专著《纪德的态度》①中说的那样：

> 一旦摆脱了感官世界的束缚，诗人的精神就会自由起来；一种具体清晰的幻想像幻觉一样，会占据他的思想，这样幻想支配着诗人，并被他结晶成美：诗就这样悲剧般地诞生了。诗人只有通过幻觉才能把握住超感官的世界，揭示象征派诗人追求的那种无限美的秘密。②

---

① 《纪德的态度》系留学法国里昂大学的学者张若名1930年的专著，她以这部著作获得了博士学位以及纪德本人的青睐。在给张若名的信中，纪德声称"我确信自己从来没有被别人这样透彻地理解过"。《纪德的态度》曾分别于1930年以及1931年在里昂和北平公开出版，书中设专章探讨了纪德的"纳蕤思主义"。这大约是中国文坛最早对纪德以及他所阐发的纳蕤思形象的系统研究。1994年，北京三联书店把张若名的《纪德的态度》中译本连同她的其他四篇文章合为一集，以《纪德的态度》为书名出版，本文所引即出自此书。
② 张若名：《纪德的态度》，第57页，北京：三联书店，1994。

不妨说，在纳蕤思的主题中，正体现着以沉思的心灵去领悟世界的方式。这构成了纳蕤思母题的一个重要的方面。

作为"诗的自传"，纳蕤思的沉思冥想之中还关涉着诗歌的艺术母题内容。这或许是纳蕤思身上更令象征派诗人感兴趣的部分。

纳蕤思形象所蕴含的艺术母题显然更受纪德青睐。纳蕤思的渴想乐园，是企图"重新获得那种早已失去的原始形式，那种乐园般晶明的形式"。因而，纳蕤思对乐园的探寻，其实正是对重现乐园的一种完美形式的寻找。象征派诗人核心的努力，是企望用"确定的东西再现难以理解的东西"[1]，只有找到了这"确定的东西"——诗歌的艺术形式，才能使难以确定的观念转化为艺术的结晶，只有当诗人们成功地铸造了完美的艺术结晶的时候，观念的乐园才能真正获得表达。创造一种完美的形式由此构成了诗人更重要的使命。

"波德莱尔说：艺术家的生活，像对着镜子一样，时时刻刻，他要监视自己的生活，是否合乎艺术。而纪德在青年时代，就常常对着镜子，一面想象他未来的艺术应该是怎样的风格。"[2]对镜的纪德与临水的纳蕤思有一种同一性，他们都是艺术的观照者，由此我们可以说，纪德对纳蕤思主题的选择并不是出于一时的灵思妙想，他是把自己的形象投射到纳蕤思身上，并从中使自己的

① 张若名：《纪德的态度》，第52页，北京：三联书店，1994。
② 张若名：《漫谈小说的创作》，北平：《文艺先锋》，1948年第12卷第2期。

艺术观获得了表达。他把艺术理解为"造镜术"，透过一面面镜子，他谛视自己年轻的心灵，同时也谛视为心灵赋形的精致而完美的艺术形式。他寂寞地注视着自己富于幻想的不定型的内心形象如何逐渐转化为一种符号形象，《纳蕤思解说——象征论》正是在这种对镜的过程中脱颖而出。

纪德对纳蕤思形象的重塑已生成为评论界所谓的"纳蕤思主义"，从而使纳蕤思的形象携上了某种具有普适性的艺术价值。它蕴含着艺术创作的深刻本质，即艺术家如何使心灵的观照与艺术的观照合而为一。在瓦雷里和纪德这里，心灵的主题和艺术的主题并不是截然两分的，它们虽然可以离析为两个层面，但却有其内在的统一。这又使人想起雅克·拉康。拉康的理论贡献，"在于使我们在一个符号秩序的网络中重新认识'主体的真理'"①，这启示我们重新观照纳蕤思身上所昭示的心灵的与艺术的这双重主题：主体心灵借助镜像符号得以彰显，镜像化艺术形式也同时以洞见"主体的真理"为其鹄的。可以说，这是形式化了的内容与有意味的形式的统一，正如纳蕤思在临水的过程中同时洞见了自己的灵魂以及自己水中的影像形式一样。纪德和瓦雷里所阐释的纳蕤思母题中，既包含了诗人对自我的认知过程，又包含了自我呈现的具体化的模式，就像一面镜子既是实体又是形式一样，从中有可能启示我们创造一种描述方法，寻找到一种诗人的内心世界与其创造的文本符号形式的对应方式，从而把"主体

---

① 张旭东：《幻想的秩序——作为批评理论的拉康主义》，《批评的踪迹》，第 31 页，北京大学出版社，2003。

的真理"外化为可以在诗歌的意象和结构层面直观把握到的内容。而通过对其镜像结构的揭示，我们有可能捕捉到诗人的自我与主体究竟是如何符码化的具体历程，从而寻找到一种把"主体的真理"与形式诗学相结合的有效途径。从纳蕤思临水自鉴的姿态中洞察心灵与艺术的双重主题，这正是瓦雷里借助纳蕤思的主题企望加以说明的"诗的自传"所蕴含的富有深长意味的启示。

临水的姿态

本文分析的是中国 20 世纪 30 年代截止到抗战之前崛起于诗坛的青年群体——现代派诗人群。临水自鉴的纳蕤思形象也历史性地构成了以戴望舒、卞之琳、何其芳等为代表的现代派诗人群的一个象征性原型。这一年青诗人群体呈现出了与纳蕤思母题原型惊人的相似：其自恋的心态，沉凝的思索，深刻的孤独感，对外部世界的拒斥与疏离，对完美的诗歌形式的执迷与探索，对与纪德笔下的乐园等值的"辽远的国土"的渴念与追寻……都使他们寻找到了与纳蕤思原型的镜像般的认同。现代派诗人的笔下由此也集中出现了临水与对镜的姿态，甚至直接把自我拟想为纳蕤思的形象，进而在诗歌文本中结构了一种镜像化的拟喻形式，创建了一个以镜子为核心的完美的意象体系，最终生成了一种精神分析学意义上的幻美主体与镜像自我。

如同青年时代的瓦雷里和纪德一样，何其芳也在纳蕤思的原型身上找到了自我的影像。沉迷于晚唐五代"那些精致的冶艳的诗词，蛊惑于那种憔悴的红颜上的妩媚，又在几位班纳斯派以后的法兰西诗人的篇什中找到了一种同样的迷醉"①的何其芳，其诗作具有鲜明的唯美主义色彩，有精致、妩媚、凄清的美感。这一切，与他自我设定的纳蕤思的形象大有关系。如他的成名作《预言》(1931)：

> 这一个心跳的日子终于来临！
> 你夜的叹息似的渐近的足音，
> 我听得清不是林叶和夜风私语，
> 麋鹿驰过苔径的细碎的蹄声！
> 告诉我，用你银铃的歌声告诉我，
> 你是不是预言中的年青的神？
>
> 你一定来自那温郁的南方，
> 告诉我那里的月色，那儿的日光！
> 告诉我春风是怎样吹开百花，
> 燕子是怎样痴恋着绿杨。
> 我将合眼睡在你如梦的歌声里，
> 那温暖我似乎记得，又似乎遗忘。
>
> 请停下，停下你疲倦的奔波，
> 进来，这儿有虎皮的褥你坐！

---

① 何其芳：《梦中道路》，《何其芳文集》第 2 卷，第 65 页，北京：人民文学出版社，1982。

让我烧起每一个秋天拾来的落叶，
听我低低地唱起我自己的歌。
那歌声将火光一样沉郁又高扬，
火光一样将我的一生诉说。

不要前行！前面是无边的森林，
古老的树现着野兽身上的斑纹，
半生半死的藤蟒一样交缠着，
密叶里漏不下一颗星星。
你将怯怯地不敢放下第二步，
当你听见了第一步空寥的回声。

一定要走吗？请等我和你同行！
我的脚知道每一条平安的路径，
我可以不停地唱着忘倦的歌，
再给你，再给你手的温存。
当夜的浓黑遮断了我们，
你可以不转眼地望着我的眼睛。

我激动的歌声你竟不听，
你的脚竟不为我的颤抖暂停！
像静穆的微风飘过这黄昏里，
消失了，消失了你骄傲的足音！
呵，你终于如预言中所说的无语而来，

　　　无语而去了吗，年青的神？

　　何其芳在这首成名作中化用了纳蕤思与回声女神厄科的故事。厄科爱上了纳蕤思，却得不到他的回应，因而伤心憔悴得只剩下了声音，但又无法首先开始说话，只能重复别人的话语，故称"回声（echo）女神"。《预言》在设计和构思上出人意表之处正在于选择了女神厄科作为抒情主人公"我"，整首诗便是模仿厄科的口吻的倾诉①。何其芳曾这样谈及《预言》中厄科与纳蕤思原型的设定：

　　　　我给自己编成了一个故事。我想象在一个没有人迹的荒山深林中有一所茅舍，住着一位因为干犯神的法律而被贬谪的仙女；当她离开天国时预言之神向她说，若干年后一位年青的神要从她茅舍前的小径上走过，假若她能用蛊惑的歌声留下了他，她就可以得救；若干年过去了，一个黄昏，她凭倚在窗前，第一次听见了使她颤悸的脚步声，使她激动的发出了歌唱。但那骄傲的脚步声踟蹰了一会儿便向前响去，消失在黑暗里了。②

"消失在黑暗里"的"骄傲的脚步声"反映了纳蕤思义无反顾的弃绝。这种"无语而来，无语而去"的决绝使纳蕤思的形象在何其芳

---

① 参阅马立安·高利克：《中西文学关系的里程碑》，第204—206页。
② 何其芳：《迟暮的花》（《浮世绘》之三），《文季月刊》，1936年第1卷第3期。

的诗中显得多少有些苍白。而诗歌真正动人之处其实是"我"(厄科)对"年轻的神"(纳蕤思)的无望的爱情,抒情主人公感情炽烈而深沉,倾诉的调子有一唱三叹之感,最终给人以无限怅惘的命运感。即使我们不了解诗中隐含的神话故事原型,也会为"我"的热烈而无奈的歌吟而感动。而何其芳的自我形象,则是那个"年轻的神"纳蕤思,抒情主人公"我"的仰慕和爱恋凸显了"年轻的神"的孤高与骄傲。这种孤傲对于青春期的诗人来说,正是纳蕤思般的自恋情结的表征。

《预言》在何其芳的成长过程中有发生学的意义,以至于他一再谈及这首诗的创作经过①,这也足以证明水仙之神一般的孤高自许曾经在相当长一段时间里支撑着青春期的何其芳。

何其芳所隶属的年轻的现代派诗人群是在五四退潮、大革命失败的社会历史背景下登上文坛的。面对 30 年代的阶级对垒和

---

① 何其芳在 1933 年创作的一个剧本《夏夜》,也可以与《预言》互证。《夏夜》里的男女主人公是即将离开北方某城的中学教师齐辛生与爱恋着他的女教师狄珏如,狄珏如念起《预言》一诗的开头两段,向齐辛生发问:"这就是你那时的梦吧?"

    齐   (被动的声音)那也是一个黄昏,我在夏夜的树林里散步,偶然想写那样一首诗。那时我才十九岁,真是一个可笑的年龄。

    狄   你为什么要那"年青的神"无语走过,不被歌声留下呢?

    齐   我是想使他成为一个"年青的神"。

    狄   "年青的神"不失悔吗?

    齐   失悔是更美丽的,更温柔的,比较被留下。

    狄   假若被留下呢?

    齐   被留下就会感到被留下的悲哀。

    狄   你曾装扮过一个"年青的神"吗?

    齐   装扮过。但完全失败。(何其芳:《刻意集》,第 39—40 页,文化生活出版社,1946)

齐辛生可以看作是何其芳自己的化身。他所装扮过的"年青的神",也正是《预言》中的纳蕤思。

阵营分化，现代派诗人大多没有隶属于哪个政治群体，堪称权力中心之外的边缘人。同时他们大都是从乡间漂泊到都市，感受着传统和现代文明的双重挤压，因此又是一批乡土与都市、传统与现代夹缝中的边缘人。这一切，使他们与现实社会之间形成了一种疏离感，诗中因此普遍存在着感伤与寂寞的世纪末情绪。孤独与自恋的心态，对自我的回归与确证，走向内心和情感世界去追寻和体验个体生命……成为现代派诗歌的主导流向。何其芳的自恋情怀也正生成于上述时代和诗潮背景中，并在现代派诗人群中具有典型性。

我们进而在现代派诗作中发现了一系列临水自鉴的形象：

> 有人临鉴于秋水，乃是于自己的
> 瞳孔里看你于事不隔的流动的生命
>
> ——牧丁《无题》
>
> 自溪的镜面才认识自己的影子，
> 水的女神啊，请你展开双臂。
>
> ——方敬《夏——昼》
>
> 溪水给丰子的影子绘出来，
> 一对圆圆的懂话的大眼睛。
>
> ——常任侠《丰子的素描》
>
> 倾泻如乳色的镜子的河上，
> 我们将惊愕的看到失踪了的影子。
>
> ——玲君《呼召》

诗人们在创作这一系列临水的意象时未必都像何其芳那么自觉地联想到纳蕤思主题，也未必隐含着作为纳蕤思母题核心内容的自恋情结，但却更加印证了纳蕤思临水自鉴形象所昭示的人类自我认同以及镜像审美机制的共通性和普适性。无论是对"自己的影子"的认知，对"失踪了的影子"的重获，还是对自我"流动的生命"的颖悟，都蕴含着自我发现与确证的主题，也隐含了镜像结构固有的幻美色调。这种对自我影像的追寻和确认，是自我得以塑造成形的一个心理发生学意义上的前提，正像雅克·拉康揭示的那样，个体的成长必然要经过镜像认同的阶段才能进入符号界（le symbolique）①。而即使人们超越了镜像阶段，镜像式的自我认同和自恋的情怀也仍会长久地伴随着人们。因为镜像中有幻象，有幻美体验，有乌托邦内涵，有镜花水月的彼岸世界。也许人类想摆脱镜像阶段的诱惑注定是很难的。从某种意义上说，镜花水月的幻象中存在着令人类永远痴迷的东西。临水的纳蕤思因此可以看作是文学的缪斯，正像在瓦雷里和纪德的笔下所诠释的那样，文学世界由此构成了人类获得自我确证和自我认同的审美机制，并在终极性的意义上涵容了镜花水月的幻美特征和乌托邦属性。

与临水的姿态具有内在同构性的，是现代派诗人笔下更习见的"临镜"的意象。这种同构性在纳蕤思神话中仍可以找到原型。前引梁宗岱所复述的纳蕤思的本事中即曾着意强调当纳蕤思诞生

① 在西方文化史上，镜子一直与人的自我面相和主体历程密切相关，因此才有理查德·罗蒂对人类的"镜式本质"的概括。参见理查德·罗蒂（Richard Rorty）：《哲学与自然之镜》第一编"我们的镜式本质"，北京：商务印书馆，2003。

时，"神人尝预告其父母曰：'毋使自鉴，违则不寿也。'因尽藏家中镜，使弗能自照"，但镜子可以藏匿，却无法把水面也藏起来，而纳蕤思正是从水中发现了自己的面影。因此，纳蕤思的临水自鉴透露出水面与镜子所具有的相似的映鉴功能①。而从自我认同的镜像机制上看，"临镜"与"临水"则有更大的相似性，因此，拉康所发明的镜像阶段的心理分析理论，其渊源可以追溯到纳蕤思的临水自鉴。早在 1914 年，弗洛伊德就发表了《论那喀索斯主义》，把纳蕤思的自恋情结推衍为人类普泛的心理机制。这无疑对拉康后来的镜像理论具有启迪的意义，只不过临鉴的对象从水面置换为拉康的镜子而已②。当然，如果更细致分辨，镜子与水面的差异也是显而易见的，"镜子——'象征的母体'（matrice de symbolique），随着人类对于认同的需求而产生"③，它是人类在物质生产史中发明的器物，而人们提到水面往往更强调的是其"自然"④属性。两者背后的人类学内涵、文化史语义以及隐含的美学效果尚需另文仔细分疏⑤。

---

① "镜花水月"这一中国传统的诗学范畴也同样透露出"镜"与"水"这两者的类同。
② 参见方汉文：《后现代主义文化心理：拉康研究》，第 28—29 页，上海三联书店，2000。
③ Sabine Melchior-Bonnet：《镜子》，第 22 页，中国台北：蓝鲸出版有限公司，2002。
④ 尽管从后现代主义的今天看来这个"自然"也许是需要打上引号的。
⑤ 从这一点上看，张爱玲小说《桂花蒸　阿小悲秋》中的一个细节颇值得分析：阿小"揭开水缸的盖，用铁匙子舀水……战时自来水限制，家家有这样一个缸，酱黄大水缸上面描出淡黄龙。女人在那水里照见自己的影子，总像是古美人，可是阿小是个都市女性，她宁可在门边绿粉墙上粘贴着的一只缺了角的小粉镜（本来是个皮包的附属品）里面照了一照"。从实用性的角度来讲，有镜子（尽管缺了角）可照的阿小，不会向大水缸里面顾影。而在"都市女性"与"古美人"的对举背后，既隐含着张爱玲关于都市与乡土、现代与传统差异性的文化判断，也隐约渗透着审美感受的对比。

正是基于这种镜子与水面的某种同构性，我们把中国 30 年代现代派诗人笔下"临镜"的形象看成是纳蕤思临水的原型形象的延伸。这使得一代诗人的对镜姿态也获得了一种艺术母题的意义。这是一种颇具形式感的姿态，一种"有意味的形式"。诗人们在频频对镜的过程中获得的是一种自反式的观照形式，在对镜的自我与其镜像之间互为循环的结构关系中体现着一种自我指涉的封闭性审美心态。镜中的镜像，是另一个自我，是"对镜者"自我的如实或者变形化的投射。

付一枝镜花，收一轮水月

隐含在对镜的姿态背后的，是一种个体生命的哲学。徐迟在《我①及其他》一诗中，借助这倒置的"我"的形象传达了"'我'一字的哲学"：

> 这"我"一字的哲学啊。
> 桃色的灯下是桃色的我。
> 向了镜中瞟了瞟时，
> 奇异的我②，
> 忠实地爬上了琉璃别墅的窗子。

---

① 原诗中这一"我"字倒置。
② 原诗中这一"我"字水平旋转 180 度，呈"我"字在镜子中的映像。

镜中出现的这倒置的以及反转过来的"我"的字形，乍看上去近乎一种文字游戏，实际上诗中试图表达的是"我"的哲学。反转的"我"是诗人的"我"在镜中的投射，它再形象不过地营造了一个自我与镜像之间的自反式的观照情境。无论是"我"的倒置，还是"我"的反转，都不过是"我"的变形化的反映。"'我'一字的哲学"，实际上是自我指涉的哲学，言说的是自我与镜像的差异性与同一性，言说的是自我对象化和他者化的过程。而自我正是在这种对象化和他者化中获得了个体生命的确证。正如有研究者所阐释的那样："在镜中看见自己，发现自己，需要一种主体将自己客体化，能够分辨什么是外、什么是内的心理操作。如果主体能认出镜像与自己相似，还能说：'我是对方的对方。'这种操作过程就算成功。自我和自我的关系，以及熟悉自我，是无法直接建立的，它仍旧受限于看与被看的相互作用。"①在这个意义上，对自我的影像的着迷与执着，与镜子中的自己的映像的对峙与对望，都隐含着主体化过程中的某些无意识心理动机。

废名的《点灯》思索的也是自我与影像的关系："病中我起来点灯，/仿佛起来挂镜子，/像挂画似的。/我想我画一枝一叶之何花？/我看见墙上我的影子。""灯"是废名酷爱的意象，它使人想起诗人的另一首佳构《十二月十九夜》："深夜一枝灯，/若高山流水"。"灯"隐喻着一种高山流水遇知音般的心理慰藉。而《点灯》中的灯也同样暗示着一种温暖的慰藉感，对于病中的"我"就更是如此。与灯相类的则是在废名诗中更加频繁出现的"镜子"的

---

① Sabine Melchior-Bonnet：《镜子》，第23页，中国台北：蓝鲸出版有限公司，2002。

意象，《点灯》中的"点灯"与"挂镜子"由此形成了一种同构的情形，诗人的联想脉络也由"点灯"转喻到"挂镜子"。我们可以想象到诗人在这面虚拟的镜子中鉴照他病中的倦容。尽管这个鉴照的过程不过是一种虚拟，我们仍然在诗的最后一句领略了"我"与镜像的指涉关系："我看见墙上我的影子"，一种形影相吊的凄清感透过看似平白如话的文字表层滋生了出来，诗人所获得的最终仍旧不过是孤独的慰藉。

对于大多数深深濡染着一种时代病的忧郁症和孤独感的 30 年代诗人来说，"对镜"的自反式观照姿态印证的是一种孤独的个体生命存在状态。封闭性的审美形式是与孤独的心灵状态合而为一的，因此，这种对镜的鉴照不惟带给诗人一种自足的审美体验，更多的时候则是强化了孤独与寂寞的情怀。卞之琳的《旧元夜遐思》就传达了一种对镜子的逃避心理："灯前的窗玻璃是一面镜子，/莫掀帏望远吧，如不想自鉴。/可是远窗是更深的镜子：/一星灯火里看是谁的愁眼？"诗人并不想自鉴于窗玻璃，然而远窗却是更深的镜子，它映现的是诗人内心更深的孤独。这种临鉴正是一种自反式的观照，镜子中反馈回来的形象是诗人自己。在这种情形中，诗人的主体形象便以内敛性的方式重新回归自身，能够确定诗人的自我存在的，只是他自己的镜像。从镜像中，自我所获得的，不如说是对寂寞感本身的确证，正如牧丁在一首《无题》中写的那样："有人想澄明自鉴，把自己交给了/寂寞。"陈敬容 1936 年的一首诗也传达了同样的寂寞感："幻想里涌起/一片大海如镜，/在透明的清波里/谛听自己寂寞的足音。"因此，有诗人甚至害怕临镜自鉴便可以理解了，如石民的《影》：

"但我怕认识我自己，如纳西塞斯(Narcissus)，将憔悴而死。"①

　　30 年代的现代派诗人们营造的这种镜式文本在一定意义上印证了拉康的镜像阶段（le stade du miroir）尤其是想象界（l'imaginaire）的理论②。想象界的基本特征之一，是临镜的自我与其镜像的一种自恋性关系。未成形的主体所关怀的只是他镜中的形象，并在这种镜像的迷恋中体验到一种自我的整一性。但这种整一性毕竟是幻象的存在，是一种镜花水月般的真实。一旦自我触摸到镜像发现它并不是真实的存在，这种幻想性的同一便被打碎了。作为幻影的镜像并不能真正构成主体的确证和支持。30 年代的现代派诗人们在临镜的想象中最终体验的正是这样一个过程。对现实的规避使他们耽于自我的镜像，迷恋于自己的影子，就像临水的纳蕤思终日沉迷于自己水中的倒影一样。这种自我指涉性的观照方式隐喻的是一个孤芳自赏型的孤独的个体。如果说具有原型性特征的文本模式往往意味着某种普泛性的秩序，而在现代派诗人营造的镜式文本中，自反性的观照形式则意味着自我与镜像间的封闭的循环，意味着一种个体生命的孤独秩序，意味

────────────

① 石民：《影》，《文艺月刊》，1932 年第 3 卷第 5、6 期。
② 雅克·拉康根据他对幼儿心理成长历程的研究指出，刚出世的婴儿是一个未分化的"非主体"的存在。这一非主体的存在对自我的最初的认识，是通过照镜子实现的。当婴儿首次从镜子中认出自己时，便进入了主体自我认知的镜像阶段。婴儿最初对自我存在的确证是借助于镜像完成的。婴儿一旦对镜像开始迷恋，在镜子面前流连忘返，便进入了拉康所谓的想象界(l'imaginaire)，从而建立起一个虚幻的自我，但此时的自我并未形成真正的主体，它带有一种想象和幻象的特征，婴儿所认同的不过是自己镜中的影像。尽管这是一个堪称完美的镜像，但仍是一个幻觉中的主体。参见拉康：《助成"我"的功能形成的镜子阶段》，《拉康集》，第 89—96 页，上海三联书店，2001。

着自我与影像的自恋性的关系中其实缺乏一个使自我获得支撑和确证的更强有力的真实主体。

朱英诞的《镜晓》正反映了诗人的这种"自我"匮乏依凭和附着的心理状态：

> 每日清晨醒来
> 照着镜
> 颜色憔悴的人
> 那长夜的疲倦，像旅愁
> 需要点凭藉了
> 谁想着天末
> 一个不可知而又熟悉的地方
> 是谁来点缀呢
> 山中白云沉默得可怕啊
> 小鸟是岩石的眼睛
> 青松是巢住着春风

清晨醒来对着镜子的"颜色憔悴的人"，自然而然使人想到憔悴的水仙之神。而"每日"这一时间性的修饰，则表明了对镜行为的惯常性特征，几成一种日常的功课。诗中"憔悴"的，不仅是对镜者的容色，更是一种心理和情绪。这是一种低回与无所附着的心态，"沉默得可怕"的，与其说是山中白云，不如说是对镜者的心境和主观体验，因而，诗人迫切地感到需要一种凭藉和点缀了，正像小鸟是岩石的点缀，春风是青松的寄托一样。这种凭藉和点缀是对镜者与镜像的互为指涉之外对于诗中抒情主体的更高的支撑，是使诗人憔悴而疲惫的对镜生涯获得生气与活力的更为超越的因素。但由谁来点缀呢？是天末那个遥不可及的地方吗？是对一个"辽远的国土"的向往吗？似乎诗人也无法确定。"小鸟是岩石的眼睛/青松是巢住着春风"，这两句收束愈发反衬出对镜者主体的匮乏感。这种感受在朱英诞另一首诗《海》中获得了更直接的具现："多年的水银黯了/自叹不是鲛人/海水于我如镜子/没有了主人"。这首诗套用了鲛人泣珠的神异故事。诗人自叹不是鲛人，而传说中鲛人遗下的珠泪已经像水银般黯淡了。面对海水这面镜子，诗人领悟到的，是一种人去楼空般的感受。"没有了主人"在文字表层正暗示着一个鲛人式的临镜者的匮乏，而更深层的含义则象征着一个更高的真正的主体的缺失。

镜像的隐喻意义正在这里。它给临镜者一种虚假的主体的确证感，而本质上它不过是一个影子。因此废名的这首费解的诗《亚当》便大体可以理解了：

> 亚当惊见人的影子，
> 于是他悲哀了。
> 人之母道：
> "这还不是人类，
> 是你自己的影子。"

亚当之所以"悲哀"，在于他误把自己的影子看作了他的传人，亦即"人类"，而亚当的"惊见"也多少有些像鲁迅小说《补天》中的女娲诧异地发现她所创造的人类变成了她两腿之间"古衣冠的小丈夫"。从这个意义上说，诗中"人之母"的解释当会构成亚当的些许安慰：他所看到的仅仅是自己的影像，尚不是人类本身。如果把"人之母"的解释加以引申，或许可以说，影像的存在是无法确立作为人类的实存的，而确证"人"的主体存在的，只能是他自己。

　　对于沉溺镜像本身的现代派诗人来说，主体的匮乏的更具体的含义在于他们面对世界所体验到的一种失落感。这是一批无法进入社会的权力体制以及话语结构的中心，也无法彻底融入社会的边缘人的边缘心态的如实反映。但诗中体现出的主体的失落感并不意味着诗人们无法构建一个完美的艺术世界；恰恰相反，自我与镜像互为指涉的世界本身就有一种艺术的自足性和完美性。"这种完美的对应和等同正表明了幻想的思维方式——一种无穷往复的自我指涉和主体与对象间的循环。"①这个完美对应而又封闭循环的艺术世界满足的是临镜者自恋性的心态以及超凡脱俗的想象力，并使诗人们在自我指涉的对镜过程中体验到一种封闭性的安全感和慰藉感。正如希腊学者 M. 阿弗叶利斯所说："这种封闭式的表现手段说明了诗人与其周围环境之间存在着巨大的隔阂"，"是对现实社会的反叛，它使诗人找到了完全摆脱迂腐和邪恶的自我天地。迄今为止，几乎所有封闭式的表现手段都出自这种心态"。在中国现代派诗人这里，这种"自我天地"便是他们构

---

① 张旭东：《幻想的秩序——作为批评理论的拉康主义》，《批评的踪迹》，第35页，北京大学出版社，2003。

建的镜式文本，文本世界依据的是自我与镜像间互为指涉的想象逻辑。它超离现实人生与世界，最终收获的是一个语言和幻想的乌托邦。正像卞之琳在一首《无题》中写的那样："付一枝镜花，收一轮水月。"支撑这一批诗人的，正是一种镜花水月般幻美的艺术图式。

何其芳的《扇》即有一种烟云般的幻美：

> 设若少女妆台间没有镜子，
> 成天凝望着悬在壁上的宫扇，
> 扇上的楼阁如水中倒影，
> 染着剩粉残泪如烟云，
> 叹华年流过绢面，
> 迷途的仙源不可往寻，
> 如寒冷的月里有了生物，
> 每夜凝望这苹果形的地球，
> 猜在它的山谷的浓淡阴影下，
> 居住着的是多么幸福……

"镜子"在妆台中的重要性是不言而喻的，而这首诗却假设了一个匮缺"镜子"的情境，少女的自恋与自怜则无从凭依。镜子恰恰在匮缺中昭示了它的重要性，因此它堪称一个"缺席的在场"①。在诗中，"宫扇"是作为"镜子"的一个替代物而出现的，也的确表现出了与镜子类似的某些属性，"扇上的楼阁如水中倒影，/染着剩粉残泪如烟云"，一方面透露出少女的泪水人生，另一方面也凸显了宫扇的迷离虚幻的特征，有一种水中倒影般的朦胧与缥缈②。从而，扇上的烟云便汇入了镜花水月的范畴，汇入了现代派诗人的镜像美学和幻美诗艺。

"我"与"你"

现代派诗人笔下的镜花水月般的艺术世界隐含着一个对镜者所面临的悖论式的境况：镜中的影像意味着真实的主体的匮乏，而主体的匮乏反过来又强化了诗人们对自我确证的追寻。频频对

---

① 本文分析的基本上是男性诗人对镜过程中建构的男性主体形象。当何其芳在《扇》中拟想了一个少女形象时，妆台上却又没有镜子。我们因此无从把握少女临镜的姿容。于是，本文辨析的临镜的自我，仅仅是一部男性主体的精神成长史，而女性对镜的自我形象以及主体历程尚付阙如。这也被某些学者视为拉康理论的内在盲区（如戴锦华即把拉康的镜像理论描述为只有一个人物和一个道具的"漫长的独幕剧"："人物是一个最终被称为主体（事实上是男性主体）的个人，道具则是一面镜。全部'剧情'便发生在一个人和一面镜之间。"在这出"独幕剧"中，女性主体显然是阙如的。参见戴锦华：《电影批评》，第 154 页，北京大学出版社，2004）。这种盲区自然还可以追溯到弗洛伊德精神分析理论。男女两性间的性别差异也是后拉康时代女性主义者关注的话题。可参阅伊丽莎白·赖特（Elizabeth Wright）：《拉康与后女性主义》，北京大学出版社，2005。

② 同时，《扇》还表现出一种古典美，何其芳撷取了中国古典文学中积淀甚久的"扇"的意象，整首诗传达的也是一种古典式的情境。诗中无论是壁上的宫扇、天外的视角，还是寒冷的月宫，陶潜式的仙源，都把我们引入了一个近乎超时空的天地：无历史感，无时间感，你可以随便把它置于六朝或晚唐。这种超时空的遥远感已经使诗中的宫扇带有了原型的意味。

镜的诗人们，由此从镜子中捕捉到了"你"的形象。

"你"的形象，在相当一部分诗境中可以看作临镜者"我"的一种镜像。作为镜像的"你"，同样隐喻了现代派诗人对自我的一种确认。在这自我确认的过程中，"你"的存在，蕴含着多重可以引申的寓意："你"或者指喻着诗人自我的对象化，即外化为镜像的另一个自我；或者象征着一个"他者"的存在。而"我"的主体性从深层心理机制上说，正是凭借这另一个自我或他者来确证的。或者说，主体的存在只有借助于他者的形象才能得以赋形。在诗人们对镜的姿态中隐含着的，正是这种主体与他者的关系，用诗人们的表述来说，即"我"与"你"的关系。如有学者指出的那样："在精神分析理论中，'我'这一代词与其说联系着自我，不如说联系着主体幻觉。那是自我的确认，同时是自我对象化的过程。至此，一个'我'中有'他'、'他'中有'我'的主体得以确立。"①

如卞之琳的《鱼化石（一条鱼或一个女子说：）》：

> 我要有你的怀抱的形状，
> 我往往溶于水的线条。
> 你真象镜子一样的爱我呢，
> 你我都远了乃有了鱼化石。

这首诗的独特处乃括号中的副标题。诗人借此拟设了双重的语义轴，使文本构成了一条鱼或一个女子的倾诉。诗中的"我"的身份

---

① 戴锦华：《电影批评》，第 157 页，北京大学出版社，2004。

既可以是鱼，也可以是女子。但无论是作为一条鱼的"我"还是作为一个女子的"我"，"你的怀抱的形状"与"水的线条"都是使"我"的形象得以呈现的形式，正像一面镜子如实地映现"我"的容颜一样。同样，无论是代表化石的"你"，还是代表女子的"他"的"你"，都被纳入了诗人所建构的"我"与"你"互为契合、相互印证的关系之中。如果我们不囿于从男女相悦的情感层面来理解这首诗，那么《鱼化石》更深的意蕴在于揭示了主体和客体之间互为确证和互为升华的关系。正如卞之琳在为《鱼化石》所做的注释中说的那样："鱼成化石的时候，鱼非原来的鱼，石也非原来的石了。这也是'生生之谓易'。"可以说，"我"与"你"在一种"生生之谓易"的过程中都超越了孤独个体的存在方式而达到了一种无间的契合境界。

《鱼化石》在短短的四行诗中昭示的是一种人类情感和心理领域原型般的生命体验，用德国宗教哲学家马丁·布伯(Martin Buber，1878—1965)的话来说，即一种"原初词'我——你'之世界"[1]。这种无间的契合乃是人类个体灵魂持久憧憬与渴望的心理体验，对于现代派诗人这一批"单恋者"[2]来说，这种憧憬和渴望尤其具有典型性。

由此可以理解一代临镜者为什么纷纷拟构"我"与"你"的文本世界。譬如金克木的诗作："你的像片做了我的镜子，/我俩的面容在那儿合成一个。"(《肖像》)"你的眼睛是我的镜子，/我的眼

---

① 马丁·布伯：《我与你》，第 21 页，北京：三联书店，1986。
② "单恋者"的意象出自戴望舒的《单恋者》："真的，我是一个寂寞的夜行人，/而且又是一个可怜的单恋者。"

泪却掩不住你的羞涩。"(《邻女》)"像片""眼睛"都构成了"镜子"
的象喻，如同卞之琳说的那样——"自我表现少不了对方的瞳
子"，金克木笔下的"肖像"与"眼睛"的意象同样是"我"的形象的
见证。"我"的"自我表现"借此获得了实现感，无论是欢悦还是忧
伤，都在"你"的分享之中有了更深沉的意义。这印证了巴赫金在
《陀思妥耶夫斯基诗学问题》中的一段论述："一个人如果落得孤
寂一身，即使在自己精神生活的最深邃最隐秘之处，也是难以应
付裕如的，也是离不开别人的意识的。一个人永远也不可能仅仅
在自身中就找到自己完全的体现。"①这种孤寂一身的个体境遇所
传达的，正是所谓的"纳蕤思式的痛苦"，即找不到镜子的纳蕤思
无法通过一种客观的介质表达他心灵的焦灼与渴望的痛苦。在这
个意义上，纳蕤思所俯临的水面正象征着心灵的媒介，恰如金克
木在"你的像片"中找到了"自我表现"的镜子一样。但这仅仅是问
题的一个方面，另一方面则在于，当"我俩的面容在那儿合成一
个"时，单纯个体性的"自我表现"的愿望已退居次要地位了，两
情相悦的无间境地构成了对自我表现的超越，也就是说，
"我——你"之世界生成了一个更高的主体，一个物我无间的不可
分割的主体，它有可能超越个体性的生命存在并促使"我"与"你"
共同体验到一种单纯的个体无法体验的全新生命境界。可以说，
这正是"主体间性"(inter-subjectivity)对生命的个体性的超越。

　　这种"我"与"你"共同塑造的和谐而融洽的境界自然具有很大
程度的拟想性。与其说它在现代派诗人对镜的体验中已获得具体

_____

① 巴赫金：《陀思妥耶夫斯基诗学问题》，第247—248 页，北京：三联书店，1988。

的实现，不如说更是一种憧憬和向往。也许更可以肯定的是，从卞之琳的《鱼化石》到金克木的《肖像》，"我"与"你"之世界主要体现在诗人们描绘的爱情体验中。具体说来，诗人从镜子中捕捉到的"你"，在多数的情境中是恋人的形象，与镜像合一的诗人，其实是沐浴在爱河中的自我。

卞之琳的"无题"系列以及同时期的一些诗作集中表现的便是爱情体验中的"我"与"你"。如《淘气》：

> 淘气的孩子，有办法：
> 叫游鱼啮你的素足，
> 叫黄鹂啄你的指甲，
> 野蔷薇牵你的衣角……
>
> 白蝴蝶最懂色香味，
> 寻访你午睡的口脂。
> 我窥候你渴饮泉水，
> 取笑你吻了你自己。
>
> 我这八阵图好不好？
> 你笑笑，可有点不妙，
> 我知道你还有花样！
>
> 哈哈！到底算谁胜利？
> 你在我对面的墙上

　　　　写下了"我真是淘气"。

这首诗状写的是现代派诗歌中少见的没有丝毫感伤阴影的恋情，有一种"淘气的孩子"般的单纯与率真，构成的是一个"我"与"你"的狂欢般的情境，有一种强烈的游戏意味。尤其值得留意的是"我窥候你渴饮泉水，／取笑你吻了你自己"以及"你在我对面的墙上／写下了'我真是淘气'"这两个特定的情境。前者使人联想到临水的纳蕤思原型，后者则是一种自反式的镜式情境，两者都昭示着这一时期卞之琳诗性思维中一个带有模式化特征的母题。又如这首《无题二》："窗子在等待嵌你的凭倚。／穿衣镜也怅望，何以安慰？／一室的沉默痴念着点金指，／门上一声响，你来得正对！"诗人把对恋人"你"的痴念外化到窗子和穿衣镜的意象上面，怅望着的穿衣镜尤其表现出"我"的焦灼的期盼。镜中当下所匮乏的镜像，正是使"我"获得"安慰"的恋人的形象。在另一首《无题一》中，与这面穿衣镜有着相似的诗性功能的，则是"山中的一道小水"：

　　　　三日前山中的一道小水，
　　　　掠过你一丝笑影而去的，
　　　　今朝你重见了，揉揉眼睛看
　　　　屋前屋后好一片春潮。

掠过"你"的笑影的，与其说是一道小水，不如说是"我"心灵中的镜子。而泛起的春潮，则是陷入爱河的"我"与"你"的情感体验。

卞之琳的特殊之处正在于把爱情中男女的两情相悦通过镜子以及溪水的意象媒介间接地传达出来。"镜"与"水"由此生成为一种心灵的隐喻，指喻着"我"与"你"契合无间的情感状态。"镜式"的意象由此构成的是心灵与艺术的双重媒介。

而恰恰是这种"我"与"你"镜像般的契合无间昭示了现代派诗人自我反思性文本的匮乏，也显露出诗人所建构的镜像世界的单一性。有研究者指出，一个真正对自己的主体有着省思意识的对镜者，通常在镜像中会"意识到一个与生俱来的他者，了解自己是不安和疏离的。因此，镜了所强调的，是任何自画像朦胧、倒置、有意扭曲的本质"。"这就是映像的暧昧和丰富，它既同于原物也异于原物……人经常是既同又异，既似又别的，人有数不清的面孔"[①]。而自我与镜像的趋同性心理妨碍了中国现代派诗人对自我与他者的复杂关系的思索，也妨碍了对自我的深层本质与复杂的主体建构过程的体认，尤其是无法看清主体往往是以矛盾和分裂的形态而存在的。埃内斯脱·拉克劳（Ernesto Laclau）在为斯洛文尼亚哲学家斯拉沃热·齐泽克（Slavoj Zizek）《意识形态的崇高客体》所作的序言中说："主体的位置恰恰就是它在结构的中心进行分裂时的位置。"[②]这意味着，实体化的主体位置是无法确切找到的。同时，自我也永远无法与他者达到彻底的同一，恰恰相反，自我往往是在异己、疏离和分裂中体验同一性，正像纳蕤思只有与自己水中的影像保持疏离的状态才能看清自我一样。

---

① Sabine Melchior-Bonnet：《镜子》，第 25 页，中国台北：蓝鲸出版有限公司，2002。
② 斯拉沃热·齐泽克：《意识形态的崇高客体》，第 9 页，北京：中央编译出版社，2002。

"纳西斯因为无法探触自我而死，因为同源的东西无法理解自己。思想的反省或意识的分裂——它们是同一的变体，便渴望造出一个虚构的异己，以便明确有力地表达它们的种种对立。"①自我的镜像在这里起着拉康所谓的"他者"的作用，而"虚构的异己"之所以被造出，正是为了表达自我与主体的分裂状态，这一切都是因为"同源的东西无法理解自己"。中国的现代派诗人则往往回避正视主体的这种异己性和分裂性，追求的是虚假的自我同一性，表达的是与影像无间契合的渴望，缺乏的是 40 年代穆旦诗歌所表现出的那种自我分裂式的挣扎的主体。因此，现代派诗歌呈现出一种如镜子表面一般光滑而幻美的诗学形态，其中的得与失是一言难尽的。

　　相对说来更为复杂化一些的"我"——"你"之情境是戴望舒《眼》中的世界。在现代派诗人笔下的"镜式"隐喻中，最华美壮丽的文本也莫过于戴望舒的这首《眼》：

>　　我睎曝于你的眼睛的
>　　苍茫朦胧的微光中，
>　　并在你上面，
>　　在你的太空的镜子中
>　　鉴照我自己的
>　　透明而畏寒的
>　　火的影子，

---

① Sabine Melchior-Bonnet：《镜子》，第 313 页。

死去或冰冻的火的影子。

我伸长，我转着，
我永恒地转着
在你永恒的周围
并在你之中……

我是从天上奔流到海，
从海奔流到天上的江河，
我是你每一条动脉，
每一条静脉，
每一个微血管中的血液，
我是你的睫毛
（它们也同样在你的
眼睛的镜子里顾影）
是的，你的睫毛，你的睫毛。

而我是你，
因而我是我。

诗人把"我"拟设为一个彗星，在宇宙的"眼睛的镜子"里顾影。因此，这首《眼》思考的是宇宙中个体与超越于个体之上的"类"的存在之间的关系。"我"首先是个体的存在，但只有在更庞大的"你"的镜子中才能获得影像。这种顾影的过程也是使个体的自我融化在"你"之中的过程，同时也是使"我"获得证明的过程。"你"构成了"我"最终极的归属①。因此，《眼》的收束句"而我是你，/因而我是我"便完全升华为一个哲学式的命题，从而囊括了诸如主体和客体、个人和群体、人类与宇宙等等一系列"我"与"你"的关系。对于一代孤独的纳蕤思来说，这种个体之"我"向类属之"你"的投入，或许有一种历史的必然性，由此，戴望舒的《眼》也超越了现代派诗人对爱河的沉溺而具有了更丰富的历史况味。从中我们看到一代顾影自怜的纳蕤思似乎已不再满足于小儿女互鉴的妆台上的镜子而试图寻找一面囊括天地甚至宇宙的更大的镜子。

这正是 20 世纪 30 年代的历史进程留给现代派诗人的一个必须正视的课题。或许沐浴爱河中的"我"与"你"的情感契合并没有完全使诗人们孤独的自我获得实现与升华。在一定意义上说，两情相悦的契合体验只是自我确证的一种替代性满足，爱情的文本只不过更真实地反映了诗人们渴望认同与交流的意向性。即使是精心营造了"我"与"你"的爱情世界的卞之琳，"无题"系列中主导情调仍是"在喜悦里还包含惆怅、无可奈何的命定感、'色空观念'"②。一代诗人的情诗中真正的底色可以说并不是纯然忘我的契合与融洽，而恰恰是一种忧郁、怅惘和感伤。"我再不歌唱爱情/像夏天的蝉歌唱太阳。"1936 年 11 月，在戴望舒创作《眼》的

① 正如竹内好在《何谓近代》一文中阐述的那样："我即是我亦非我。如果我只是单纯的我，那么，我是我这件事亦不能成立。为了我之为我，我必须成为我之外者，而这一改变的时机一定是有的吧。这大概是旧的东西变为新的东西的时机。"竹内好：《近代的超克》，第 212 页，北京：三联书店，2005。

② 卞之琳：《雕虫纪历·自序》，《雕虫纪历》，第 7 页，北京：人民文学出版社，1984。

同期，何其芳在《送葬》中写下上面的两句诗，正式与《预言》中"年轻的神"的形象告别了，同时也告别了他爱情中的泪水人生，并从此寻找到了另一种"我"与"你"的世界，一种个体的"我"向群体的"你"投入的世界。

然而，戴望舒笔下的那个个体的"我"，那个"透明而畏寒的/火的影子，/死去或冰冻的火的影子"一旦真正汇入"你"的"每一条静脉，/每一个微血管中的血液"，是否意味着"我"的消亡呢？当"我是你"时，如何保持"我是我"呢？这恐怕是作为思想者的纳蕤思们一时尚无法预料的问题。正如齐泽克在阐释拉康的镜像理论时所说："只有通过被反映在另一个人身上，即只有另一个人为其提供了整体性的意象，自我才能实现自我认同；认同与异化因而是严格地密切相关的。"①巴赫金的观点也印证了齐泽克的说法："在镜中的形象里，自己和他人是幼稚的融合。我没有从外部看自己的视点，我没有办法接近自己内心的形象。是他人的眼睛透过我的眼睛来观察。"②他人的眼睛恰似拉康所谓的"大他者"，是使自我异化的最终根源。在这种情境下，当"我是你"时是很难维持自我的完整的。因此，当现代派诗人在他者那里寻找自我确证时，其中已经隐含了我们理解诗人们在抗战之后走向一个更大的群体性他者的精神分析学的解释依据。

从这个意义上看，卞之琳的一句诗显示出了它内在的隐喻性："我完成我以完成你"（《妆台》)，其中隐含了在缔造主体的

---

① 斯拉沃热·齐泽克：《意识形态的崇高客体》，第 33 页，北京：中央编译出版社，2002。
② 巴赫金：《文本对话与人文》，第 86 页，石家庄：河北教育出版社，1998。

道途中，自我与他者深刻的内在关系。

主体的真理

从美学资源的意义上看，现代派诗人所营造的临水的纳蕤思的形象，表现为西方话语越界东方的旅行过程。首先，诗人们的自恋心态是在西方语境中获得指认和具象的，从而西方艺术的话语和"自我"的话语进入现代派诗人"艺术的真理"与"主体的真理"的建构机制之中。这就是中国现代艺术主体的他者化过程，主体的获得既是诗人艺术本体自觉的过程，也是西方他者介入的过程。其次，现代派诗人重建纳蕤思母题的历程，也是向中国传统寻求审美资源的过程。在这个过程中，中国的东方传统借助于西方的视角得以再发现，并进而构成了现代派诗人的另一个文化和美学镜像。

卞之琳曾经指出戴望舒代表的现代派诗歌"倾向于把侧重西方诗风的吸收倒过来为侧重中国旧诗风的继承"①。应该说，这种"倒过来"的提法有些夸大其词，在某种程度上说，现代派诗人对西方诗艺的汲取仍表现为主导方面；但卞之琳称诗人们同时"侧重中国旧诗风的继承"则是准确的。这是中国诗歌史上绝无仅有的在"化古"和"化欧"两个方面都取得了可观的实绩的时期。对于具体描述这种西方和传统在现代文学中的双重越界现象，临水的纳蕤思的母题是一个不可多得的实例。与西方文学中的纳蕤思临

---

① 卞之琳：《戴望舒诗集序》，《地图在动》，第302页，珠海出版社，1997。

水自鉴的原型构成对应的，是中国古典诗学中所习用的镜花水月的表述。"镜花水月"的概念中无疑蕴含了更多中国传统的美感因素，水中月、镜中花也是中国古典诗人经常处理的意象。钱锺书即称："按：看水中山影，诗家常语，如张子野《题西溪无相院》：'浮萍破处见山影'，或翁灵舒《野望》：'闲上山来看野水，忽于水底见青山。'遗山拈出'更佳'（按：指钱锺书前引《泛舟大明湖》：'看山水底山更佳，一堆苍烟收不起。'——笔者）则道破人人意中所有矣。《老残游记》第二回所谓：'千佛山的倒影映在大明湖里，比上头的千佛山还要好看。'达文奇尝识其事，'镜中所映画图，似较镜外所见为佳，何以故？'①看来对镜花水月的领悟的确是沟通中西的审美体验。

但与西方式的纳蕤思的临水自恋情怀或有不同的是，中国古典诗人临水之际更多的是冯至所谓的"明心见性"。他这样阐释贾岛的"独行潭底影，数息树边身"："这个独行人把影子映在明澈的潭水里，绝不像是对着死板板的镜子端详自己的面貌，而是在活泼泼的水中看见自己的心性。"②钱锺书也发表过类似的说法：

① 钱锺书：《谈艺录》，第483页，北京：中华书局，1984。
② 冯至：《山水》，第19页，石家庄：河北教育出版社，1994。镜子在西方文化史语境中，恐不能用冯至所谓的"死板板"来形容。至少在西方研究者眼里，镜子建构的是一个"错综复杂的空间"，"镜子斡旋于梦和现实之间，提供一个和他者相遇的虚拟空间，一个演出想象剧的想象空间"（Sabine Melchior-Bonnet：《镜子》，第275页），并最终构成了拉康意义上的"主体空间"。冯至没有看到的是镜子的景深中的空间深度，而仅看到它的表面。至于在中国文化史中，镜子也同样是一个具有丰富内涵的器物。可惜我还没有找到这方面的有深度的研究。有研究者从物质生产史的角度研究过作为器物的镜子的历史，参见聂世美：《菱花照影——中国镜文化》，上海古籍出版社，1994。

"常建之'潭影空人心'，少陵之'水流心不竞'，太白之'水与心俱闲'，均现心境于物态之中，即目有契，著语无多，可资'理趣'之例。"①对理趣的追求或许是东方临水境界中的核心因素。同是"现心境于物态之中"，在瓦雷里和纪德所阐释的纳蕤思母题中更多主体的自觉和彰显，而无论是"潭影空人心""水流心不竞"，还是"水与心俱闲"，都更接近王国维的"无我之境"②。而随着30年代中国现代派诗人自我以及主体意识的自觉和强化，年青诗人们似乎已经很难臻于一种传统意义上的无我之境。

　　相对说来，"镜子"的意象在废名这里表现出较多的禅悟与理趣的传统美学背景。1931年废名曾编辑了自己的一组诗，题名即为《镜》，其中时时出现作为核心意象的"镜子"：

　　　　时间如明镜，微笑死生。

　　　　　　　　　　　　　　　　　　——《无题》

　　　　余有身而有影，亦如莲花亦如镜

　　　　　　　　　　　　　　　　　　——《莲花》

　　　　因为梦里梦见我是个镜子，
　　　　沉在海里他将也是个镜子。

　　　　　　　　　　　　　　　　　　——《妆台》

---

① 钱锺书：《谈艺录》，第547页，北京：中华书局，1984。
② 辨析中西在临水之际的不同审美体验和主体认知，是一个值得深入探讨的有趣的问题。

这一面面的镜子容易让人联想到禅宗六祖慧能那两首著名的偈语，尤其是废名的《镜铭》一诗中"我惕于我有垢尘"一句更像是从"明镜本清净，何处染尘埃"中化出的。这种禅宗的背景使"镜"承载着深玄的意蕴积淀，而废名对它的重复运用，就带有某种母题特征，隐含着深层心理动机。从隐喻的意义上看，"镜"构成了一个关于幻象人生与观念世界的总体象喻，镜像世界正像梦里乾坤一样，是现实经过折射后的虚像化反映；而从废名的眼光来看，"镜"中世界却有本体意义，幻象与实像物我无间，浑然一体，镜像世界甚至胜于实在人生，于是"镜里偷生"表达的是废名的一种生存理想，即把人生幻美化、观念化的审美意向。此外，废名诗中的"影子""梦""秋水""画"等意象复现频度较高，可以说是由"镜"衍生出来的一个意象群，总体上编织成镜花水月的幻象世界，一个理念化的乌托邦的存在，是"梦想的幻景的写象"。从语言的角度说，这是一种幻象语言，其中镜像式的隐喻（镜、影、梦、水）是其主要语言手段，一个幻象化的本体世界在这些隐喻的背后得以生成①。这个幻象化的本体世界显然与传统诗学有着更密切的亲缘关系。而从类比的意义上也可以说，也正是废名把传统看作一面镜子，后设文本中的一切都会在传统这面镜子中显出镜像，没有这个镜像，就没有文化主体的自觉。废名常常向本土的文化传统回眸，正是获得文化主体镜像认同的具体

---

① 参见吴晓东：《新发现的废名佚诗 40 首》，《中国现代文学研究丛刊》，1998 年第 1 期。

途径①。

卞之琳的临水自鉴与传统美学也求得了更多的契合，传统构成了卞之琳诗艺自我的重要的审美镜像。他自觉地以传统的眼光观照西方，反之也成立，即自觉地以西方的眼光观照传统。卞之琳曾为《鱼化石》的每一句都做了一个注，称第一句"我要有你的怀抱的形状"，是从法国诗人保尔·艾吕亚（P. Eluard）的诗句"她有我的手掌的形状，/她有我的眸子的颜色"化来，同时也兼容了司马迁"女为悦己者容"的意蕴。第二、三句"我往往溶于水的线条""你真象镜子一样的爱我呢"，则令人想起保尔·瓦雷里的《浴》和斯特凡·玛拉美《冬天的颤抖》中的"你那面威尼斯镜子……"一段。至于第四句"你我都远了乃有了鱼化石"，诗人解释说："这也是'生生之谓易'。近一点说，往日之我已非今日之我，我们乃珍惜雪泥上的鸿爪，就是纪念。"②卞之琳在注中把《鱼化石》一诗的东西方资源显露无遗。这印证了克里斯蒂瓦（Kristeva）发明的"文本间性"（Inter-textuality）的概念，同时也说明融汇西方和传统资源正是现代派诗人建立诗艺的途径。从这个意义上说，西方和中国古代文本都构成了一个个的镜像，再造和复制着卞之琳的新的镜像，使诗人在新的镜像中发现自我。文本的多重指涉（"文本间性"）的网络本身正是现代派诗人营造文本中镜像形式的主导方式。

----

① 曹葆华的《无题》诗中所酷爱的"镜子"也与中国传统有着深缔的关系。如"怎得有一方古镜/照出那渺茫的前身/是人，是鬼，是野狗"，即使人联想到最早的唐传奇《古镜记》，其中有一种幽玄的色彩。
② 卞之琳：《鱼化石》注释，《雕虫纪历》，第138页，北京：人民文学出版社，1984。

　　但是另一方面，当现代派诗人通过对东西方诗艺的洞察领悟到了艺术的真理时，作为"主体的真理"却仍有待进一步追寻。现代派诗歌的镜式文本建构的是完美的同时也是封闭的诗学形式。从中国现代诗歌史的自律历程上说，现代派诗歌是中国现代文学史上少有的执着于诗艺的阶段，自然有其历史的合理性。但是，当现代派诗艺越来越精致时，问题也隐含其中了。纪德指出："每一完美的形式都在表现观念，而世界真实以及诗人的真实已在这观念中结合起来。尽管一部作品的形式，没有真实的意义可以是完美的，但这种空洞的形式总会消亡的。"[1]30 年代现代派诗人的镜式文本所达到的正是形式的完美，尽管它并非像纪德说的那样"没有真实的意义"，一代人对自我形象的忠诚的执迷与艰难的确证过程本身也构成了人类心灵历史难得的遗产，并体现了现代派诗歌与"观念结合起来"的"诗人的真实"。但是其"艺术的真理"最终仍有可能遮蔽了"主体的真理"。纳蕤思主题越界东方的过程，也堪称爱德华·赛义德（Edward Said）所谓"理论旅行"的过程。赛义德指出，"借助时空转换的力量，一种观念或理论可以获得或失去它的力量，并且……某个历史时期、某种民族文化中的理论，在另一情境下会变得完全不同"[2]。纳蕤思背后的象征主义理论资源，在瓦雷里和纪德的年青时代尚是一种不失先锋性的理论体系，而在中国的 20 世纪 30 年代的历史语境中则慢慢

---

① 转引自张若名：《纪德的态度》，第 52 页，北京：三联书店，1994。
② 转引自杨美惠：《传统、旅行的人类学与中国的现代性话语》，《人类学与民族学研究通讯》，2000 年 3 月，总第 52 期。

蜕变为一个日渐封闭的镜像母题。一个原本"前进的观念"在中国历史语境中渐呈一种竹内好所谓的"后退过程"，恰如竹内好所说："在前进中所形成的前进观念，由于它在本质上是前进性的，故将渗透到后退一方中去，而原本在精神上是空虚的一方，很容易接受这种渗透。而且渗透进去的观念失去了生产性，被作为固定化了的实体看待。"①纳蕤思主义中所内含的象征主义诗学就这样在中国现代派这里慢慢蜕变为一种"固定化了的实体"形态而在一定意义上失去了"生产性"。它促成了现代派诗人对一个幻美的镜像自我的建构，自我的建构内化到镜像的艺术形式之中，形式又反过来催生了镜像化的幻美主体，但历史与现实中的主体的完成仍遥遥无期。

中国现代派诗人重建纳蕤思母题的过程，也是中国青年知识分子主体性建构的历史过程。在这一历史进程中，诸多文学、历史、文化因素纷纷介入其中，"争夺"对美学话语与主体话语的控制权。现代派诗人是在东西方的双重的艺术资源中获得审美自觉，同时也是在东西方文化的夹缝中确立自我和主体。他们建构的是一个幻美化的艺术主体，其中的"自我"是一种虚假的自我，也是一个被西方和传统话语双重他者化的镜像自我，其中西方象征主义诗学话语的越界和"控制"构成的是更主导的力量。镜像化

---

① 竹内好：《近代的超克》，第 194 页，北京：三联书店，2005。

的自我意味着真实的历史主体①的匮乏，最终反映的是中国现代知识分子历史主体的危机。墨西哥诗人奥克塔维奥·帕斯曾经说过："我们在他性中寻求自己，在那里找到自己，而一旦我们与这个我们所发明的、作为我们的反映的他者合而为一，我们又使自己同这种幻象存在脱离，又一次寻求自己，追逐我们自己的阴影。"②现代派诗人在纳蕤思的原型中投射了自我认同的过程，也是中国现代主体的他者化过程，而现代派诗人必然首先挣脱出镜像式的"他性"自我，"又一次寻求自己"，走出镜像自我所栖身其中的自我指涉的封闭自足的世界，在历史和现实语境中寻找主体建构的可能性。日渐封闭的镜像系统预示了主体的再度"越界"乃是中国知识分子必然的历史选择，即打碎镜子，正视中国现代主体的分裂和破碎，挣脱完整和完美的主体幻觉，从镜子的二维平面世界中超越出来，进入立体的历史和现实维度。

---

① 本文侧重于从哲学和历史维度理解和讨论"主体"的建构问题，同时侧重于从个体发生学和心理学意义上谈论"自我"问题。笔者认为："自我"的自觉和获得不意味着"主体"的建立。主体是在介入历史和社会现实的过程中才能真正确立的，是在与历史和现实的搏斗中最终实现的。中国现代作家的精神历程表明，即使像鲁迅这样的作家，也不意味着主体的完满的确立，鲁迅以《野草》为代表的相当一部分作品深刻反映了主体性的危机，鲁迅的"在而不属于两个世界"的体验即是个体在社会秩序的崩溃中失去归属的表征。但是，中国现代作家中只有鲁迅才真正做到了正视主体的分裂性，正视中国现代主体的不成熟、不健全和不稳定性，因此，鲁迅对统一完整的主体幻觉的打破，对现代主体分裂性的正视，以及他毕生对瞒和骗的揭示，都表明他是最清醒的现实主义者，在中国现代知识分子主体性的建构历程中有无法替代的启示意义（参见吴晓东：《鲁迅第一人称小说的复调问题》，《文学评论》，2004 年第 5 期）。

② 转引自马泰·卡林内斯库（Matei Calinescu）：《现代性的五副面孔》，第 75 页，北京：商务印书馆，2002。

可以说，现代派诗歌在获得了诗人的真实或者说艺术的真实的同时，失却的是世界的真实。一代纳蕤思执迷于寻找虚拟的幻想乐园以及"在人类的地图上找不出名字的国土"①，他们的想象滞留在一个超越现实的幻象时空，身边进行着的具体的现实与历史却是他们努力逃逸的世界。因此当异族入侵者的炸弹击碎了他们鉴照的宁静的水面的时候，自我的镜像再也无法稳定地获得，自恋的心绪便终于随同水中的幻象一起消失了。何其芳也终于告别了"扇上的烟云"和"梦中的国土"，在《刻意集》序中，对自己"忧郁的苍白的少年期，一个幼稚的季节"不满，认为文学的"根株必须深深地植在人间"。在"情感粗起来了"②的同时，诗风不复精致和纯美③。中国诗人进入了重建主体历程的一个新阶段。

在后起的40年代以穆旦、杜运燮等为代表的"中国新诗派"那里，我们可以看到，重建主体的历程正是告别镜子的过程。于

① 何其芳：《扇上的烟云》（《画梦录》代序），《何其芳文集》第2卷，第57页，北京：人民文学出版社，1982。
② 何其芳：《还乡杂记》代序，《何其芳文集》第2卷，第132页，北京：人民文学出版社，1982。
③ 即使在纪德那里，在创作《纳蕤思解说》之后不久，就产生了超越"纳蕤思主义"的意向性和可能性。1893年，在动身去非洲前的几天，纪德创作了《阳台》一诗，写诗人站在阳台上，望见一朵宁静的鲜花"凋谢了"："我们透过窗棂注视着它/我们期待黎明的到来/那时我们终于离开骗人的塔楼/我们将下去进入园中"（参见克洛德·马丹：《纪德》，第93页，北京：三联书店，1992）。在这首具有预言性的诗中，纪德已经意识到了象牙之塔的欺瞒性和乌托邦性，他即将走向一个相对而言要广阔一些的天地。我们注意到了纪德在诗中用的是将来时，而此刻，他正屏住呼吸，静静地等待黎明的到来。

是有杭约赫的《启示》：

> 有一天忽然醒来，
> 烧焦了自己的须发，
> 从水里的游鱼、天空的飞鸟
> 得到了启示。于是
> 涉过水、爬过山，
> 抛弃了心爱的镜子，
> 开始向自己的世界外去找寻世界。

尽管抛弃镜子似乎构成了"向自己的世界外去找寻世界"的逻辑前提，但从"心爱"一词中我们仍旧能读解出诗人的一丝恋恋不舍。更彻底的方式则是"打破镜子"，如杜运燮创作于 1942 年的《Narcissus》："于是一切混乱。/生命在混乱中枯萎，自己的/影像成为毒药，染成忧郁，/染成灰色，渐渐发霉、发臭……/但是，能看到镜里的丑相的，不妨/耸一耸肩，冷笑一声，对人间说：/'能忘记自己的有福了。'然后/搅浑了水，打破镜子。"镜子中的纳蕤思已经不复俊美①，或者说，这是一个从幻美的镜像中苏醒过来的纳蕤思，并醒悟到自恋中的影像有如"毒药"，于是，把水搅

---

① 又如胡明树的《检讨的镜子》："对着一个 20 平方寸大小的镜/我看见了一个病瘦了的我"。

浑并"打破镜子"成为一种必然的历史选择①。"打碎镜子"因此比
"扔掉镜子"更其重要，扔掉镜子的过程中可能自我和主体仍然没
有获得反省，而只有打碎镜子，才能面对自我镜像的破碎和分
裂，体认到原初的完美镜像的虚假性，重新再造历史中的主体②。

　　"镜子"意象所携带的美感风格和价值色彩在中国现代诗歌
中的演变，堪称中国社会历史变革的一个缩影。下面这首杭约
赫创作于 1946 年的《知识分子》中，也出现了镜子的意象，但
是风格已经从现代派诗歌中的幻美变为 40 年代诗艺中更为流行
的反讽：

-----

① 这一时期，文坛对纪德的关注点也转向了他对马拉美式的"密封主义"〔Hermetisme，
出自法国评论家苏岱（P. Soudey），意指晦涩难懂与炼金术的神秘学说，参见卞之
琳：《〈纳蕤思解说〉译者附记》，《文季月刊》，1936 年第 1 卷第 1 期〕以及象征主
义的超越的一面。1944 年，诗人冯至在昆明为《生活导报》编辑副页《生活文艺》，
在第 5 期"诗专号"页首辑录了纪德《赝币制造者写作日记》中题为《象征派》的片段，
其中纪德认为象征派把诗当成避难所，是逃出丑恶现实的唯一去路："大家带了一
种绝望的热忱而直奔那里。""他们只带来一种美学，而不带来一种新的伦理学。"
（见冯至：《冯至选集》第 1 卷《诗文自选琐记》，成都：四川文艺出版社，1985）写
过专著《纪德研究》（上海：森林出版社，1948）的盛澄华也指出："纪德始终认为象
征主义的天地太窄，象征主义派不够对生命发生惊奇，因此它徒有新的美学观，而
无新的伦理观"，"因此《地粮》的另一企图是想把文学从当时'极度造作与窒息的气
氛中'解放出来，'使它重返大地'。"（盛澄华：《纪德艺术与思想的演进》，《文学
杂志》1948 年第 2 卷第 8 期）这种"重返大地"反映了纪德试图处理"两种互不相让的
真理"，即艺术的真理与生活的真理（参见吴晓东：《象征主义与中国现代文学》，
第 97 页，合肥：安徽教育出版社，2000），这对 40 年代后起的年青诗人综合处理
象征、玄学与现实三个范畴有一定的启发性。
② 在西方 20 世纪的历史语境中，"镜子的破碎"则标志着与中国语境不同的主体空间
形态："镜子裂了，碎了。整个幻觉的地理学都与镜子的碎片有关：失去本源、动
摇的身份、被吞没的映像、迷宫式的空间，以及失势与解体的恐惧。"（Sabine Mel-
chior-Bonnet：《镜子》，第 330 页）这与中国年青诗人们打碎镜子，重建主体的理想
主义激情相去甚远。

多向往旧日的世界，
你读破了名人传记：
一片月光、一瓶萤火
墙洞里搁一顶纱帽。

在鼻子前挂面镜子，
到街坊去买本相书。
谁安于这淡茶粗饭，
脱下布衣直上青云。

千担壮志，埋入书卷，
万年历史不会骗人。
但如今你齿落鬓白，
门前的秋叶没了路。

这件旧长衫拖累住
你，空守了半世窗子。

当时正是抗日战争刚刚结束，国共内战烽烟四起的大时代，年轻的诗人们经历了战火的洗礼，在思想和政治上比起前代诗人显得更加成熟，他们的诗作大都表现出强烈的介入现实、反思历史的意向，并尤其体现出鲜明的知识分子的担承、自省和批判意识。《知识分子》便表现出这种对"向往旧日的世界"的文人的审视。"在鼻子前挂面镜子，／到街坊去买本相书"刻画了"你"终日对镜，在相书中占卜命运的情境，镜子终于变成了负面的意象①。中国传统知识分子摆脱"旧日的世界"的诱惑，挣脱自我欺瞒的幻象，抛弃"学而优则仕"的千年信条，并向现代意义上的知识分子转型，堪称艰难的世纪性使命，《知识分子》的创作，正标志着诗人对这一艰难使命的深切体认和自觉反思。

但主体的真理也许永远是在欺瞒的幻象与历史的诡计中确立自身与获得实现的。在拉康那里，镜像本身即隐含了一个"他者"的位置，而当诗人们从镜像中挣脱出自我，汇入了一个"类"的大写的自我的同时，就有可能再次滑入一个更大的"他者"而再度失却自我。抗战之后的知识分子心灵史或多或少已经证实了这一点。战争年代的知识分子们进入社会历史的实践活动多少开辟了重建新的自我的可能性，但这种可能性在后来的历史中并没有获得完整展开的途径而又重新被"大他者"捕获②。历史已经证明中国知识分子建构主体的历程注定是一个艰苦卓绝的历程。

描述 30 年代中国现代派诗人的幻美主体与镜像自我，对于勾勒中国现代主体的生成具有阶段性的历史意义。考察五四运动

---

① 这首诗还描述了"你"在历史的欺瞒性的幻象中潦倒大半生的宿命。而结尾一句"这件旧长衫拖累住/你"则使人想起了鲁迅笔下的孔乙己的形象。从主题上说，这首《知识分子》是对鲁迅在 20 世纪初叶引发的历史课题的延续，昭示了孔乙己阴魂的难以散尽。单纯就所揭示的问题的深度和力度而言，杭约赫的《知识分子》远没有超过鲁迅的小说《孔乙己》，但诗人之所以在 40 年代中期重新拾起这一问题，则意味着它仍然具有迫切的现实性。

② 正如刘纪蕙教授所质疑的那样，现代派诗人打破镜像走向大我从而使自我向类属皈依是否意味着进入一个更大的镜像，进入拉康理论中的"大他者"？也正如王斑教授启示我的那样，现代派诗人所选择的小我向大我的融入，从一个侧面表现出中国作家习惯于绕过心理分析，直接走入一种"社群思维"的解决方式。二人的批评都涉及了一个贯穿中国现代思想史的问题：个与群的关系问题。

之后中国现代知识分子的精神史，现代派诗人的主体历程是其中不可或缺的一个环节，从中可以进一步引发出中国现代历史中的主体建构问题，以及历史中的主体与文本中的主体之间的关系问题。

大海：对乌托邦远景的召唤

> 那无法度量的国度，汇入没有阳光的海洋。
>
> ——科勒律治《忽必烈》

柯熙的诗集《辽阔的暗》中令人着迷的是那些关于大海的句子。"向太阳索取蜜/向大海索取波的蓝色，这最惊心的澄澈"（《海光——献给洞头的 103 个岛屿》）。蓝色的"澄澈"之所以"惊心"，是因为在诗人的想象力的图景中，大海是隶属于彼岸世界的。

由此，"海"在柯熙的诗中是乌托邦幻景，是远景形象。

柯熙的诗中分明有海子影响的痕迹。他的最出色的诗篇之一也是写给海子的：

幸福的一天
鸟儿飞过香气的花楸林

我们开始修筑家园

幸福的一天
这只是一双黑眼睛的渴望/你安眠在灵魂的麦地

——《怀念——给海子》

曾经独属于海子的这"麦地"的意象也顺理成章地出现在柯熙的诗中。

当海子发现了"麦子"和"麦地"的时候,他就给自己找到了想象力的源泉,同时找到了乡土与民间资源。这种资源也同样属于柯熙。但是,只有当柯熙找到了独属于自己的意象资源——"大海"的时候,他才真正发现了自己。

用柯熙的话说,则是"大海发现了我"。

湛蓝的南风中三个诗人生长着
在蓝天上抒写一句句透明的诗行
介于晶莹的梦与蔚蓝的海之间的诗行
他们的背景是大海
他们的十四行抒情天空,苦难中永不沉沦的心灵
南风中,他们自由而高贵地抒情
一生都投入歌唱
一生都进入航行
他们是海的后裔,一群天空的梦想者

——《湛蓝的南风中三个诗人生长着》

　　大海构成了诗人的背景。柯熙的海，是想象力的世界，是乌托邦的远景，是一种自由而高贵的文学资源。它并不是现实中的海，正像诗人说的那样，"在故乡现实的大海里，是无法用蔚蓝来虚拟的，它其实是一个东海入口处的混杂着肮脏漂浮物与各种泡沫包围中的海岛"。在某种意义上说，柯熙的大海更创生于"诗歌的洋流"，是诗人在外国诗歌的海洋中畅游的产物："在荷马的爱琴海里发现战争与情人、祭颂与橄榄绿；在塞弗里斯的海湾发现断崖与海底历史的对话；埃利蒂斯的大海则是诗性的澄澈与蓝色的"（柯熙《神秘的断流》，见《辽阔的暗》后记）。诗人发现了荷马、塞弗里斯、埃利蒂斯的"一生都进入航行"的"诗歌的洋流"，也就寻找到了值得自己"一生都投入歌唱"的诗性。

　　作为诗性的负荷体的柯熙的海，还有着另外的背景。它不仅只有蓝色的澄澈，不仅是自由与高贵的象征，它还具有驳杂性和包容性。而当诗人发现了这种驳杂与包容，发现了海也聚合着各种混杂的元素的时候，诗人也就发现了现代诗性的更本真的特征，发现了诗性"除了抒情的成分也要有它的物质部分"，"比如被遮蔽的母语特质、断裂的文明等"。而这些与晶莹而澄澈的质地相异质的物质成分，更是夸西莫多的西西里岛、聂鲁达的智利海岸、圣琼·佩斯的远东的大海、沃尔科特的岛屿、毕肖普的渔村以及希尼的乡村沼泽地带给他的。柯熙从中洞见了更复杂的诗的质地和肌理，从而也使自己对诗性的理解更趋于复杂化，而这种复杂，才更适于现代诗人，也更属于现代诗性。正像 T. S. 艾略特在《玄学派诗人》一文中说过的一段著名的评论：

　　就我们文明目前的状况而言，诗人很可能不得不变得艰涩。我们的文明涵容着如此巨大的多样性和复杂性，而这种多样性和复杂性，作用于精细的感受力，必然会产生多样而复杂的结果。诗人必然会变得越来越具涵容性、暗示性和间接性，以便强使——如果需要可以打乱——语言以适合自己的意思。

　　我喜欢柯熙诗集的名字——"辽阔的暗"，正像科勒律治在其诗歌《忽必烈》中所写："那无法度量的国度，/汇入没有阳光的海洋"。借用科勒律治的诗句，可以说，柯熙所写"一生都投入歌唱"的诗性的国度以及乌托邦的彼岸，在诗性质素日渐消泯的今天，也同样正在"汇入没有阳光的海洋"。这是不是诗人用"辽阔的暗"来命名自己诗集的真正用意？

　　　　一只青鸟经过了天空
　　　　运走陆地和大海的暗
　　　　却在它的额头的亮处留下惩罚的徽章
　　　　它的尾部伸向沉睡的大海时
　　　　我们的荷马必将醒来
　　　　手握万卷海水
　　　　　　——《海光——献给洞头的 103 个岛屿》

　　"必将醒来"的荷马，正是我们已经在丧失之中的诗性传统，同时也是乌托邦传统的象征。然而在今天，我们尚不知他何时醒来。而诗性和乌托邦的远景，也仍然处在"陆地和大海的暗"之中，处在诗人遥远的召唤之中。我们所知道的是，只有穿透这没有阳光的海洋，穿透这"辽阔的暗"，我们才有抵达诗性以及乌托邦彼岸的微暗的希望。柯熙的意义也正在这种召唤与穿透之中。

远方：只有一种生活的形式

> 我可能只有一种生活的形式
> 犹如玉在大多数时候看上去像石头
> 当我懂得这并不妨碍我怀想和默念
> 接近美的火焰
> 我对生活的背叛得以最终完成
> ——蔡恒平《内心生活》

一

我曾答应过蔡恒平为他正在创作的诗集《接近美》写点什么 自然只是写给自己和几个同学看看。尽管当时还不知道要说什么，但我已经预感到为这部自选集写评论文字，是为了纪念一段已经逝去和正在经历的日子。

二

我是什么时候开始了解蔡的？我们曾一起度过许多由得力牌啤酒、石灯牌劣质烟以及轻音乐《绿袖子》陪伴的夜晚。我记得蔡在那个夏季一连几天卧病躺在他那永远不会叠起被子的床上一遍遍地听这支曲子，乐曲给人的感受既纯净又忧伤。十几年过去了，我依然觉得这首他人看来也许普普通通的曲子如何在那个特定的时空里凝聚了我们对生活的全部体认和感知。也许对于蔡，《绿袖子》的旋律延伸成了他的诗章。因此，读这些作品，我仿佛总是看到字里行间闪动着一串串的音符。

以往读蔡的诗与小说，我最鲜明的感受是作者的身上有一种宿命般的浪子情结，不安于任何一处相对长久的栖息地，总是想方设法毁掉已经到了手的幸福然后去体验丧失之后一切化为碎片的美感。这种浪子情结显然与 80 年代的燕园学子的主导心态密切相关。我意识到蔡的身上似乎也存在着某种其他的品性，按他自己的话说，这也许是一种圣徒的品性。这绝不是我轻易地听信了蔡“要做个圣徒”的表白，别的同学也曾对这表白不止一次地揶揄过。也许浪子与圣徒本来就是人的天性中并存的两面，就像周作人称自己身上统一着绅士鬼与流氓鬼一样。我确信，蔡在精神上走过一条圣徒之路。虽然真正的圣徒似乎只有毛姆小说《刀锋》中的莱雷和卡尔维诺《树上的男爵》中的柯希莫才能彻底做到，但，所谓“圣徒”也许还意味着一种态度，一种意向，一种心境，一种人的天性中固有的趋神性。这些因素，相信读者都会从蔡恒平的作品中捕捉到。而无论是"圣徒",还是"神性",在 21 世纪今天的历史语境中恐怕都已成为令人感到陌生的字眼。

蔡恒平认为写诗和写小说在创作心理上有极大的不同。如果说写小说自己就是上帝,是主宰者,是在稿纸上自己创造一种生活(譬如昆德拉,那时的昆德拉是我们推崇的典范),那么写诗则是心灵同自我之外的一个冥冥中的上帝或主宰者对话,是聆听圣乐,是领悟,是净化。如果说真正的诗歌有唯一一种标准和尺度的话,那就是神的尺度,这也正是里尔克与瓦莱里的最终启示。在这个意义上,蔡恒平认为"美是难以接近的",诗人只能永远趋近于这种神性之美。这也正是他的一本诗集取名为"接近美"的含意所在。这种神性之美无疑已经具有某种宗教色彩了。洪子诚老师在为《北大诗选》作的序中回忆说,蔡恒平在读当代文学研究生的时候,有一个学期做的是"当代文学与宗教"的专题,对顾城诗的"宗教感"推崇备至。诗人麦芒在《北大往事》中提及"这个艺术家主角最终进一步自称为圣徒蔡"大体上也正是这一时期。而"圣徒"的取向可以说涵盖了当时燕园诗人一种普泛的精神特征。

三

昆德拉说过,只发生过一次的事情等于没有发生(正像蔡在小说《艺术家生涯》中谈到罗伯·格里耶的小说《橡皮》时说的,"发生过的事用橡皮一擦就像没发生过一样")。于是,什么才真正具有真实的属性,成了一个需要质疑的命题。《询问》或许就是在这种时刻写成的:

真实的是身前的书桌、身下的椅子
和窗外瑟瑟作响的树叶
风从树梢间穿过是真实的

那么不真实的是什么？
我们身边的生命和事物，怀中的爱情
擎在手中的诗歌的火焰、遍地流淌的音乐
还有语言，那些虚拟的书籍和手稿
都是我们真正生活的敌意的同谋

可以说，当以往我们倾注生命与激情所执着的一切顷刻间轰毁之后，我们会一下子感到自己生活在幻觉中，我们会深刻地怀疑我们生存的前提，怀疑我们自身的存在，怀疑事物的真实性，因而试图像捞救命稻草一般把握住一些最基本最实在的东西。而当一切都还原为最简单的元素、成分的时候，我们的心态和抉择也就随着简单而纯粹了。回归一种简单而澄澈的生活，是蔡这一段日子中的渴望。任何一个浪子经过漫长的漂泊生涯之后，也许都会有这种对于纯粹的渴望。我想蔡在这一时期的诗中追求的正是这样一种纯粹。

蔡恒平这个时期的自选集《手工艺人》和《接近美》都表现出这种"纯粹"的美学。《手工艺人》的题目本身已经标志着诗人对自我身份的自觉体认：

像一个手工艺人，每日都有辛苦的劳作

把粗糙的事物给予还原，变得完美

让我忘掉自己身在何处

是否还有明天

从这种体认中衍生出的创作心理和动机，是把诗歌看成独一无二的无法机械复制的手工艺品。这就使蔡有可能专注于诗歌本身的自律和自足，从而使创作达到相对完美的纯粹境地。"纯粹"在蔡的理解中还意味着经历了外部世界的纷纭表象之后，向一种最简单也最真实的生存状态的回归。一切都是难以把握的，一切都是过眼云烟，一切都是时间的幻象，诗人最终所能企及的，可能只是身边最简单最单纯的事物。这就是他的《肖像十四行》表达的意念："双手能抓住的东西才是事物的本质。"蔡曾在一张纸上开了一份清单给我们大家看，列下了他认为最简单而最必需的东西：一、哥们儿；二、啤酒、香烟、足球；三、书。这份清单恰好可以作为上句诗的注脚，尽管"哥们儿"都觉得这份清单已然奢侈。

《处境》《深居》《内心生活》以及相当数量的十四行，就是蔡题赠给"哥们儿"的作品。这些诗作，是蔡的视界和他人视界的融合，或者说是蔡在有选择地认同了他所题赠的对象的同时也更切实地感受到自身的存在。其中有代表性的是《内心生活》：

我可能只有一种生活的形式

犹如玉在大多数时候看上去像石头

当我懂得这并不妨碍我怀想和默念

> 接近美的火焰
>
> 我对生活的背叛得以最终完成
>
> 我把内心比喻为一片树叶
>
> 只有我自己知道它在哪儿
>
> 和谁，有怎样的不同
>
> 心呵，等待丧失的到来
>
> 弃绝身外的想像，但它那芦苇一样的高傲
>
> 当我背叛生活，就永远明白、透亮
>
> 没有一回让我失望

诗人认定"只有一种生活的形式"，它伴随着丧失、背叛与弃绝，这使我意识到，在圣徒的字典里最重要的词可能不是别的，正是"弃绝"。它使诗人对生活的背叛得以最终完成，并借此接近一种纯粹而完美的境界。诗集《接近美》的名字正印证了这种追求。而所谓的完美，更存在于"汉语的迷宫"中。《汉语——献给蔡，一个汉语手工艺人》由此构成了蔡恒平这一阶段最出色的诗作。这是题赠给他自己的诗，诗中把"汉语的迷宫"看成是他最后栖身之处，看成是"另一种真实，更高的真实"：

> 数目庞大的象形文字，没有尽头
>
> 天才偶得的组装和书写，最后停留在书籍之河
>
> 最简陋的图书馆中寄居的是最高的道
>
> 名词，粮食和水的象征；形容词，世上的光和酒
>
> 动词，这奔驰的鹿的形象，火，殉道的美学

> 而句子,句子是一勺身体的盐,一根完备的骨骼
> 一间汉语的书房等同于一座交叉小径的花园
> 不可思议,难言的美,一定是神恩浩荡的礼物
> 因为它就是造化本身:爱它的人
> 必然溺死于它,自焚于它。然而仅仅热爱
> 就让我别无所求。——美从来是危险的
> 我生为汉人,生于世纪之末,活到如今
> 汉语的迷宫,危险的美的恩赐
> 是我最后栖身之处。

这种对汉语迷宫的执迷,反映了诗人在经历了丧失、弃绝与破碎之后试图在语言世界中获得拯救的心路。对于诗人而言,语言世界是比现实世界更容易把握的实体。在特定时代的特定体验中,语言世界是比现实世界更真实的世界。这与柏拉图的著名观念大相径庭。语言不再是现实的摹本,我们在语言的存在中比在现实的存在中更容易感受到生命的可靠性和具体性。这不仅意味着诗歌世界是诗人感到更切实更易把握的实体,还说明生活在语言中就是生活在更深刻的意义中,就是生活在存在所能展示的无限丰富的可能性中。正是这种诗歌观念构成了蔡恒平创作的内在支撑。

四

尽管"弃绝"构成了蔡恒平作品中最重要的词,但所谓的"弃

绝"并不意味着逃避生活，而是意味着把握一种更本真的生活，一种更实在更本然的人生状态和体验。于是"宋代精致典雅的书籍、点心和忧伤"出现在他的想象里，"汉语迷人的镜像"给了他最切实的安慰，一种"长久地关闭房门/深居简出"的生活令他深深憧憬：

> 还要多久才能等到风雪交加，冰封大地
> 让心的四周覆满大雪，像回到家里
> 倾听内心悄然无声的安寂

诗人力图还原的生活是一种质朴而安详，在风雪交加、冰封大地时刻能找到一处寂静的避风地，虔诚地与上帝对话并倾听上帝声音的生活。这无疑是一种以冥想为形式的内心生活。但同时从蔡恒平的作品中你会发现这世上还有令他无法释怀的东西，生之寂寞每时每刻都浑然无形地试图渗入血液，诗人尚无法远离感情或放逐感情。对于诗人来说，不相信感情的真实存在是很难生活的。尽管当时的诗人总是心怀一片赤诚地提起卡夫卡和博尔赫斯，对那种超凡脱俗的圣徒生活保持敬意，并且渴望在心底保留一种卡夫卡所说的最远的生活，保留海明威所写到的那"最后一块净土"，但在生活中却注定只能按自己的本性生存。而唯有本性是无可争议的，它比上帝更强有力地决定一切。

　　我还要谈谈《歌唱》。我无法掩饰自己在读到这个题目时的震撼感。也许诗歌的某些本质也正是歌唱的本质；尽管无法比较诗人和歌者对世界的领悟与言说中哪一种更接近生命的本性，但至少在蔡恒平的诗中，诗人与歌者的形象有一种同一性。

> 歌唱者，是永久痛悔的盲诗人
> 他因为伤害美丽而双目失明
> 他的一生只剩下一句伤逝的歌词

于是，歌唱成为这个盲诗人生命的最后形式。这使人想起了荷马，想起了荷马时代诗与歌的同一，使人仿佛看到一个游吟诗人弹着竖琴在爱琴海岸忧郁地歌唱，由此人们会想到自己在这个世上所具有的最好的形象也许便是歌唱的形象了。正是这个歌唱的形象赋予蔡恒平的诗以一种在冥想的底色之上的虔诚的执着。这种虔诚的执着使他写出了恐怕他自己都无法再重复的诗作。

五

已经很久没有蔡以及当年的几个同学的音信了，但心底的惦念却与日俱增。刚刚读到仇远在《稗史》中所记载的杨简的语录："仕宦以孤寒为安身，读书以饥饿为进道，骨肉以不得信为平安，朋友以相见疏为久要。"读罢心有所感。前些日子，杨早和蔡可告诉我蔡恒平在网站上连载《古金兵器谱》，网民常常等到深夜，为的是在第一时间读到他的帖子。我于是也在夜半见到了他谈古（古龙）论金（金庸）的久违了的文字。当读到下面的话，一时很难抑制内心的冲动："我庆幸自己在大一时读了金庸。我和我的朋友们的许多做人的道理来自金庸，使我们在大事大节上不亏不乱，在个人生活中重情重义。当这些和北大的精神氛围深深融在一起后，我明白一个人要以大写的方式走过自己的一生，要独自前行，无论落魄发达，都无改内心的激越情怀和平静修远，像那无名高僧一样，走过大地，不留痕迹。"随后，我又读到了郑勇发来的蔡为他自己的这本文集写的后记，并深深感怀于他对"远方"的怀想：

> 这远方，才是对我是最重要的。因为我知道生活有多种可能性的，但它的实现需要远方的召唤，而我还有远方。有远方，我就还能问自己：我那颗晦暗的心何时才能走上大道。而这个问题才是我最关心的问题，我以为我的一生就是用来回答这个问题的。写作，只是我回答这个问题的一种形式。

如果有一种写作是为了远方而写，是为了内心而写，是为了灵魂走上大道而写，我想蔡恒平所追求的就是这样的写作吧。

自然：生态主义的诗学与政治

> 在这里我没有看到人
> 却看到了道德，蕴涵在万物之中
> 让它们自洽自足，自成秩序
>
> ——李少君《玉蟾宫前》

最早是从李少君的诗歌《某苏南小镇》中感受到当代中国诗坛有可能诞生一种别样的声音和视景：

> 在大都市与大都市之间
> 一个由鸟鸣和溪流统一的王国
> 油菜花是这里主要的居民
> 蚱蜢和蝴蝶是这里永久的国王和王后
> 深沉的安静是这里古老的基调

这里的静寂静寂到能听见蟋蟀在风中的颤音

这里的汽车象马车一样稀少

但山坡和田野之间的平缓地带

也曾有过惨烈的历史时刻

那天清晨青草被斩首，树木被割头

惊愕的上午，持续多年的惯常平静因此打破

浓烈呛人的植物死亡气味经久不散

这在植物界被称为史上最黑暗时期的"暴戮事件"

人类却轻描淡写为"修剪行动"

如果只读这首诗的第一段，读者会觉得诗境大概是对乡土牧歌图景的惯常再现，诗人状写的是"一个由鸟鸣和溪流统一的王国"，"深沉的安静是这里古老的基调"，这一切是读者在以往的诗歌阅读中更为谙熟的。然而，诗的第二、三段却给了我震悚而陌生的阅读体验：在这看似祥和安宁的田园诗氛围中，竟潜藏着一个"惨烈的历史时刻"。这一"惨烈"的措辞真正传达了诗人自出机杼的命意，一下子穿透了文本的静寂之声。"史上最黑暗时期的'暴戮事件'"的说法似乎小题大做，但是诗歌的内在视域却借助这看似夸大其词的"暴戮事件"而升华为诗学与政治的某种新的远景。这就是当代诗歌中崭新的生态主义视野。而这首《某苏南小镇》也由此奠定了李少君诗歌中的生态主义维度。如果对这种诗歌中的生态主义做一个最朴素的概括，就是诗人践行了一种换位思考，在某个生命个体的时间段或某个人类历史的瞬间，完全站在生物与自然的立场去看世界。如果我们依旧采取的是人类中心的视角，那么一次青草的"修剪行动"自然是司空见惯的，人类对"修剪行动"的言说也必然是轻描淡写的。只有像李少君这样真正从"植物界"的角度进行思维，才可能理解何以"青草被斩首，树木被割头"的"修剪行动"被称为"史上最黑暗时期的'暴戮事件'"。由此，这首诗书写的是一种另类的历史。它似乎是植物界的历史，但却借助于生态主义的视域与人类的暴虐史建立了本质性的关联。

我也因此把学界谙熟的关于李少君的"草根性"话题推溯到青草的世界。也许这青青芳草才构成了"草根性"的深厚的生态学基础。我似乎也由此捕捉到了李少君诗意的动力学。他的生态主义既是一种文化政治的动力因素，也是思维和审美的诗学机制。当然，李少君笔下诗意的动力机制不仅仅是生态主义所能涵盖的，古典诗兴的回溯，边地空间对诗性的激活，对逝去的乡土灵氛的回眸，日常生活的诗意洞见……这些诗学元素都构成了李少君诗意的本源和动力学依据。但我感触最深的，或者说真正独属于李少君的诗歌视景与美学核心的，正是一种诗歌中的生态主义诗学与生态主义政治。诗学的生态主义保证了李少君诗歌独有的诗性和诗意品质的生成，而政治的生态主义则使李少君以诗歌的形式介入了现实政治和生存世界。尽管他影响广泛的关于草根性的言说和关于地震的诗歌更直接触发了国人的生存感觉和之政治化嗅觉，但在我看来，是李少君诗歌中的生态主义景观和意识，更深刻地触及了当代中国人的生存境遇。

我由此关注于李少君诗中对自然界的书写，关注他的诗歌中的生态主义视野。在李少君的诗歌中，这种生态主义视角不仅代表一种观念与价值立场，同时也是一种诗歌的具体思维方式和体察的诗意目光。在李少君创作的以自然、动物、植物世界为题材的诗作中，诗人试图进行换位思考，进入的是自然的内部肌理，尝试以植物和动物的方式思维，进而表现出对生物界的细腻入微的体察，提供了堪称新鲜而别致的生物视角。《在海上》就由于这种换位思考而呈现了别样的诗歌风景："在鱼的世界里，船和人是稀罕之物／我们每一次的到来都会引起轰动围观／鲣鸟汇集桅杆盘旋飞翔／飞鱼欢欣雀跃，在两侧你追我赶"。李少君由此得以在生物与人类的关系格局中理解生态世界。而换位思考在带来深切的洞察的同时，也必然会带来同情与体贴。《某苏南小镇》的诗意就体现为对青草世界的体贴与同感。当然我们谁也无法真正进入青草的内心世界，这里的关键是有没有一种"设身处地"与"感同身受"的意愿，关键是能否以自然和生态为思考的出发点和归宿地。

正是这种生态视角的自觉，使得诗人对生物界的洞察有着常人难以企及的专注与精细：

仲夏，平静的林子里暗藏着不平静

树下呈现了一幕蜘蛛的日常生活情节

先是一长串蛛丝从树上自然垂落

悬挂在绿叶和青草丛中

蜘蛛吊在上面，享受着这在风中悠闲

摇晃的自在

聆听从左边跳到右边的鸟啼

临近正午，蜘蛛可能饿了，开始结网

很快地，一张蛛网织在了树枝之间

蜘蛛趴伏一角，静候猎物出现

惊心动魄的捕杀往往在瞬间完成

漫不经心误撞入网的小飞虫

一秒钟前还是自由潇洒的飞行员呢

就这样不明不白地成了蜘蛛的美味午餐

前者不费心机

后者费尽心机

但皆成自然

——《仲夏》

生物世界自然也是一个与人类社会酷似的物竞天择巧取豪夺的世界。但是诗人并非拿这个生物界来作人类世界的隐喻，恰恰相反，"皆成自然"的收束句透露出诗人是从自然生态意义上来看待林中世界。也只有这种生态立场才导致了诗人真正细致入微的观察与透视，仿佛是上帝放置在林中的一台微型摄像机在如实而不动声色地记录镜头中的一切。但这摄像机的取景框背后，并没有人类作为观照主体的那双眼睛，林中世界由此自成一体。这也使李少君在诗艺技巧上，贡献了一种堪称"反隐喻"的诗学语言。

文学中的隐喻语言忠实地隶属于人类中心主义的意识形态，也因此持续地引发中外作家对隐喻的逆反。反叛隐喻的最极端姿态来自法国新小说派的罗伯·格里耶。在《未来小说的道路》一文中，罗伯·格里耶强调他在作品中试图制造的只是一个"更实体、更直观的世界"，"让物件和姿态首先以它们的存在去发生作用，让它们的存在继续为人们感觉到，而不顾任何企图把它们归入什么体系的说明性理论，不管是心理学、社会学、弗洛伊德主义，还是形而上学的体系"。① 而一切关于"物"的隐喻，都是强加在事物上的，按罗伯·格里耶的说法，隐喻是一些文化的花边，镶在事物的边缘上，掩饰着事物真正的陌生性质。因此，罗伯·格里耶憎恶比喻："事实上，比喻从来不是什么单纯的修辞问题。说时间'反复无常'，说山岭'威严'，说森林有'心脏'，说烈日是'无情的'，说村庄'卧在'山间，等等，在某种程度上都是提供关于物本身的知识，关于它们的形状、度量、位置等方面的知识。然而所选用的比喻性的词汇，不论它是多么单纯，总比仅仅提供纯粹物理条件方面的知识有更多的意义，而附加的一切又不能仅仅归在美文学的帐下。不管作者有意还是无意，山的高度便获得了一种道德价值，而太阳的酷热也成为一种意志的结果。这些人化了的比喻在整个当代文学中出现得太多太普遍了，不能不说表现了整个一种形而上学的体系。"② 所谓的形而上学的体系，正是以人为中心和出发点的意识形态观念系统。正如有学者指出：文学语言中大量拟人化的词汇和比喻，有很多是自古以来存积下的语言"污垢"，比喻用得越多，"污垢"就越厚。这些"污

---

① 罗伯·格里耶：《未来小说的道路》，《现代西方文论选》，第314页，上海译文出版社，1983。

② 罗伯·格里耶：《自然、人道主义、悲剧》，《现代西方文论选》，第320页，上海译文出版社，1983。

垢"上"负载着大量的伦理主义"①。用罗兰·巴尔特的话说，物
由此有了"浪漫心"，这种"浪漫心"其实是人的抒情本性的反映，
最终则导致一种人类中心主义的意识形态与道德伦理。

如果说隐喻服从的是人类中心主义的"浪漫心"的表达，那
么，在李少君这里，诗艺的核心却是反隐喻的。倘若说李少君诗
中依然有一颗"浪漫心"的话，这个浪漫也是生态美学意义上的浪
漫，是生物界的浪漫心，是自然界的万物有灵论。而在李少君的
诗中代替隐喻语言的，是《仲夏》《绿翠鸟》等诗中的"寓言"图景。
如果说隐喻是人本主义的思维方式的体现，那么寓言则是强调生
物世界的自足性以及对人类的启示性。如《绿翠鸟》中对那只"闪
电一样的杀手"绿翠鸟的描写——"眼睛可以穿透水面，让鱼无处
可逃"，但生态世界的平衡在于，"鱼也有自己的天赋能力/它会
本能地感知危险的逼近/水压的轻微变化让它极其敏感/鸟扑向水
的一瞬间/鱼已迅速闪避"：

就象所有猎手与猎物之间的游戏
残忍但也总有意外闪失
就这样，鱼繁衍了下来
弱者的繁衍力总是更强，成群结队
鸟也总能捕获笨拙大意的新手
它迅速冲下一口咬住再吞进嘴里的动作
连贯而优美，就象那些个风度翩翩的绅士

①《福柯集》，第40页，上海远东出版社，1998。

还有《雨后》：

> 雨后，大队蚂蚁出来觅食
> 它们倾巢而出，早已饥不可耐
> 仓库里储存的粮食已经所剩无几
> 它们成群结队，密密麻麻，又黑又亮
> 占领了草地、小路和泥坑
> 它们雄赳赳气昂昂，跋山涉水，远近搜索
> 路上忙碌着一长列络绎不绝的蚂蚁大军
>
> ——《雨后》

诗人并没有把诗中生物的生存图景处理成人类世界的隐喻，而建构的是一个生态主义的具有自足性的寓言。只有从生态主义立场观照，这首诗才可能读出更多的意味；也只有从生态主义的角度着眼，才能看出生物世界最终"皆成自然"，从而呈现出一种莱布尼茨所谓的"生存不过是一片大和谐"的境界。这种"大和谐"，是包括人类在内的自然界与生态世界的和谐。其中的生态意识是一种直接切近后现代中国人生存境遇的观照态度。它从自然界与人的关系的角度着眼，但出发点却是"去人类中心"的意识。在生态主义者眼里，人不高于也不低于其他生物和自然界，更是生态链中的一环。生态主义也不是与人类意识相对立的一种世界观，更强调人与生态世界的均衡，强调自然界本身的整体性。但进入近代以来人类的活动是各种各样生态悲剧的罪魁祸首，因此，去人本化和去人类中心自然构成了生态主义思考问题

的核心。生态主义因此也是一种理性主义，主张以一种清明的理性精神介入生态与自然。

这种生态主义中的理性在与浪漫主义自然观的对比中可以得到更有效的说明。同样是状写青草，海子的《亚洲铜》表达的即是浪漫主义的精髓："爱怀疑和飞翔的是鸟，淹没一切的是海水/你的主人却是青草，住在自己细小的腰上/守住野花的手掌和秘密"。在这首诗人格化的隐喻世界中，隐含的是海子的浪漫主义的抒情性"自我"以及对自然的崇拜。浪漫主义的核心观念之一是返归自然和对大自然的崇拜意识。但这种自然观与人类的自我意识是互为表里的，从而使浪漫主义的落脚点最终依旧是人类自我。爱默生在《论自然》中就把大自然看成是人的精神的象征，人是通过理解自然而理解自身的："大自然依照天意的安排，势必要与精神携手，进行解放人类的工作。"[1]勃兰兑斯在《十九世纪文学主流》中曾经分析过浪漫派的自然观："歌德曾经说过：自然无核亦无壳，混沌乍开成万物。浪漫主义者一味关注那个核，关注那个神秘的内在。"[2]这种对"核"与"神秘的内在"的关注，最终是对人的本质的关注，自然之"核"中恰恰隐藏着人的本质的对象化。而这显然是与生态主义精神背道而驰的。李少君的诗歌体现出的则是一种难以诉诸浪漫主义美学的诗质。如果与海子的自然观对比，李少君的生态主义意识无疑更是理性主义的。

与对隐喻语言的放逐相伴随的正是李少君生态诗歌中的理性

①《爱默生集》（上），第39页，上海三联书店，1993。
② 勃兰兑斯：《十九世纪文学主流》第二分册，第139页。人民文学出版社，1984。

主义。譬如这首《夜深时》：

> 肥大的叶子落在地上，触目惊心
> 洁白的玉兰花落在地上，耀眼眩目
> 这些夜晚遗失的物件
> 每个人走过，都熟视无睹
>
> 这是谁遗失的珍藏？
> 这些自然的珍稀之物，就这样遗失在路上
> 竟然无人认领，清风明月不来认领
> 大地天空也不来认领

李白诗曰："草不谢荣于春风，木不怨落于秋天。谁挥鞭策驱四运，万物兴歇皆自然。"①这种"草不谢荣"与"木不怨落"正是自然的荣谢轮转的法则。叶落与花落也是自然生态轮回与平衡中的一个必然的环节，使人联想到王维笔下的落花主题，如《鸟鸣涧》："人闲桂花落，夜静春山空。月出惊山鸟，时鸣春涧中。"又如《辛夷坞》："木末芙蓉花，山中发红萼。涧户寂无人，纷纷开且落。"前一首写人闲山寂，属有我之境，后一首状写芙蓉花自开自落，是无我之境的范例。但无论是"有我"还是"无我"，诗人都在表达人的主体向自然归化与自然一体的空寂的思想与哲学态度，诗境中有一种落寞的审美化的禅意。正像刘若愚在《中国诗学》中评价

---

① 李白：《日出入行》。

的那样，王维已把"闲"与"空寂""置于哲理与审美学的高度"。从这个角度看李少君的《夜深时》，也自体现出一种哲理和美学态度，但是相比较于王维，李少君对于"物"太过执着，诗中对落叶与落花的"珍稀"之感，正是来源于生态主义的眼光。背后则是执着的理性主义的精神投射。

这种理性精神也使得生态主义视野中得以涵容一些更为重大的议题。在李少君笔下，生态的和谐中蕴含着某种最高的道德。如《玉蟾宫前》所写的那样：

> 一道水槽横在半空
> 清水自然分流到每一亩水田
> 牛在山坡吃草，鸡在田间啄食
> 蝴蝶在杜鹃花前流连翩跹
> 桃花刚刚开过，花瓣已落
> 枝头结出一个又一个小果
>
> 山下零散的几间房子
> 大门都敞开着，干干净净
> 春风穿越着每一家每一户
> 家家门口贴着"福"字
>
> 在这里我没有看到人
> 却看到了道德，蕴涵在万物之中
> 让它们自洽自足，自成秩序

这种"没有看到人"的物的"自洽自足，自成秩序"之中蕴含了生态主义的精义。生态世界的和谐本身即是一种合目的性的道德形态。"道德"蕴含在万物之中，或者说，只有人以谦卑的心态对待万物，才能真正兑现最高的道德。因此，李少君诗中最和谐的生态世界往往是"放逐"了"人"的诗境：

> 白鹭站在牛背上
> 牛站在水田里
> 水田横卧在四面草坡中
> 草坡的背后
> 是簇拥的杂草，低低的蓝天
> 和远处此起彼伏的一大群青山
>
> 这些，就整个地构成了一个春天
>
> ——《春》

这种自然的和谐，乍看上去颇类似于当年冰心的诗境。冰心在五四时代承载爱和美哲学的小诗中大量书写了童心、母爱、自然的母题。如《春水·一零五》："造物者——/倘若在永久的生命中，/只容有一次极乐的应许，/我要至诚地求着：/我在母亲的怀里，/母亲在小舟里，/小舟在月明的大海里。""我""母亲""大海"三位一体，构成宇宙间最和谐的一幅图景。又如《繁星·七一》："这些事——/是永不漫灭的回忆；/月明的园中，/藤萝的叶下，/母亲的膝上。"如果说前一首《春水》是从"我在母亲的怀

齐白石《棣楼吹笛图》

　　这些羁旅异乡的游子，或者像徐迟，故乡虽有"木舟在碧云碧水里栖止的林子"的绮丽风景，但却"曾使我的恋爱失落在旧道德的规律里"，"又到处是流长飞短的我的恋情的叱责"；或者像何其芳，山之国旳故居"屋前屋后都是山，装饰得童年的天地非常狭小"，心灵的翅膀"永远飞不过那些岭嶂"；又或者像戴望舒，魂牵梦绕于"一个在迷茫的烟水中的国土"，而一任"家园寂寞的花自开自落"。

查尔斯·马丁·哈迪《工作室的镜子》

　　"每日"这一时间性的修饰，表明了对镜行为的惯常性特征，几成一种日常的功课。诗中"憔悴"的，不仅是对镜者的容色，更是一种心理和情绪。这是一种低回与无所附着的心态，"沉默得可怕"的，与其说是山中白云，不如说是对镜者的心境和主观体验，因而，诗人迫切地感到需要一种凭藉和点缀了，正像小鸟是岩石的点缀，春风是青松的寄托一样。

凡·高《乌鸦群飞的麦田》

当海子发现了"麦子"和"麦地"的时候,他就给自己找到了想象力的源泉,同时找到了乡土与民间资源。这种资源也同样属于柯熙。但是,只有当柯熙找到了独属于自己的意象资源——"大海"的时候,他才真正发现了自己。

莫罗《命运女神和死亡天使》

　　如果说经常出现在郭沫若诗中的是太阳、日出、大海、明月、白云，那么李金发则习用污血、枯骨、残月、死尸、荒野。他把灵魂理解为"荒野的钟声"，生命则是"死神唇边的笑"，连记忆也如"道旁朽兽，发出奇臭"，作为现代大都会代表的巴黎则充斥了"地窖里之霉腐气，/烂醉了一切游客"。

里"的特写镜头拉成大海的全景的话，后一首《繁星》则从"月明的园中"的全景推成"母亲的膝上"的特写，一并表达了童心沐浴在母爱和自然的怀抱里的和谐境界。但是再仔细分辨就会感到，在冰心那里，人（"我"与"母亲"）同样是镜头聚焦的核心环节，而在李少君诗境中，人却并非中心化的存在，相反，《春》中恰恰是没有人的世界，诸种生物和自然的意象在诗中表现出的是一种自足性。

　　李少君的《鄱阳湖边》中则出现了"人"的意象，却是把人还原为"在地上行走小成一个黑点"的去中心化的形象：

　　　　丘陵地带，山低云低
　　　　更低的是河里的一条船

　　　　丘陵密布的地带
　　　　青草绵延，细细涓流
　　　　象毛细血管蜿蜒迂回
　　　　在草丛中衍生
　　　　房子嵌在其间如积木
　　　　人在地上行走小成一个黑点

　　　　偶尔，一只白鹤从原野缓缓上升
　　　　把天空无限拉长铺开
　　　　人不可能高过它，一只鹤的高度
　　　　人永远无法上升到天空

> 我头枕船板，随波浪起伏
> 两岸青山随之俯仰

这首诗可以看成是一份对鄱阳湖的一个"生态主义者"的诗性考察，思考的是丘陵、青草、涓流、白鹤、湖泊与人的活动之间的关联性。而其中"小成一个黑点"般的人，也正是人类在生态总体格局中的正常的位置的体现。而从高空俯瞰这个"黑点"般的人的，只能是生态学意义上的上帝。诗中醒目的是那只白鹤，"人不可能高过它，一只鹤的高度/人永远无法上升到天空"，诗人由此反思的是"人的限度"，而诗歌的最后两句则呈露了一种真正顺应自然的生存态度。与《鄱阳湖边》异曲同工的是《在纽约》：

> 在大都市，摩天大楼才是主体
> 楼群高大，森严，俯瞰着地面
> 地上活动的人类，不过是点缀
> 小如蚂蚁，在一幢高楼与另一幢高楼之间
> 来回游行、跳跃，聚集或分散
> 身上披挂着艳丽的装饰物
> 五颜六色，分外炫耀闪烁
> 一个个显得自命不凡，趾高气扬
> 这些高矮不一、肥胖各异的人群啊
> 不过映衬出都市主角们的挺拔
> 不过证明着都市统治者的威猛

在这个号称世界的"城市中的城市"里面，摩天大楼才是真正的主体，地上活动的人类小如蚂蚁，自以为是大都市的中心，其实不过是摩天大楼的点缀，由此人类被自己创造的都市所异化。这正是生态主义者的视点中的纽约以及现代都市。

李少君偶尔也以"人"为诗中的审视焦点，但这时的人，也是生态世界中的人，是生态景观中的一部分。如《一个男人在公园林子里驯狗》：

> 从此，他就真的融入了这一切
> 白天他继续驯狗晚上则隐入都市深处
> 他离群索居不再被同类关注
> 他好象成为了自然的一部分
> 全身披挂树叶成为了公园林子的一部分
> 人们对此见惯不惊久而久之视而不见
>
> 就这样，他和他的驯狗成为了公园林子里的一部分
> 自然的一部分，仿佛自然中的一幅静物

这里的都市既不是当年左翼作家和老舍理解的万恶之源，也非后现代中都市人乐其生的美好家园，都市被理解成自然生态的一部分，并只为一个离群索居，不再被同类关注的自然人提供参照背景。他"全身披挂树叶"，"好象成为了自然的一部分"。男人和狗自成都市里一个另类世界，却"仿佛自然中的一幅静物"。诗人在观照都市的目光中显然寄寓了自然和生态意识。"自然"构成了这

首诗的主题词。这种自然人的形态在《青皮林中》甚至成为一种人性理想：

　　　　她鲜艳妖娆的身影在林子里闪动
　　　　她象鹿一样轻盈，跳过一块岩石
　　　　又一块岩石；跳过一条小溪
　　　　又一条小溪……她的长发飘逸
　　　　浅笑随花裙扬起又洒落
　　　　她的皮肤白皙，在幽暗的林荫里炫目惊心
　　　　她跑向丛林深处的时候
　　　　我甚至闻得到树叶筛漏过的日光的烘蒸下
　　　　她肉体散发出的浓烈的芳香

　　　　在这浓绿欲滴的单调的植物世界里
　　　　我们是唯一的两具活色生香的动物

李少君诗中最生动的人类形象就是这首诗中的"活色生香的动物"，之所以生动，正由于"她"与森林的融为一体。"动物"的自指强调的正是"我们"渐进自然的原生态的存在方式。

　　诗人对乡土的观照，也每每强调的是乡土境遇与自然的接近。如《山中》便状写了一幅恬淡而亲切的乡土图景：

　　　　木瓜、芭蕉、槟榔树
　　　　一道矮墙围住

就是山中的寻常人家

我沿旧公路走到此处
正好敲门讨一口水喝

门扉紧闭，却有一枝三角梅
探头出来，恬淡而亲切
笑吟吟如乡间少妇

诗境中依然匮乏人的主体形象，"乡间少妇"也不过是作为"三角梅"的一个喻体而出现的，但是这首诗却由此真正表达出人与自然的和谐之美。诗人对山中的描写没有落入古典诗歌寄情山水传达禅悟的俗套，山中的寻常人家中透露的"恬淡而亲切"，却是人与自然真正和谐共存状态的缩影。这里的生态主义观是以"自然"为主导环节的。当然李少君绝非"反现代性"论者，也不是一味地要回归前现代的乡土。他诗中的乡土图景，本来就是现代视景的一部分；也正因此，他的乡土才能纳入现代性的规划中，统摄于生态主义的一体化图景。这种一体化既非建设所谓社会主义新农村的乡土乌托邦，也非一律城镇化都市化的乡土现代方案，李少君的乡土只有在生态主义规划中才能获得存在于现在以及未来的可能性远景。

　　在《访美梅村》中，生态主义态度体现为对某种自然循环论的思考：

> 在这里我开始相信了自然循环论
>
> 石头会说话，上面依附着祖先的灵魂
>
> 树木助人兴旺，香火旺花草也茂盛
>
> 人和老鼠靠稻谷养活，但最终归于尘土肥沃稻谷
>
> 我还相信这里冥冥中有神灵守护
>
> 家家门不闭户，却没有人影
>
> 在蒸腾而起弥漫开来的炊烟后面
>
> 浮现一头站在青石板上的牛

休憩的树神与祖先的灵魂相安无事，"树木助人兴旺，香火旺花草也茂盛"，人和老鼠均靠稻谷为生，也一同归于尘土，化为肥料肥沃来年的稻谷。好一派生存的和谐境界。这一切都似乎因为冥冥中有神灵守护。如果说生态主义也有更高的皈依的话，在李少君这里或许是宗教："一条小路通向海边寺庙/一群鸟儿最后皈依于白云深处"（《朝圣》）。这条通向海边寺庙的小路或许象征的正是精神的皈依。《佛山》一诗中状写诗人半夜走过大悲寺时，"抬头看见山顶有灯，一盏、两盏、三盏……/佛法如灯，一灯可燃千灯明/那一瞬间，我们全都驻足，屏气息声/每个人心中的那盏灯也被依次点燃"。这盏灯便是自然生态之上更高的佛法与宗教之灯。《神降临的小站》则叙写诗人某个夜晚滞留在呼伦贝尔大草原中央的一个无名小站的孤独与安宁：

> 背后，站着猛虎般严酷的初冬寒夜
>
> 再背后，横着一条清晰而空旷的马路

再背后，是缓缓流淌的额尔古纳河
在黑暗中它亮如一道白光
再背后，是一望无际的简洁的白桦林
和枯寂明净的苍茫荒野
再背后，是低空静静闪烁的星星
和蓝绒绒的温柔的夜幕

再背后，是神居住的广大的北方

生态与自然的世界之上，也许同样笼罩着这样一个神灵，赋予自然界与人类以心灵的宁静。

而当诗人为生态和自然寻找更高的依托的时候，也就离意识形态话语更为切近，从而导向一种"生态主义的政治"。《自白》中的"殖民地"一词不经意间透露了生态主义的泛政治属性：

我自愿成为一位殖民地的居民
定居在青草的殖民地
山与水的殖民地
花与芬芳的殖民地
甚至，在月光的殖民地
在笛声和风的殖民地……

这里的"殖民地"作为某种具有政治色彩的话语，透露着生态主义本身固有的意识形态的内涵，启示我们在中国当下的历史境遇

中，生态主义无疑也是一种政治话语。正像李少君谈论蒋子丹的
《一只蚂蚁领着我走》一书中的动物保护主义时说的那样："我读
《一只蚂蚁领着我走》，最大的感受是也许只有你能写这样的书。
第一，你本身对动物有感情，这可能为你积累许多亲切的感受；
第二，我觉得你对政治也有敏感了。这里需要说明的是，这里说
的政治主要是指韩少功的那个角度，他说'恢复感受力就是最大
的政治'。在当下的世界，动物保护已经是一种涉及所有人利益
的非常重要的政治了。在这样的前提下，你的表述从动物入手，
不断深入，在感动人的同时，兼顾了理性的高度，或者说哲学的
高度。"①这个论断也同样可以用来理解李少君诗歌中的生态主义
的理性、哲学与政治。李少君的感受力也正表现在对物的世界的
关怀与敏感。这种关怀不是从人类中心出发的，不是人类站在万
物的灵长的至尊地位俯视物的世界，物的世界本身就是思考问题
的原点。生态主义的政治性正隐含在这种思考的原点之中。

　　作为《天涯》曾经的主编，作为深刻地介入了当代思想状况和
政治反思的诗人，李少君的诗中自然也折射了社会思想和历史进
程中的一些重大议题。环境主义和生态主义意识中或许正渗透了
诗人的政治敏感。但在创作这些生态诗歌之际，李少君的身份意
识和政治认同都了无痕迹地化入了一种作为诗学的生态主义思维
之中。

① 蒋子丹、李少君：《动物保护：新的政治与文学》。

下篇　彼岸与异托邦

漂泊：东方的波德莱尔

> 诗性思维的单位是隐喻，从本质上说，隐喻是非逻辑性的，把两种以上不同的事物等同起来，这是只有疯子、情人、诗人才会做的事——或者还可以加上原始人。
>
> ——弗莱

今天回顾起来，"东方的波德莱尔"——李金发的诗集《微雨》1925 年在中国现代诗坛的问世，是有着"大事件"的意义的。它不仅从此催生了中国象征诗派，也预示着向中国文坛开启一种别开生面的现代性的视野。因此，描述李金发所可能展示的新的现代性的景观，进而重新估价他的创作，是本文试图尝试的一个思路。

一

同是作为中国近现代史上的留学生作家，但每个人在各自的国度感受到的"现代"却是不同的，因此每个作家眼里的现代性景观和现代性型范也迥然有异。

李金发的现代意识是巴黎代表的现代资本主义世界催生的。这种意识从审美的意义上说尽管带有浪漫派的痕迹（李金发曾说"自己的诗集中，我还是喜欢《为幸福而歌》，那里少野马似的幻想，多缠绵悱恻的情话，较近浪漫派的作风，令人神往"①），但主体的色调应是滥觞于波德莱尔的现代主义因素。

李金发于1919年赴法国学习美术，耳濡目染的是世纪初叶的西方现代主义文学艺术思潮，尤其受到法国象征派诗人波德莱尔、魏尔伦的影响，自称"特别喜欢颓废派 Charles Baudelaire 的《恶之花》及 Paul Verlaine 的象征派诗，将他的全集买来，愈看愈入神，他的书简全集，我亦从头细看，无形中羡慕他的性格，及生活"②。李金发开始于1920年的诗歌写作，直接效法象征派的诗艺和技巧，是很自然的事情，同时也不可避免地濡染了世纪末的颓废情绪。他的诗中既有波德莱尔的恶魔主义精神与"审丑"的美学，又有魏尔伦的感伤与颓废的气质。羁旅生涯中的李金发大半的时间是在欧洲大陆，在波德莱尔和魏尔伦的世纪末体验以及

---

① 陈厚诚：《李金发回忆录》，第68页，上海：东方出版中心，1998。
② 陈厚诚：《李金发回忆录》，第53页。

后期印象派所氤氲着的艺术氛围中浪游，这使他对波希米亚艺术家形象有切身的体验，对波德莱尔的思慕在很大程度上也是对他的"薄海民"气质的投契。李金发为自己拟设的"长发临风之诗人"的形象也正是一种都市流浪艺术家的形象，他自己的诗中也难免潜藏着"漂泊之年岁"（《故乡》）中的一颗"孤客之心"（《寒夜之幻觉》）。即使在具有家国意识的《故乡》一诗中，他也表达了对自己留学前在故乡 20 年的那种"牛羊下来"之生涯"既非所好"的意念。这一切使得年轻的诗人无论在心理上还是在阅历上都与祖国本土的情境拉开了一大段距离。

1923 年春，李金发到了柏林，此后一年，"多读歌德名著，不幸深受叔本华暗示，种下悲观的人生观"①。然而这种"悲观的人生观"的形成对李金发的创作却具有决定性的意义，它构成了诗人的生存底色和背景，反映在诗中，则是对深蕴心理的体验以及生命意识的发掘。

> 我们之四体在斜阳流血，
> 晚风更给人萧索之情绪，
> 天儿低小，霞儿无力发亮，
> 象轻车女神末次离开世界，
> 我们之希望，羡慕，懊怨，追求，
> 在老旧而驯伏之心底冲突。
>
> ——《爱之神》

---

① 陈厚诚：《李金发回忆录》，第 150 页。

如果说李金发的诗在内容层面大体可以概括为个体意识、漂泊感受、恋爱渴望、诗人情怀、灵魂探险等几个向度，那么构成其深层底蕴的则是一种生命意识的觉醒。诗人以纤细而敏锐的艺术感觉突入人的深层体验和潜在意识领域，用朱自清引刘梦苇的话来概括，即"要表现的是'对于生命欲揶揄的神秘及悲哀的美丽'"①。置身于异国的诗人关怀的是"灵魂的崩败"、心底的波澜，是死亡、拯救的母题，其中诸如希望、羡慕、懊怨、追求……各种情绪和体验在他内心中的胶结与冲突，间接地折射出时代的焦虑和困扰，尤其具有一种现代意义。这种"现代"是波德莱尔的"现代"，从而也是李金发的"现代"。这个"现代"的景观正是借助李金发的诗歌呈现在中国人的眼前，它与鲁迅的现代，与胡适的现代或者吴宓的现代都多少有些不同，它似乎是更陌生的，也更令国人一时难以接受。但它复杂化了中国对"现代"的理解和体认，从而有助于把一个非同质化的"现代"范畴引入到中国现代历史的进程中来，使"现代"自身成为一个蕴含着多维的甚至悖反的内容的存在。而一个充满焦虑与颓废的现代视野，差不多是第一次在李金发的诗中以直观的感性形式呈现在中国文坛。李金发的创作所展示的现代性因素正体现在他对西方资本主义危机感的一种直觉性领悟，以及从波德莱尔那里秉承的非理性精神与生命意识。

---

① 朱自清：《中国新文学大系·诗集·导言》，陈绍伟：《中国新诗集序跋选（1918—1949）》，第300页，长沙：湖南文艺出版社，1986年。

二

　　同样值得关注的是李金发对波德莱尔的"审丑"的诗学的领悟以及在自己诗作中的表现。"审丑主义"是波德莱尔的现代性的重要组成部分，他的《恶之花》既是对丑恶而腐败的事物与存在的直面，也是对人类文明可能走向堕落与罪恶的反思。人类文明的"现代"进程的另一种面孔正凸现在"审丑"之维之中。凡是读过《恶之花》的人很难不震惊于波德莱尔直面丑恶的恶魔主义精神。而作为诗人的李金发则同时为我们引进了与这种恶魔主义精神相伴生的"审丑"的诗学。

　　"审丑"的诗学取向突出地体现在李金发诗歌的意象选择上。有研究者曾对比过李金发和郭沫若惯常运用的意象①，如果说经常出现在郭沫若诗中的是太阳、日出、大海、明月、白云，那么李金发则习用污血、枯骨、残月、死尸、荒野。他把灵魂理解为"荒野的钟声"，生命则是"死神唇边的笑"，连记忆也如"道旁朽兽，发出奇臭"，作为现代大都会代表的巴黎则充斥了"地窖里之霉腐气，/烂醉了一切游客"。对于习惯了五四诗坛的狂飙突进清新昂扬的读者来说，李金发的审丑化的异质声音自然令人惊悚，甚至陌生。然而，"审丑"主义却是伴随着现代性必然产生的人类感性维度。当波德莱尔以其恶魔主义的批判精神面对世俗资本主

---

① 宋永毅：《李金发：历史毁誉中的存在》，曾小逸编：《走向世界文学》，第392页，长沙：湖南人民出版社，1985。

义的时候，他已经意识到资本主义世界自身的分裂，这也正是现代性的裂变，而他的"审丑"主义则构成了人类反思现代性的最早的诗学实践。李金发的恶魔主义或许没有波德莱尔那么自觉，但他在第一次世界大战之后踏上欧洲的土地，或多或少总会感受到一点儿施宾格勒所谓的"西方的没落"，他的"审丑主义"由此也超越了单纯的皮相的模仿而体现出一种精神特征。如这首《寒夜之幻觉》：

> 耳后万众杂沓之声，
> 似商人曳货物而走，
> 又如猫犬争执在短墙下，
> 巴黎亦枯瘦了，可望见之寺塔
> 悉高插空际。
> 如死神之手，
> Seine 河之水，奔腾在门下，
> 泛着无数人尸与牲畜。

这首诗虽然是写诗人的幻觉，但也可以说是对巴黎所代表的现代大都市的寓言化呈示，是一种梦魇体验。另一首《悲》则表达了对都市生活的一种厌倦感：

> 我烦厌了大街的行人，
> 与园里的棕榈之叶，
> 深望有一次倒悬

在枝头，看一切生动。

在倒悬者的眼中，一切自然是颠倒与乖谬的。而这一切，使得诗人在艾略特所概括的荒原般的文明现状中难以寻找到精神的支撑，他的诗中常常出现的"灵魂"的主题与其说表达的是对上帝和信仰的追求，不如说更是在流露心灵失路的悲哀：

> 如其究心的近况，
> 我将答之以空谷；
> 如其问地何以荒凉，
> 我将示之以
> 颓败的花，
> 大开之门。
>
> ——《如其究心的近况……》

但正是这种"心灵失路之叫喊"（《给×》）与对现代都市文明的批判意识使他的诗汇入了以波德莱尔为代表的反思现代人的生存以及反思现代性的总主题中，传达着潜伏在人类生命存在和文明进程中的另一种声音。

三

相形见绌的是李金发的语言功夫，这似乎在文学史上已经成为一种定论。不少评论者认为李金发的母语功夫欠缺，譬如朱自清称他"母舌太生疏"①，卞之琳也说他"对本国的语言（无论是白话还是文言），没有感觉力"，孙席珍作为知情者则说李金发"法文不大行"，"中国话不大会说，不大会表达，文言书也读了一点，杂七杂八，语言的纯洁性没有了。引进象征派，他有功，败坏语言，他是罪魁祸首"。②

身在异域所濡染的欧化语言的影响以及对母语的生疏使李金发的诗歌表达的确显得生涩和拗口。同时他引大量文言句法和语汇入诗，但由于远未臻于化境，更容易受到诟病。但令人奇怪的是调和中西两家却构成了他的自觉追求。他在《食客与凶年·自跋》中曾这样表述："余每怪异何以数年来关于中国古代诗人之作品，既无人过问，一意向外采辑，一唱百和，以为文学革命后，他们是荒唐极了的，但从无人着实批评过。其实东西作家随处有同一之思想，气息，眼光和取材，稍为留意，便不敢否认，余于他们的根本处，都不敢有所轻重，惟每欲把两家所有，试为沟通，或即调和之意。"

在当时的中国诗坛，李金发的诗艺无疑是最具先锋性的，然而他的努力却是调和传统与西方，试图把传统维度内化到现代诗学之中。这里面的思路多少令人感到困惑。也许可以说，在实践象征派的诗学原则的同时，对中国传统的向往更是他的自觉意识，这在五四文坛极端的反传统的声浪中自然是一种边缘化的声

---

① 朱自清：《中国新文学大系·诗集·导言》，陈绍伟：《中国新诗集序跋选（1918—1949）》，第 300 页，长沙：湖南文艺出版社，1986 年。
② 周良沛：《"诗怪"李金发——序〈李金发诗集〉》，《李金发诗集》，第 10 页，成都：四川文艺出版社，1987 年。

音。身在异域，多少淡化了政治和意识形态色彩，强化的却是对本土悠久文化传统的向往，其间的内在逻辑与国内的反传统思潮同样是可以理喻的。只是历史的玩笑在于选择了一个似乎最难以胜任的人来倡言中西的调和，尽管这种倡言构成了现代诗歌历史的一个内在理路，或隐或显地绵亘于后来诗人的艺术轨迹之中。

李金发掀起的真正巨大的冲击波是他的有缺憾的诗美和语言艺术。可以说，正因为李金发对母语以及法语都不甚纯熟，他的诗歌语言才更有一种陌生化的效果，使自己的母语本身产生了一种陌生的机制，使人在这种陌生中看到了汉语的别种可能性，看到了语言的超越常规的神奇的运用，并意识到诗歌语言与日常语言的区别的地方，进而引发人们对于文学性本身的思索。同时这也是审美习惯思维的陌生化，是对人们所习惯的审美的固定模式和机制的颠覆。这一切都是五四时期的其他诗人无法替代的，也是李金发的真正的诗学贡献所在。

四

象征主义提供了理解李金发的思潮背景，但理解他的具体诗作，还要进入他的微观诗学层面。从诗艺的角度说，李金发开启的是中国现代的"晦涩的诗学"。他取法法国象征派诗歌技巧，摒弃了现实主义和浪漫主义诗学准则，大量运用象征、暗示、通感、隐喻、联想等手法，营造具有朦胧和神秘色彩的氛围和情境，结果他的诗在当时不啻晦涩难懂的代名词。苏雪林发表在《现代》杂志第三卷第三期上的《论李金发的诗》一文曾把他的诗艺概括为以下几点：一是观念联络的奇特。譬如"弃妇之隐忧堆积在动作上"中的"堆积"，"衰老之裙裾发出哀吟"中的"衰老"，都是把从来不相联络之观念联结一处，造成比喻的怪异。二是拟人法。如"晴春露出伊的小眼正睨视着我的背脊和面孔"，"睡莲向人谄笑"，都有一种想入非非之概。三是省略法。"行文时或于一章中省去数行，或于数行中省去数语，或于数语中省去数字，他们诗之暧昧难解，无非为此。"苏雪林认为这第三点尤其是"做象征派诗的秘密"。相比之下，朱自清的论断更为经典化："象征诗派要表现的是些微妙的情境，比喻是他们的生命；但是'远取譬'而不是'近取譬'，所谓远近不指比喻的材料而指比喻的方法，他们能在普通人以为不同的事物中间看出同来。他们发现事物的新关系，并且用最经济的方法将这关系组织成诗；所谓'最经济的'就是将一些联络的字句省掉，让读者运用自己的想象力搭起桥来。"①朱自清揭示的是以李金发为代表的象征派诗人所开辟的"比喻"的新视域。

比喻在以胡适为代表的初期白话诗人那里显然也得到过充分的运用。然而，诚如朱自清所言："（胡适）的诗里所用具体的譬喻似乎太明白，譬喻和理分成两橛，不能打成一片；因此，缺乏暗示的力量，看起来好像是为了那理硬找一套譬喻配上去似的。别的作者也多不免如此。"②可以说，还没有什么人在比喻的天地中走得像李金发这么远。他的诗作中充满了朱自清所谓的"远取

① 朱自清：《新诗杂话》，第 8 页，北京：三联书店，1984 年。
② 朱自清：《新诗杂话》，第 24 页，北京：三联书店，1984 年。

譬":"粉红的记忆","衰老之裙裾","希望成为朝露","凉夜如温和之乳姬"……具象与抽象的叠加与互证,使人们的诸种感知领域打成一片,极大地丰富了人们对世界的体验与认知方式,也激活了一种具有原创性特征的诗歌艺术思维。

所谓的"远取譬"正显示出李金发所禀赋的原创性具有艺术思维的禀赋,能在普通人以为不同的事物中间看出同来,其实显示的正是诗性的本质,即诗的隐喻思维的本质。隐喻是诗歌的重要诗性元素,加拿大理论家弗莱曾说过:"诗性思维的单位是隐喻,从本质上说,隐喻是非逻辑性的,把两种以上不同的事物等同起来,这是只有疯子、情人、诗人才会做的事——或者还可以加上原始人。"①从这一点上说,"远取譬"其实揭示了李金发核心的诗学技巧,同时也形象地揭示了象征派诗的诗艺本质——在不同质的事物中建立超越普通思维的奇异联系。这也是人类艺术思维的重要特征,其身体性或者说人类学依据就是人们常说的"通感",即诸种感官的相通和感觉、体验的汇通。象征主义把它提升到具有普泛性意义的诗学准则,这就是波德莱尔的名诗《通感》(也翻译成"契合")所奠定的原则。中国的象征派诗人穆木天、冯乃超和王独清们把这种诗学原则引入中国诗坛,并不太成功地运用到诗歌创作实践之中。而李金发的诗则更从感觉和感性的意义上出发,对这种诗学原则反而实践得更充分,并以他的几本诗集为我们提供了探讨比喻与通感的内在关联的理想范例。

比喻与通感的关系是一个值得深入论证的课题。当比喻把不

---

① 高友工、梅祖麟:《唐诗的魅力》,第 192 页,上海古籍出版社,1989 年。

相连属的异质性意象并置在一起的时候，其中内在逻辑联系的建构大多依赖于通感，换句话说，是不同感官的感觉的相似性和体验的相通性使"远取譬"得以成立。因此，在相当多的情形里，我们很难区分一种修辞到底是比喻还是通感。而对象征派诗人来说，他们的通感尚不仅仅囿于现象界，更与一个超验的本体域相通，波德莱尔在《通感》一诗中表达的正是这样的思想：

> 自然是一座神殿，那里有活的柱子
> 不时发出一些含糊不清的语音；
> 行人经过该处，穿过象征的森林，
> 森林露出亲切的眼光对人注视。
>
> 仿佛远远传来一些悠长的回音，
> 互相混成幽昧而深邃的统一体，
> 像黑夜又像光明一样茫无边际，
> 芳香、色彩、音响全在互相感应。

而只有作为"通灵者"的诗人才能捕捉这种感应，才能成为隐晦的"象征的森林"的辨识者和传达者。

李金发也确乎相信法国象征派诗人蓝波所谓的"诗人是通灵者"的说法，《诗人》一诗堪称李金发的自画像：

> 彳亍在斜阳之后，
> 觅昆虫之蜕羽，以卫趣味之远游。

道旁之死兽，

为其不可灭之灵作饮料。

这正像波德莱尔从路边的腐尸身上看到了存在者一样。这也是一个通灵者的形象，他能在"心窝之底"长久记忆"大自然之诒笑"，"他的视听常观察遍万物之喜怒"（《诗人》），他靠一根草儿，就能"与上帝之灵往返在空谷里"，而他的哀戚"唯游蜂之脑能深印着"。这里的"草儿""游蜂之脑"，都成为沟通灵魂与情感的具体化媒介，其间的关系看似非逻辑，但两个意象却以其可感性搭起了创造性想象力的桥梁。从而我们可以说，诗中的意象的连缀或并置虽然看上去不涉理路，无关逻辑，实际上却有着人类感性、意识与下意识作为难以觉察的底里。而李金发的诗作对于我们考察诗歌思维甚至人类思维的固有逻辑，有着不可多得的价值。

李金发堪称中国现代诗坛的晦涩诗的首创者。如果人们只是简单地视李金发为晦涩难懂的"诗怪"，其诗作所蕴含的多方面的诗学元素及其诗学意义，就可能被我们一笔带过。"晦涩的诗学"作为人类诗歌史上的重要现象，仍然有待进一步探索。至少在用现代汉语写作的那些"晦涩"诗人之中，李金发是不容越过的一个。

理趣：废名的出世情调和彼岸色彩

> 废名先生的诗不容易懂，但是懂得之后，你也许更惊叹它真好。有些诗可以从文字本身去了解，有些诗非先了解作者不可。废名先生富敏感的苦思，有禅家道人的风味。他的诗有一个深玄的背景，难懂的是背景。
>
> ——朱光潜

废名的诗在现代新诗史上也是自成一格。在史家眼里，废名是 20 世纪 30 年代以戴望舒、卞之琳、何其芳为代表的现代派诗人群体的一员，但却被视为现代派诗人群中最晦涩的一位①。这与周作人提供的说法也恰相吻合，周作人当年也称"据友人在河北某女校询问学生的结果，废名君的文章是第一名的难懂"②。比起文章来，废名的诗的晦涩则更是有过之而无不及，这也多少影

---

① 参见蓝棣之：《现代派诗选》前言，人民文学出版社，1986 年。
② 周作人：《〈枣〉和〈桥〉的序》，收《苦雨斋序跋文》，天马书店，1934 年。

响了废名在诗歌史上的声誉。或许可以说，废名作为一名诗人的声誉在很大程度上要得益于他的具有诗化特征的小说的烘托。卞之琳在 80 年代曾指出："他应算诗人，虽然以散文化小说见长。我主要是从他的小说里得到读诗的艺术享受，而不是从他的散文化的分行新诗。"①30 年代评论界对废名小说《桥》表现出极大的热情也多半由于在小说中读到了更多的诗境，评论者似发现废名"到底还是诗人"②，不过这个结论却是基于他的小说而推导出来的。这恐怕与废名公开发表的诗作较少也不无关系。

　　废名的诗与小说有相得益彰的地方，都表现出哲理的冥想的特征。其诗歌中也每每有出尘之想。1927 年废名卜居北京西山，从此开始长达五年的半隐居式的生活，其生活情境在《莫须有先生传》中可以略窥一斑。同时，废名也集中创作了一批新诗，诗中经常复现的，也正是一些"遗世""禅定""隐逸"等绝尘脱俗的意象。深山中禅定的形象，也堪称废名的自画像，正如废名在这一时期创作的一首诗《灯》的开头一句所写："人都说我是深山隐者"。又如这首《泪落》：

　　　　我佩着一个女郎之爱
　　　　慕嫦娥之奔月，
　　　　认得这是顶高地方 一棵最大树，
　　　　我就倚了这棵树

---

① 卞之琳：《冯文炳选集》序，人民文学出版社，1985 年。
② 鹤西：《谈〈桥〉与〈莫须有先生传〉》。

　　　　作我一日之休歇，

　　　　我一看这大概不算人间，

　　　　徒鸟兽之迹，

　　　　我骄傲于我真做了人间一桩高贵事业，

　　　　于是我大概是在那深山里禅定，

　　　　……

　　诗人"慕嫦娥之奔月"，结果到了一处出离人间，只有鸟兽出没的"顶高地方"，并把这种"深山里禅定"视为"人间一桩高贵事业"。诗人自我设想的形象，正是这种"深山里禅定"的形象，一如朱光潜当年评论《桥》时所说的那样，是一个"参禅悟道的废名先生"①。朱光潜也正是从"禅"的角度论及废名的诗歌："废名先生的诗不容易懂，但是懂得之后，你也许更惊叹它真好。有些诗可以从文字本身去了解，有些诗非先了解作者不可。废名先生富敏感的苦思，有禅家道人的风味。他的诗有一个深玄的背景，难懂的是背景。"②这个"深玄的背景"，或许正是禅悟的背景、理趣的背景，它同时也构成了理解《莫须有先生传》和《桥》的背景："《桥》愈写到后面，人物愈老成，戏剧的成分愈减少，而抒情诗的成分愈增加，理趣也愈浓厚。"③这种"理趣"的追求发展到诗歌创作中，就有了"深山里禅定"的诗人形象。而且，这种"禅家道人的风味"在诗中不仅仅体现为深玄的背景，它构成了诗歌的总

---

① 孟实：《桥》，《文学杂志》，1937年7月1日第1卷第3期。
② 朱光潜：《文学杂志·编后记》，1937年第1卷第2期。
③ 孟实：《桥》，《文学杂志》，1937年7月1日第1卷第3期。

体氛围,透露着诗人的审美理想,同时又具体地制约着诗中所选择的意象。

废名小说《桥》中的出世情调和彼岸色彩在他的诗中也得到了更充分的印证,体现为作者对一个梦幻般的想象世界的营造:"时间如明镜,/微笑死生"(《无题》),"余有身而有影,/亦如莲花亦如镜"(《莲花》),"太阳说,/'我把地上画了花.'他画了一地影子"(《太阳》),"梦中我画得一个太阳,/人间的影子我想我将不恐怖,/一切在一个光明底下,/人间的光明也是一个梦"(《梦中》),"我见那 点红,/我就想到颜料,/它不知从哪里画一个生命?/我又想那秋水,/我想它怎么会明一个发影?"(《秋水》)这些诗每一首孤立地看,似乎都很费解,但放在一起观照,诗中的"镜""影""梦""画""秋水"等,就在总体上编织成了一个"镜花水月"的幻美世界,一个理念化的乌托邦的存在。用周作人评价废名小说《桃园》的话来说,即是"梦想的幻景的写象"①。从这个意义上说,废名的诗歌语言,是一种幻象语言。在一系列幻美的意象背后,一个幻象世界应运而生。到了1936年创作的《十二月十九夜》中,这个幻美的世界更臻佳境:

> 深夜一枝灯,
> 若高山流水,
> 有身外之海。
> 星之空是鸟林,

---

① 周作人:《桃园》跋,《苦雨斋序跋文》,天马书店,1934年。

是花，是鱼，

是天上的梦，

海是夜的镜子。

思想是一个美人，

是家，

是日，

是月，

是灯，

是炉火，

炉火是墙上的树影，

是冬夜的声音。

这首诗堪称"意象的集大成"，诗中几乎所有的意象都是具体可感的，是可以在现实世界中找到对应的美好的事物，然而被废名串联在一起，总体上却给人一种非现实化的虚幻感，似乎成为一个废名参禅悟道的观念的世界。一系列现实化的意象最终指向的却并非实在界，而是一个想象界，给人以一种可望而不可即的缥缈感。所以香港文学史家司马长风称这首诗"洋溢着凄清夺魂之美"①。诗人所表现出来的，正是这种编织幻美世界的诗艺技巧。

从营造幻象以及观念世界的角度总体上理解废名的诗作，可能不失为一条路子，并且有可能把握到废名对中国现代诗歌史的

① 司马长风：《中国新文学史》中卷，第202页，中国香港：昭明出版社，1975年。

特殊贡献。倘若单从诗歌体式上讲，废名诗歌的不足还是比较明显的。卞之琳的评价最为到位："他的分行新诗里也自有些吉光片羽，思路难辨，层次欠明，他的诗语言上古今甚至中外杂陈，未能化古化欧，多数场合佶屈聱牙，读来不顺，更少作为诗，尽管是自由诗，所应有的节奏感和旋律感。"①尤其是废名的诗歌语言过于散文化、白话化，打磨不够，有时尚不及小说语言精练，则是更明显的缺失。但除却上述不足，废名诗歌独特的品质却是他人无法贡献的。这种特殊之处可能正在于他为现代诗坛提供了一种观念诗，一种令人有出尘之思的幻象诗，一种读者必须借助禅悟功夫才能理解其深玄奥义的理趣诗。

朱光潜在评价废名的小说《桥》时曾这样说："'理趣'没有使《桥》倾颓，因为它幸好没有成为'理障'，因为它融化在美妙的意象和高华简练的文字里面。"②"理趣"之所以没有使《桥》"倾颓"，可能不仅仅因为"它融化在美妙的意象和高华简练的文字里面"，而且因为《桥》在读者期待视野中毕竟是小说，是"小说性"制约了"理趣"，使它没有极端化。那么在废名更为纯粹的观念诗中，"理趣"有没有成为把更多的读者挡在门外的"理障"呢？这恐怕是废名的诗歌值得思索的另一个问题。

幸好废名对自己的一些诗作有独家的解释可供参考，提供了我们进入废名晦涩的诗歌世界的一个途径。但说实在话，废名解

---

① 卞之琳：《冯文炳选集》序，人民文学出版社，1985年。
② 孟实：《桥》，《文学杂志》，第1卷第3期。

释自己诗歌的这番文字也是有些晦涩的，读者能否借助这一"曲径"而"通幽"，还取决于自己的悟性，而培养这种理解诗歌的悟性，也正是废名对读者的一种期待吧？

古陵：想象中的"异托邦"

> 乌托邦是一个在世界上并不真实存在的地方，而"异托邦"不是，对它的理解要借助于想象力，但"异托邦"是实际存在的。
>
> ——福柯

一

我对孙毓棠的诗作《河》的解读是从翻阅拉铁摩尔的《中国的亚洲内陆边疆》一书开始着手的。我试图解决的困惑是：为什么孙毓棠在诗中创造了一个流向广袤的内陆沙漠地域的向西的大河？为什么河流上相竞的千帆承载的是一个种族性和集体性的通过河流的大迁徙，其方向是朝向黄沙漫漫的西部边疆，甚至是一个历史的版图疆域之外的一个疑似子虚乌有的地方——古陵？这条穿越沙漠奔腾向西的几千里长的河流所表现出的地理形态，在今天中国的版图上似乎难寻踪迹，更像是历经沧海桑田的地质巨变之后蒸发在中国西部地理空间和历史时间中的甚至连故道也消失殆尽的中古史上的河流。或许，这条呜咽的大河，本来就存在于孙毓棠关于西部边疆的史地想象中，连同诗中屡屡复现的"古陵"，是类似于福柯所谓的"异托邦"式的存在物。

这首写于 1935 年的诗作借助超凡脱俗的想象力所勾勒的这条西部大河以及神秘的"古陵"，因此多少显得有些独异。我试图在拉铁摩尔的《中国的亚洲内陆边疆》中寻求某种解释的可能性。当我读到拉铁摩尔关于"中国历史的主要中心是黄土地带"①的判断，读到书中展示的华夏文明自秦汉直到盛唐都辉煌于中国的西部边疆的史地图景，同时联想到孙毓棠创作《河》的时候的史学家身份，我开始意识到孙毓棠的想象力的脉管中流淌的可能是汉唐之血。作为历史学家的孙毓棠，从民族历史，尤其是从西北边疆史地中汲取了想象力的资源以及历史素材的给养，并最终获得了一种宏阔的史诗图景，进而超越了 20 世纪 30 年代现代派诗人笔下的镜花水月，具有了一种史诗的苍茫壮阔以及悲凉之美。

从这个意义上说，《河》堪称是对民族历史强盛时期的浑圆而豪迈的生命力的招魂曲。

二

解读《河》的另一种可能的途径是把《河》看成是孙毓棠的鸿篇

① 拉铁摩尔著，唐晓峰译：《中国的亚洲内陆边疆》，第 21 页，江苏人民出版社，2005 年。

巨制——叙事史诗《宝马》的前史。从这一角度说，两年后问世的《宝马》就并非一部毫无征兆的横空出世之作，其酝酿的因子或许已经在《河》中初露端倪。

孙毓棠，1933 年 8 月毕业于北平清华大学历史系，读书期间就关注对外关系史，学士论文以《中俄北京条约及其背景》为题。此后孙毓棠大量中国史研究的成果，触及政治、军事、经济、文化、民族、中外关系诸多领域。具体课题涉猎"战国时代的农业与农民""汉代的农民""汉初货币官铸制""战国秦汉时代的纺织业""两汉的兵制""汉代的交通""汉与匈奴西域东北及南方诸民族的关系""隋唐时期的中非交通关系""北宋赋役制度"等诸多领域。其中先秦史、汉唐史、交通史等领域的研究成果直接为《河》以及随后的惊世之作《宝马》提供了专业化的知识储备。

孙毓棠在 20 世纪 30 年代的中国诗坛显得多少有些异类，这种异类性的最突出的标志就是他发表于 1937 年的叙事史诗《宝马》①。《宝马》写的是汉武帝时李广利率兵西征大宛获取宝马的故事。《宝马》发表后不久，孙毓棠在创作谈《我怎样写〈宝马〉》中自述：伐宛"这件事在中国民族的历史中当然具有相当重要的地位，它是张骞的凿空及汉政府推行对匈奴强硬政策的必然的结果，这次征伐胜利以后，汉的声威才远播于西域，奠定了新疆内附的基础。在今日萎靡的中国，一般人都需要静心回想一下我们古代祖先宏勋伟业的时候，我想以此为写诗的题材，应该不是完全无意义的"，"已往的中国对我是一个美丽的憧憬，愈接近古人

---

① 孙毓棠：《宝马》，载 1937 年 4 月 11 日《大公报·文艺》。

言行的记录，愈使我认识我们祖先创业的艰难，功绩的伟大，气魄的雄浑，精神的焕发。俯览山川的隽秀，仰瞻几千年文化的绚烂，才自知生为中国人应该是一件多么光荣值得自豪的事。四千年来不知出头过多少英雄豪杰，产生过多少惊心动魄的故事。……整个的民族欲求精神上的慰安与自信，只有回顾一下几千年的已往，才能迈步向伟大的未来"①。这段自述既仰瞻中华几千年的辉煌历史，憧憬"神话所讲述的年代"，又同时指涉了"讲述神话的年代"——日寇兵临城下民族面临生死存亡的关头，为读者提供了理解《宝马》的现实视角。晚年的孙毓棠谈及当年《宝马》的创作时亦称，"缅怀古代两千年前，我们是一个多么光荣、伟大而有志气的民族。""打开案头书，阅读两千余年前司马迁的《史记·大宛列传》，让我怀念我们祖先坚强勇猛、刚正果毅的精神和气魄，在我年轻的心中，热血是沸腾的。因此，我写了这篇《宝马》。"②

《宝马》堪称孙毓棠对辉煌的民族历史的一次回眸，诗中的意象因此"五光十色，炫人眼目。而且句句有来历，字字有出典"③。将士西征的场面尤其被诗人极尽能事地铺排。大宛国的"宝马"也诚如诗题所写，成为诗歌的核心。王荣在《中国现代叙事诗史》中论及《宝马》时指出，"需要注意的是，和《史记·大宛列传》及《汉书·张骞李广利传第三十一》里所记载的史实相比，

① 孙毓棠：《我怎样写〈宝马〉》，载 1937 年 5 月 16 日《大公报·文艺》。
② 转引自卞之琳：《人与诗：忆旧说新》，第 221—222 页，安徽教育出版社，2007 年。
③ 卞之琳：《〈孙毓棠诗集〉序》，《人与诗：忆旧说新》，第 223 页，安徽教育出版社，2007 年。

在诗人所创造的虚构性故事情节中，宝马的获得与否，不仅成为艺术结构的中心，而且成为了牵动着国家的荣誉与尊严，将士与民众等个人命运的叙事主元素。所以，在主题思想方面，古代史实中穷兵黩武的意味被消解淡化，汉王朝与大宛国的冲突，汉军将士的浴血奋战，以至于普通民众付出的牺牲等，成了展示古代中国强悍刚健、不惧困难的民族性格与精神风貌的'有意味的形式'。这在当时日寇步步紧逼，民族存亡危在旦夕的时刻，就成了作者……用以激发中华民族奋发图强的爱国精神，'迈步向伟人的未来'等创作目的的一种有'意义'的'实践'性艺术表达方式"①。

《宝马》中时时复现的，也是如《河》中的一唱三叹般的"向西"：

> 向西去！向西去！一天天
> 头顶着寒空，脚踏着漠野，冷冰冰
> 叫你记不清北风已吹成什么日子，
> 只知道月已两回圆又两回残缺。
>
> 向西去！曲折蜿蜒这几十里大军
> 象一条大花蛇长长地爬上了荒漠，
> 白亮亮戈矛的钢刃闪烁着鳞光，
> 是鳞上添花纹，那戈矛间翻动的

---

① 王荣：《中国现代叙事诗史》，中国社会科学出版社，2004年。

　　　　　五彩旌旗的浪，听铜笳一声声

　　　　　扭抖着铜舌，战鼓冬冬冬敲落下

　　　　　钢钉的骤雨，驼吼，驴嘶，牝骡的长噪

卞之琳称："孙毓棠要不是史学专家，就不会写出他的《宝马》一类的代表诗作。"①繁复的意象有赖于丰富的史地知识的强有力支持，也显示出与早两年发表的《河》的某种沿承性。《河》的出现因此可以看作是两年后《宝马》的某种预演，既标志着《宝马》渊源有自，也证明了《河》并非心血来潮的孤立之作。把《河》作为《宝马》的前篇理解，似乎可以更好地阐释《河》的难解之处。

　　孙毓棠的另类之处还在于，作为一个史学家，他既没有对 20世纪 30 年代中国诗坛的潮流趋之若鹜，也无落伍之虞，反而能够发挥自己的专长进行写作。在写于 1934 年的《文学于我只是客串》一文中，孙毓棠更倾向于把自己视为一个业余写作者："我是以史学为专业的人，并且将来仍想以史学为专业；文学和我的关系不过是'客串'而已。"②《宝马》这般中国诗坛他人无法贡献的叙事史诗以及《河》这样具有独异的诗歌美学特质的佳构，正是一个史学家"业余""客串"的产物。

---

① 卞之琳：《〈孙毓棠诗集〉序》，《人与诗：忆旧说新》，第 222 页，安徽教育出版社，2007 年。
② 孙毓棠：《文学于我只是客串》，《我与文学》，生活书店，1934 年。

三

作家冯沅君在 1935 年的《读〈宝马〉》一文中认为："写史诗，我觉得有三个不可缺少的条件：精博的史料，丰富的想像，雄伟的气魄。"①这三个条件在孙毓棠的《河》中也得到了充分的体现。

《河》最初刊载于 1935 年 2 月 10 日《水星》第 1 卷第 5 期。开头几句即在无边的荒沙的大背景下突现出一条"向西方滚滚滚滚着昏黄的波浪"的大河，三、四句"带着呜咽哭了来，/又吞着呜咽向茫茫的灰雾里哭了去"奠定的是整首诗略显悲凉甚至悲怆的基调。这种"呜咽"既可以看成是河流的悲鸣，也可以读解为下文船上迁徙者心底的哀音。接下来则从大尺度俯拍的漫漫黄沙的全景式镜头推向河流上的近距离中景："载着大沙船，小沙船，舢板，溜艇，叶儿梭/几千株帆樯几万支桨"，描绘的是一幅数以万计的人群沿着一条大河千帆竞逐、万桨齐发的大迁徙的壮阔图景。镜头接着从中景推进到关于船帆的特写："荒原的风/似无形又似有形，吹动白的帆，黑的帆，/破烂的帆篷颤抖着块块破篷布"，暗示着这是一次漫长而艰苦卓绝的旅程。

接下来诗中有三处集中描写了上千只形体各异的船上的搭载。除了"舱里舱外堆着这多人"之外，一处写的是船上所载的日常生活和劳作的用具，一处写的是"粮食，酒"以及大大小小的牲畜连同宠物，第三处则集中写的是沙船运载的形形色色的兵器。

---

① 冯沅君：《读〈宝马〉》，载 1937 年 5 月 16 日《大公报·文艺》。

从诗歌状写的具体图景看，这是一次整个族群的背井离乡的集体大迁徙，连家禽家畜都随船带离。同时可以看出的是兵器在运载物中的重要位置，形形色色的冷兵器意象彰显出故事的古代背景，而对兵器的细致入微的摹写一方面说明这支迁徙大军的军事化程度，另一方面则说明军事在当时所占据的重要地位，这似乎是一个兵民一体化的族群。而"双刃的戈矛"，"青铜的剑"，堆成了山的"皮弓，硬弩，和黑魆魆的钢刀"，"几十船乌铁的头盔，连环索子甲，/牛皮的长盾"等，也许同时暗示着这次迁徙将不可避免地伴随着一场军事化的征服。

诗中的"呜咽""哭""哽咽"等修辞策略反映出孙毓棠没有把这次族群迁徙写成类似摩西"出埃及记"那样的壮举，从"破烂的帆篷颤抖着块块破篷布。/曲折弯转像吊送长河无穷止的哽咽，/一片乱麻样的呼嚣喧嚷"等场景中，也可看出亦无李广利西征大宛的雄壮的声威；而"舱里舱外堆着这多人，这多人，/看不出快乐，悲哀，也不露任何颜色"，则可以想见踏上征程的人们对未来的些许茫然甚至麻木，似乎这不是一次前途光明的旅程，而是一次无奈的甚至可能是被迫的流徙。

这首诗的美感风格由此而呈现出一种悲壮和苍凉的色调，但仍蕴有一种内在的雄浑的力度。这种力度恰恰蕴藏在"看不出快乐，悲哀，也不露任何颜色"的人们的脸上，蕴藏在"船夫一声声/叠二连三的吆喝"声中，蕴藏在"青年躬了身，咸汗一滴滴点着长篙，/紫铜的膀臂推动千斤的桨，勒住/帆头绳索上一股股钢丝样的力量"中，更蕴藏在"摇动几千株帆樯几万支桨，荒原的风/似无形又似有形，吹动如天如夜的帆：/多少片帆篷吸满了力量，鼓着希望"之中。而诗人最终把这次长旅定位为一次宿命之旅，一起值得回味的是重复两次的"这不管"：

> 谁知道
> 古陵在茫茫的灰雾后有多么遥远，
> 苍天把这条河划成一条多长的路？
> 这不管，只要有寒风匆匆牵了帆篷向前飞，
>
> 这不管，只要寒风紧牵了帆篷，长河的
> 波涛指点着路——反正生命总是得飞，飞，
> 不管前程是雾，是风暴，古陵有多么远，
> 多么遥，苍天总会给你个结束。

这里出现的是"生命"与"宿命"意识的相互交织。"古陵"所代表的正是这种生命和命运的双重召唤，在《河》固有的拓展族群新的生命空间，超越既有生活以及存在形态的拓疆精神之外，携带上了某种更具有永恒性的"人"的色彩。而无论是开疆拓土的精神，还是聆听命运的召唤，都与汉民族在漫长的历史时间中逐渐形成的安土重迁的传统构成了某种差异性。其中更为独异的是关于生命的求索所展示的具有人类学意义的普遍性。有学者论及《宝马》时指出："它是一部真实表现历史原生态的史诗，一部深邃洞察历史复杂性的史诗，一部寄托着诗人忧国之心与民族性格理想的史诗。除此之外，关于西域自然环境的描写，不仅提供了比古典诗词更为宏阔而细腻的画卷，而且涉及到人

与自然的关系的哲学层面。"①而《河》所最终抵达的更是关于人类的命运的层级。这也是这首诗的"异托邦"维度所蕴含的超越"时间之外的永恒性"。

四

《河》中最令人赞叹不已的是"古陵"的意象以及"叠二连三"的"到古陵去"的呼喊。如何解读"古陵"，也构成了诠释《河》这首诗的关键环节。

文学史家陆耀东谈及《河》中的"古陵"意象时指出："《河》中十多次呼唤，到古陵去，古陵在哪里？它只是一个象征。如果从'古陵'两个字面上猜测，它是古代的陵（墓）园。也就是说，不管前面是什么地方，船上载的什么，路途怎样，船行快或慢……最终的地方是死亡，是坟墓。'到古陵去！'口号也就是驶向死亡的代名词。"②

这里把"古陵"看成"死亡"的代名词可能有些阐释过度了。"陵"不仅仅可以解读为陵园，也可以解读为山陵。但究竟是陵园还是山陵，诗中并没有明确地透露，也绝非重要。诗人赋予"古陵"的其实是多重想象性与阐释的多义性特征：

谁知道古陵在什么所在？谁知道古陵

① 秦弓：《从〈宝马〉看经典重读的必要性与可能性》，《江汉论坛》，2005 年第 2 期。
② 陆耀东：《论孙毓棠的诗》，《文学评论》，2007 年第 6 期。

是山，是水，是乡城，是一个古老的国度，

是荒墟，还是个不知名的神秘的世界？

"古陵"魅惑孙毓棠的地方可能是这个字眼儿散发出的古远的感觉以及神秘不可知本身，一种与现实世界相异质的"异托邦"的属性。

也有研究者认为《河》中的"古陵"似乎是一个堪比《宝马》中所写的西域国度的地方，代表的是一种与华夏文明异质的异域文化。其实，虽然《河》与《宝马》分享的是同样的西域边疆史地资源，但是在《河》中很难对"古陵"究竟是一个什么样的地方找出确凿的答案。也有人认为"古陵"是一个古代的乌托邦或者是这个迁徙的种族的原乡式的故乡，但与经典的乌托邦想象相异的是，孙毓棠诗中的古陵，既不是一个典型的乌托邦世界，也并非"出埃及记"中犹太人所千里迢迢奔赴的一个祖先的民族集体无意识的记忆之邦，更不是陶渊明式的世外桃源。"古陵"是命运的他乡，宿命的皈依。它更像是一个"异托邦"的符码，是一个诗人在想象中构建的诗歌中的异质空间——一个边疆史地意义上的"异托邦"。

20 世纪 30 年代的诸多现代派诗人在诗中构建了一个个"辽远的国土"，梦中的伊甸园，如辛笛"我想呼唤遥远的国土"（《RHAPSODY》），何其芳"我倒是喜欢想象着一些辽远的东西，一些并不存在的人物，和一些在人类的地图上找不出名字的国土"（《画梦录》）。这堪称一批戴望舒所谓"辽远的国土的怀念者"（《我的素描》）。"辽远的国土"具有典型的乌托邦乐土的性质。

但是孙毓棠似乎无意于营造乐土的维度。他有着自己独异的资源——中国古代边疆史地带来的想象力的空间。古陵的特征只有穿越沙漠的几千里长河向西的空间维度，以及遥远、神秘和广袤本身，是一个最可能承载"异托邦"想象的地方，也是只有一种"异托邦"的想象力才能真正企及的地方。也正是关于"异托邦"的想象，提供着现代人存在方式的别样性和可能性，它是一个差异的空间，一个正史之外的世界。《河》中的古陵所获得的正是人类在历史时间和空间之外所有可能获得的生存和繁衍的空间，它绝非理想和圆满，却具有独异性和超现实性的意象性。

福柯于1967年3月14日在一次题为《另类空间》的讲演中指出："作为一种我们所生存的空间的既是想象的又是虚构的争议，这个描述可以被称为异托邦学。第一个特征，就是世界上可能不存在一个不构成异托邦的文化。这一点是所有种群的倾向。但很明显，异托邦采取各种各样的形式，而且可能我们找不到有哪一种异托邦的形式是绝对普遍的。""我们处于这样一个时代：我们的空间是在位置关系的形式下获得的。"①与大多数向欧洲与北美寻求位置关系的学者和作家相异，孙毓棠在学术领域以及诗中所获得的位置，是先秦和汉唐史地研究给予他的，这一空间图景正是在中国的西部。在《宝马》中，是李广利将军出师的大宛，而在《河》中，则是一个谁也不知道的想象化的西部空间。如果说，《宝马》的创作得益于《史记·大宛列传》及《汉书·张骞李广利传第三十一》里所记载的史实，那么，《河》虽然可以在边疆史地的

---

① 福柯著，王喆译：《另类空间》，载《世界哲学》，2006年第6期。

背景中获得理解的可能性，但却是缺乏具体的历史性的，它唯一具有的维度恰恰是福柯所谓的"空间性"和异质性。

　　福柯所处理的理论意义上的"异托邦"更想强调它作为一个差异性空间的特征，同时强调异托邦与乌托邦的差别在于异托邦所具有的"现实性"："乌托邦是一个在世界上并不真实存在的地方，而'异托邦'不是，对它的理解要借助于想象力，但'异托邦'是实际存在的。"①但在深受福柯影响的西方文学理论家以及史学家的发挥性解读中，则慢慢赋予了"异托邦"以遥远的"想象性"的特征。正如有研究者指出："异托邦地理的基本特征是某个遥远的、封闭的、处在时间之外的永恒的地域。"②张历君在《镜影乌托邦的短暂航程：论瞿秋白游记中的异托邦想象》一文中，也强调福柯所举的关于异托邦的例子中一些与旅行和流徙有关的例子：福柯"把船视为异托邦的极致表现，他指出，船是空间的浮动碎片，是没有地方的地方。它既自我封闭又被赋予了大海的无限性，是不羁想象最伟大的储藏所。'在没有船的文明里，梦想会枯竭，间谍活动取代了冒险，警察代替了海盗。'"③

　　孙毓棠的《河》中那些千帆竞逐、万桨齐发的大大小小的船只，也堪称是诗人的"不羁想象最伟大的储藏所"。而具有不可重复的独异性的《河》最后给我们的启示是：诗歌是最有可能储存和建构异托邦的理想而完美之所。

------

① 福柯著，王喆译：《另类空间》，载《世界哲学》，2006 年第 6 期。
② 周宁：《中国异托邦：20 世纪西方的文化他者》，《书屋》，2004 年第 2 期。
③ 张历君：《镜影乌托邦的短暂航程：论瞿秋白游记中的异托邦想象》，王德威、季进主编：《文学行旅与世界想象》，第 151 页。凤凰出版传媒集团江苏教育出版社，2007 年。

附：

《河》
孙毓棠

两岸无边的荒沙夹住一条河，
向西方滚滚滚滚着昏黄的波浪；
从茫茫的灰雾里带着呜咽哭了来，
又吞着呜咽向茫茫的灰雾里哭了去。
载着大沙船，小沙船，舢板，溜艇，叶儿梭
几千株帆樯几万支桨；荒原的风
似无形又似有形，吹动白的帆，黑的帆，
破烂的帆篷颤抖着块块破篷布。
曲折弯转像吊送长河无穷止的哽咽，
一片乱麻样的呼嚣喧嚷，杂着船夫一声声
叠二连三的吆喝："我们到古陵去！
我们到古陵去！"
古陵是什么地方？
没有人知道，没有人知道古陵
是山，是水，是乡城，是一个古老的国度，
是荒墟，还是个不知名的神秘的世界。
只知道古陵远远的远远的隔着西天
重重烟雾。只听见船夫们放开喉咙
一声声呼喊："我们到古陵去，到古陵去！"

大大小小多少片帆篷鼓住肚子吸满了风，

小船喘吁吁嗅着大船的尾巴跑，

这一串樯头像枯林斜拖几千里路。

舱里舱外堆着这多人，这多人，

看不出快乐，悲哀，也不露任何颜色，

只船头船尾挤作一团团斑点的，

乌黑的沉重。倚着箱笼，包裹，

杂堆着雨伞，钉耙，条帚，铁壶压着破沙锅；

女人们蓬了发，狠狠的骂着孩儿的哭；

白发的弯了虾腰呆望着焦黄的浪；

青年躬了身，咸汗一滴滴点着长篙，

紫铜的膀臂推动千斤的桨，勒住

帆头绳索上一股股钢丝样的力量。

这一串望不断像潮退的鱼群，

又像赶着季候要南旋的雁队，

一片片风剪着刀帆，帆剪着风，

"我们到古陵！到古陵去！"

谁知道

古陵在茫茫的灰雾后有多么遥远，

苍天把这条河划成一条多长的路？

这不管，只要有寒风匆匆牵了帆篷向前飞，

昏黄的河浪直向了西天滚，

"到古陵去！

我们到古陵去！"

小船载了粮食，酒，

大船载了牲畜——肥胖的耕牛和老马，

白发的山羊勾着乌角；满船的呼

是一笼笼鸡，鸭，野雁和黑棕的猪；

锁在船头上多少只狂信的癞皮狗，

骂桅杆上嚼着牙的跳荡猢狲。

"到古陵去……古陵去！"

满蒙着

尘土的沙船载了双刃的戈矛，青铜的剑，

皮弓，硬弩，和黑魆魆的钢刀堆成了山；

几十船乌铁的头盔，连环索子甲，

牛皮的长盾点缀着五彩的斑斓。

"到古陵去！"

谁知道古陵在什么所在？谁知道古陵

是山，是水，是乡城，是一个古老的国度，

是荒墟，还是个不知名的神秘的世界？

这不管，只要寒风紧牵了帆篷，长河的

波涛指点着路——反正生命总是得飞，飞，

不管前程是雾，是风暴，古陵有多么远，

多么遥，苍天总会给你个结束。

"到古陵去！"啊，古陵！船夫一声声呼喊，

摇动几千株帆樯几万支桨，荒原的风

似无形又似有形，吹动如天如夜的帆：

多少片帆篷吸满了力量，鼓着希望，

载了人，马，牲畜，醇酒和刀矛，追随着

长河波涛无穷止的哽咽，

"我们到古陵去！我们到古陵去，到古陵去！"

（载《水星》1935 年 2 月 10 日第 1 卷第 5 期）

想象：20 世纪中国诗人的江南

> 我打江南走过
> 那等在季节里的容颜如莲花的开落
>
> ——郑愁予《错误》

　　林庚在 20 世纪 30 年代曾经有过一次足迹遍布杭沪宁的江南之旅，时时萦绕在林庚心头的是一种"在异乡"的思绪。这种"在异乡"既是一种人生境遇，一种心理体验，同时也是诗歌文本中一种具体的观照角度："异乡的情调像静夜/吹拂过窗前夜来的风/异乡的女子我遇见了/在清晨的长篱笆旁/黄昏的小船在水面流去/赶过两岸路上的人了/前面是樱桃再前面是柳树/再前面又是路上的人/在树下彳亍的走着/异乡的情调像静夜/落散在窗前夜来的雨点/南方的芭蕉我遇见了/在清晨的长篱笆那边/黄昏的小船在水面流去/赶过两旁路上的人了/前面是樱桃再前面是柳树/再前面又是路上的人/在树下彳亍的走着/异乡的情调像静夜/

吹落在窗前夜来的风雨"(《异乡》)。

诗的奇特处在于变化中的重复与重复中的变化，表达出一种"行行复行行"的效果，在整体上给人一种既回环往复又变幻常新之感。从视点上说，这是由作为异乡客的诗人的视角决定的。诗人仿佛是坐在一只小船上顺水漂流，一路上遇见了长篱笆旁的异乡女子和芭蕉，赶过了两岸的路人，又赶过了岸边的樱桃和柳树，如此景象一再重复，从清晨直至黄昏。这首诗在形式上的复沓与诗人旅行中视角的移动是吻合的，因此这种复沓并不让人感到腻烦，重复中使人获得的是新奇的体验。但最终决定着这种变幻感和新奇感的却并不是移动着的视角，而是视角背后观照者陌生的异乡之旅本身，以及诗人身处异乡的漂泊经历在读者心头唤起的一种普遍的羁旅体验。这种体验正来自诗人作为异乡人的旅行视角。而这种"在异乡"的体验也决定了林庚对江南的感受有一种局外人的特征："来在沪上的雨夜里/听街上汽车逝过/檐间的雨漏乃如高山流水/打着柄杭州的雨伞出去吧/雨水湿了一片柏油路/巷中楼上有人拉南胡/是一曲似不关心的幽怨/孟姜女寻夫到长城"(《沪之雨夜》)。南胡声中那"似不关心"的幽怨昭示的正是诗人与江南的距离感与陌生感。

1954 年，台湾诗人郑愁予写下了《错误》：

> 我打江南走过
> 那等在季节里的容颜如莲花的开落
> 东风不来，三月的柳絮不飞
> 你的心如小小的寂寞的城

> 恰若青石的街道向晚
> 跫音不响，三月的春帷不揭
> 你底心是小小的窗扉紧掩
> 我达达的马蹄声是美丽的错误
> 我不是归人，是个过客……

一个江南女子倦守空闺，苦候远游的意中人。游子打这小城走过，可能恰巧邂逅了这个女子，抑或两个人还发生了爱恋的故事。但一切不过是"美丽的错误"，最终"我"只是一个匆匆过客，在"达达"的马蹄声中，一个哀婉而又有几分感伤的美丽故事就这样结束了。然而诗人营造的江南想象却刚刚开始，这是一个诗化的江南，一个有着等在季节里如莲花开落的美丽容颜的浪漫的江南，一个具有古典美的江南，一个多少携有几分神秘色彩的江南。

在另一个台湾诗人余光中那里，江南则是一个多重时空与多重文化的存在：

> 春天，遂想起
> 江南，唐诗里的江南，九岁时
> 采桑叶于其中，捉蜻蜓于其中
> (可以从基隆港回去的)
> 江南
> 小杜的江南
> 苏小小的江南

遂想起多莲的湖，多菱的湖

多螃蟹的湖，多湖的江南

吴王和越王的小战场

（那场战争是够美的）

逃了西施

失踪了范蠡

失踪在酒旗招展的

（从松山飞三个小时就到的）

乾隆皇帝的江南

这首题为《春天，遂想起》的诗，在第一节就并置了多重江南时空：书本中的（"唐诗"）、童年的（"九岁时采桑叶于其中，捉蜻蜓于其中"）、现实的（"可以从基隆港回去的"）、历史的（"小杜"，即诗人杜牧）和浪漫的（"苏小小"）。第二节则从西施、范蠡联想到乾隆，轻描淡写中完成了巨大的历史时空跨度。江南因此是一个具有巨大的文化和历史涵容的存在，既有吴越争霸的古战场，也有诗酒风流的古典遗韵，既是埋葬着诗人母亲的伤心地，也是生活着诗人众多表妹们的故乡。这首诗写于 1962 年，在当时冷战对峙的历史条件下，大陆的江南是诗人"想回也回不去的"，因此，江南就只能存活在诗人的想象中。这一想象中的江南却比现实中的江南更加广阔和深远，它活在唐诗里，活在诗人儿时的记忆里。因此，诗人运用了多重时空穿插重叠、现实与历史浑然一体的写作技法，类似于电影中一个个蒙太奇镜头，把不同时间和空间的场景组接在一起。诗歌中呈现出的江南场景也就具有一种意念化的随机性。这正是诗歌中的江南想象所具有的真正的艺术逻辑。

这几首诗在我本人的南方想象中都占有重要的位置。在我远赴江南之前，古今中国诗人就早已为我建构了江南的文化图景。尤其是辛弃疾的"落日楼头，断鸿声里，江南游子，把吴钩看了，阑干拍遍，无人会，登临意"，把江南想象、游子情怀和落寞心绪融为一体，达到了江南想象的极致。我在大三结束的暑假正是吟诵着"落日楼头，断鸿声里"孤身在苏杭周游，可以说见识到了真正的江南。但奇怪的是，此后再提起"江南"二字，脑海里浮现的仍是我从前想象中的图景，与现实中的江南似无关联。这种出自文学与想象中的文化图景，其实很顽固地盘踞在一个人的记忆和心理结构中。这就是文化想象的力量。

印证这种文化想象的力量的还有 1991 年自尽的诗人戈麦：

> 像是从前某个夜晚遗落的微雨
> 我来到南方的小站
> 檐下那只翠绿的雌鸟
> 我来到你妊娠着李花的故乡
>
> 我在北方的书籍中想象过你的音容
> 四处是亭台的摆设和越女的清唱
> 漫长的中古，南方的衰微
> 一只杜鹃委婉地走在清晨
>
> ——《南方》

　　南方正存在于戈麦关于中古的想象中，"亭台的摆设和越女的清唱"都不是现实之物。即使"一只杜鹃委婉地走在清晨"也未必是南方的真实景象，我后来经常有机会见识南方，顺便关注有没有杜鹃委婉走在清晨的景象，但从未得见，始觉这是戈麦想象中的江南杜鹃的一种艺术姿态。戈麦显然是一位更喜欢生活在自己的想象世界中的诗人，他在一篇自述中曾这样状写自己："戈麦寓于北京，但喜欢南方的都市生活。他觉得在那些曲折回旋的小巷深处，在那些雨水从街面上流到室内，从屋顶上漏至铺上的诡秘的生活中，一定发生了许多绝而又绝的故事。"现实中的南方人，也许不会觉得自己的生活是"诡秘"的。这种诡秘的南方，正是想象中的南方。而戈麦的南方想象正存在于文本之中，存在于古典诗词中，存在于郑愁予的《错误》等 20 世纪前辈诗人的创作中，与真实的南方可能无关，而是关于南方的想象。

　　从某种意义上说，江南只存在于诗人的想象中。

凤凰：搭建一个古瓮般的思想废墟

然后，从思想的原材料

取出字和肉身，

百炼之后，钢铁变得袅娜。

黄金和废弃物一起飞翔。

——欧阳江河《凤凰》

　　徐冰的大型艺术装置《凤凰》在北京 CBD 的横空出世，也催生了欧阳江河的长诗《凤凰》，两个不世出的"凤凰"因此具有了一种共生和互文的关系，共同构成了当代世界的现象学意义上的征候性。如果说徐冰的《凤凰》以其意蕴极度宽泛又高度浓缩的物态结构提供了一个当代世界的视觉抽象，蕴含了雄浑而丰富的艺术灵感和象征意义，欧阳江河则在徐冰《凤凰》的原初形象的基础上，力图营造一种当代史诗的形态，追求一种全景式的容量，涵容了全球化后工业时代才可能具有的繁复而斑斓的物象，最终以诗艺的形式构建了关于当代世界的"现象学"。

在欧阳江河的《凤凰》中，"现象学"的阐释结构与史诗品质的追求之间具有一种同构性。而当代史诗的尝试，不仅追慕了以庞德、艾略特为代表的现代主义诗人所贡献的现代史诗的高度，而且在复杂幻变的新世纪探索了一种开放性的史诗理念，重塑了史诗范畴，借以创造一种足以兼容当代生活的新诗形式。《凤凰》以神话叙述整合与重塑当代图景，反思了21世纪人类的生存境遇，揭示了当代世界可能具有的多层次、多维度、多侧面的立休化格局。《凤凰》也因此获得了当代诗歌前所未有的包容性和扩展性。

欧阳江河的《凤凰》在诗艺探索领域也表现出多方面的独特思索与探求。这些探求触及了诗歌观念形态、感受力模式、隐喻和寓言的微观诗学形式，以及对现象世界的美学抽象等诸多层次。

《凤凰》的史诗品格

1985年，欧阳江河曾经写过一篇题为《公开的独白——悼念埃兹拉·庞德》的诗作，表达了对庞德的景仰，庞德也被视为诗歌的不朽精神标杆以及难以逾越的标准。时光过了近30年，欧阳江河找到了膜拜庞德的更好的方式，那就是在新世纪重拾庞德在20世纪上半叶所展现的现代史诗的蓝图，以其《凤凰》在21世纪一个新的历史时空交叉点上思考和实践当代史诗的可能性。

从当代史诗的角度解读欧阳江河的《凤凰》，可以为这首长诗找到最直接的谱系，即20世纪的现代主义诗歌中的史诗写作。

T. S. 艾略特的《荒原》《四个四重奏》、庞德的《诗章》、威廉斯的《帕特森》等鸿篇巨制在 20 世纪上半叶塑造了现代史诗的复兴时代。这些现代主义史诗构成了今天中国诗坛所出现的具有"现象级特征"的长诗写作的最直接的谱系。① 当然史诗还有更悠久的传统，如黑格尔、马克思就把荷马史诗看成是古希腊民族精神的结晶，是人类在特定历史时空创造的不可逾越的范本。"史诗就是一个民族的'传奇故事'，'书'或'圣经'。每一个伟大的民族都有这样绝对原始的书，来表现全民族的原始精神。"②到了文艺复兴初期，史诗由于但丁的《神曲》问世而再次流行，继而在英国出现了弥尔顿的《失乐园》。史诗形式"在十六世纪甚至十七世纪的英格兰产生了巨大影响，这不仅是因为传统，而且也由于当时流行的一种信条。当时人们相信，一个和谐的宇宙已经由这种权威的形式反映出来了"。③ 每个时代的史诗都与时代的整体性世界观和文化理念相对应。按照卢卡奇的观点，荷马时代的英雄史诗可以看作是古希腊一个大写的民族的整体性的歌唱，是希腊时代精神的凝聚。而整体性在古希腊史诗中是一个世界观的全景，是永恒秩序的不言而喻的象征，正如奥尔巴赫在著名的论著《摹拟》中曾经指出的那样："荷马唤起的，不是一种历史变革的印象，而

---

① 《今天》杂志 2012 年春季号刊出了欧阳江河的《凤凰》、翟永明的《随黄公望游富春山》、西川的《万寿》、北岛的《歧路行》，均是鸿篇巨制或者长诗的片段，可视为 21 世纪长诗写作勃兴这一"现象级特征"的最好注脚。

② 黑格尔著，朱光潜译：《美学》第三卷（下册），第 108 页，商务印书馆，1984 年。

③ 理查德·泰勒著，黎风等译：《理解文学要素》，第 194 页，四川大学出版社，1987 年。

是一个不变的幻想。"①到了弥尔顿的时代，为诗构成了一个和谐宇宙的权威呈现。而 20 世纪初叶的现代主义史诗，则追求的是在崩溃而混乱的时代，对现代世界重建一种统一性的把握图式。正如美国学者理查德·泰勒所说："当二十世纪的作家们在一个分崩离析的社会中寻求连贯而统一的世界观时，史诗的观念又作为文化的中心点和试金石随着长诗的流行而风行起来。"②

从古到今，史诗都是关于人类与时代的宏大叙事，从而积淀着史诗形式所固有的巨大的体裁的力量。在这个意义上说，追求史诗品质的《凤凰》也具有宏大叙事的特征，表现出立体化描绘当代世界，进而整体性诠释纷繁复杂的社会现实的努力。

诗人摒弃了抒情诗类型中固有的抒情主人公形象，拟设了一个与史诗类型相适应的拥有高屋建瓴的观察视角的历史叙述者。正是这个历史叙述者为《凤凰》建构了一个全景式的观照。这一超越的观照在诗中屡屡借助得天独厚的"凤凰"的视角，使诗歌获得了一个全景化的广阔视野。《凤凰》视野的宏大尤其表现在下面一段中：

　　　　人啊，你有把天空倒扣过来的气度吗？
　　　　那种把寸心放在天文的测度里去飞
　　　　或不飞的广阔性，

---

① 转引自普拉帕卡尔·恰：《卢卡奇、巴赫金与小说社会学》，《第欧根尼》(中文版) 1987 年总第 5 期，第 21 页。
② 理查德·泰勒著，黎风等译：《理解文学要素》，第 194 页，四川大学出版社，1987 年。

> 使地球变小了，使时间变年轻了。
> 有人将飞翔的胎儿
> 放在哲学家的头脑里，
> 仿佛哲学是一个女人。
> 有人将万古交给人之初保存。
> 有人在地书中，打开一本天书。

"寸心"因为放在"天文的测度"里，也就获得了天文意义上的距离感，一种"使地球变小了，使时间变年轻了"的"广阔性"。这是一种"把天空倒扣过来的气度"，仿佛从宇宙深处俯瞰地球。因此，时间和空间也获得了新的感受尺度，"万古"与"人之初"、"地书"与"天书"都是在"天文的测度"中才能获得的关于时间与空间的大幅度抽象。神鸟的观察视角，正表现在时间上的广漠性与大尺度以及空间上的俯瞰感和广阔性。凤凰作为"鸟"的隐喻和视点，使欧阳江河的驰想获得了具有扩展性的多重空间，也为诗歌体裁赋予了天马行空的自由度。

史诗追求的宏大气魄还表现在《凤凰》中蕴含了一种世纪性以及全球化的使命意识，诗人力图思考与呈现的是 21 世纪人类的文化困境，在这个意义上，欧阳江河丰富了徐冰的《凤凰》关于人类在后工业时代生存境遇的隐喻：

> 如果你从柏拉图头脑里的洞穴
> 看到地中海正在被漏掉，
> 请将孔夫子塞进去，试试看

能堵住些什么。天空，锈迹斑斑：

这偷工减料的工地。有人

在太平洋深处安装了一个地漏。

　　这一段同时表现出对东方和西方历史传统与文化现实的双重讽喻，"地漏"以及"漏掉"的隐喻尤其别出心裁，在吻合了全诗关于建筑、装修、垃圾的整体语境的同时，也构成了关于人类生存远景的一个讽喻性畅想。

　　史诗追求的宏大还表现在历史时间的纵深感中。史诗体裁的规定性之一是"包含历史"，① 在这个意义上，《凤凰》也必然要涵容历史性，从而获得历史感。从第十节到第十六节，《凤凰》的书写脉络正是沿着历史线索展开。从第十节开头"古人将凤凰台造在金陵，也造在潮州"起，《凤凰》频繁指涉中国古典文学与文化中的凤凰主题，从庄子、李贺到李白、韩愈，捕捉了中国古人与凤凰聚合的一个个瞬间。但欧阳江河不是以单纯罗列的方式铺排历史，而是在凤凰的经典母题形象中灌注了自己的哲思：

以李白的方式谈论凤凰过于雄辩，

不如以韩愈的方式去静听：

他从颖师的古琴，听到了孤凤凰。

不闻凤凰鸣，谁说人有耳朵？

不与凤凰交谈，安知生之荣辱？

_____

① 保罗·麦线特著，王星译：《史诗》，第5页，昆仑出版社，1993年。

但何人，堪与凤凰谈今论古。

这首诗的历史叙述者呈现的是颖悟凤凰的可能方式以及自己的选择，诗性地反思了古人的生存体验和智慧。"韩愈的方式"，意味着只有以一种虔诚的静听姿态，才能真正与神鸟沟通，进而洞察"生之荣辱"。在凤凰的传统母题中，蕴含着的是东方型的智慧，而欧阳江河对韩愈的青睐，也表现出别有幽怀的诗人对本土诗性传统的再发明和选择性。接下来诗人的历史想象延伸到现代和当代历史，在第十一、十二两节中叙述的是 20 世纪直至 21 世纪的图景，书写的是革命、武装、土改、现代理想、政党政治乃至全球化的主题，《凤凰》中上下几千年的历史纵深因此获得了一种完整性。第十三节则触及的是凤凰与中国当代历史的关联性：

孩子们在广东话里讲英文。

老师用下载的语音纠正他们。

黑板上，英文被写成汉字的样子。

家长们待在火柴盒里，

收看每天五分钟的国际新闻，

提醒自己——

如果北京不是整个世界，

凤凰也不是所有的鸟儿。

十年前，凤凰不过是一台电视。

四十年前，它只是两个轮子。

工人们在鸟儿身上安装了刹车

和踏板，宇宙观形成同心圆，

这 26 吋的圆：毛泽东的圆。

"孩子们在广东话里讲英文。/老师用下载的语音纠正他们"，以戏谑的方式善意地嘲弄了当今中国人的世界主义理想。这一节伊始，诗人对历史的想象进入的已经是一个全球化时代，"待在火柴盒里，/收看每天五分钟的国际新闻"，典型地反映了今天的中国人身处都市狭小一隅却始终试图与世界建立关联性的生存样态。"五分钟的国际新闻"对国人的意义在此获得了诗人独具慧眼的解释："如果北京不是整个世界，凤凰也不是所有的鸟儿。"看国际新闻的时间虽短，却有助于建构中国人的全球化想象，有助于把中国人自己的生存与全世界联系在一起。而"凤凰牌自行车"的意象则使人联想到毛泽东时代曾经有过的乌托邦式的意识形态图景。"四十年前"的凤凰牌自行车既投射了一个物质匮乏的时代，又在那个特殊的年代凝聚了中国人及其领袖的"宇宙观"，"同心圆"也许恰恰是那个年代的观念形态的最形象的表征。在"四十年前"的毛泽东时代，"凤凰"恰恰正是"所有的鸟儿"，这与"北京不是整个世界，凤凰也不是所有的鸟儿"的当今世界构成了反差。

这首诗的第十四到十六节，则以徐冰制作大型艺术装置《凤凰》为线索，指涉的是当代艺术的组装性以及与资本、观众之间的关联性，思考的是艺术的当代命运以及使命问题。而从第十七节到诗歌结尾，叙述者则把视野扩展到"人类"，以"神"的方式思考人类生存的整体性图景，从而体现着当代史诗为人类生活世界的当代性进行赋形的宏大企图。在卢卡奇看来，"最伟大的艺术家是那些能重新捕捉和重新创造人类生活的和谐整体的人"。① 那么在今天，提供一种关于当代社会的全景式的想象和理解，也同样具有巨大的诱惑力，而当代史诗的方式或许是提供全景式想象的一种可能的形式。史诗的使命之一是为当代生活赋予整体图式。这种使命在西方世界进入现代性历史之后曾经一度是小说追求的目标。黑格尔就称小说是"近代市民阶级的史诗"。② 不过"近代市民阶级的史诗"这一说法，"在黑格尔那里只是意味着力求夺回失去了的统一，保住生活中的诗"。③ 在资本主义时代，统一性只是一种"失去了的统一"。因此，到了卢卡奇这里，"小说作为一个文学体裁仍是在探索失去了的整体的退化史诗"。④ 小说成为一种"退化史诗"，也正由于整体性的缺失。而当本雅明断言"小说的诞生地是孤独的个人"的时候⑤，小说已经难以承担为当代生活赋予整体图式这一使命。重新探索和捕捉失去了的整体也正是具有史诗追求的长诗所面临的世纪性课题。

---

① 转引自普拉帕卡尔·恰：《卢卡奇、巴赫金与小说社会学》，《第欧根尼》(中文版)，1987 年总第 5 期，第 9 页。

② 黑格尔著，朱光潜译：《美学》第三卷(下册)，第 167 页，商务印书馆，1984 年。

③ 普拉帕卡尔·恰：《卢卡奇、巴赫金与小说社会学》，《第欧根尼》(中文版)，1987 年总第 5 期，第 4 页。

④ 普拉帕卡尔·恰：《卢卡奇、巴赫金与小说社会学》，《第欧根尼》(中文版)，1987 年总第 5 期，第 9 页。

⑤ 本雅明著，陈永国、马海良译：《本雅明文选》，第 295 页，中国社会科学出版社，1999 年。

总体性・扩展性・开放性

21世纪的史诗的可能性首先表现在重新赋予当代社会的"外延总体性"以形式。正是在这个意义上，欧阳江河在《凤凰》中追求对时代的全景式和立体性的观照和把握，试图以史诗的形式，甚至可以说是当代神话的形式，为当代的生活提供一种全景扫描或美学抽象。当代社会的"外延总体性"集中表现在物态的形式中，而《凤凰》所追求的正是以"诗"为"物"——现实生活的多重性物景——提供美学和观念的双重形式，进而建构关于当代世界的现象学和解释学。《凤凰》结尾一句"在天空中/凝结成一个全体"，表现的就是一种对凝定图式的追求，同时把传统史诗的时间性凝结为一种空间性的全体感。在丧失了总体性的当今时代，对整体性的追求是一个看来不可能完成的任务，但是在《凤凰》中则以独特的形式通过由"凤凰"次第展开的庞大喻体网络探索了这种总体性。欧阳江河因而追求在新的语言秩序中吸纳宏伟的叙事结构和总体性的视野。而《凤凰》的整体性，不仅是以"组装"的方式整合碎片，同时也将时间性和空间性杂糅在一起，将当代文化的各个层面聚拢在一起，创造的是一个立体化的，多中心的，也因此是中心离散的多重性描述。这个时代在《凤凰》中呈现出一种诗的第十五节所谓的"事物的多重性"，诗人由此可视为一个"为事物的多重性买单"的人，而且诗人买的堪称是一张无与伦比的大单，因为我们这个时代的多重性，可能甚至是庞德的时代所无法想象的。当代史诗因此肩负两个使命：一是描绘这种多重性图景；二是重建一种整体性观照，以某种总体性阐释来整合现象世界的多重性。

20 世纪 90 年代的欧阳江河即已经发展出一种成熟的处理多重性的诗艺，善于在诗歌图景中处理异质性的事物。但他 90 年代在处理异质性的同时有把对象同质化的迹象，由此带来了诗歌的文本世界的同质性与平面化的问题。这可能与他对修辞的过度关注有关，过度修辞的后果之一是将世界修辞化和文本化。在他 90 年代的诗中，处理对位、悖反性的事物的技巧用得非常繁复，其诗歌世界有时反而给人以自我指涉的封闭之感。这种处理异质性事物的能力在《凤凰》这首诗中依然得以延续，但却充分保留了异质性本身固有的繁复特征，即把异质性与同质性互为观照，还原的恰恰是世界的复杂性本身。因为我们所身处的当代世界既是异质性的，同时又是同质性的，仅从异质性的层面理解或者仅从同质性的角度把握，都无法洞穿当代生活。譬如"一分钟的凤凰，有两分钟是恐龙"一句，就是把异质性与同质性互为观照的范例。"恐龙"既是"凤凰"的异质性的因素，但又不是凤凰的反面，在某种意义上恐龙恰恰是凤凰内生性的维度，尤其当人们凑近徐冰的《凤凰》发现构成它的材质不过是丑陋的建筑垃圾的时候。《凤凰》最出色的地方是把一个同质化的当代世界处理成一个异质性的多重空间，而且处理得"活色生香""斗转星移"。诗中的悖论性空间也超越了自我指涉的封闭性，向现实政治、当代生活以及历史纵深开放，最终指向的是"事物的多重性"，建构的是一个具有极大的包容性的繁复而多义的空间。也正是在这个意义上，本文借用《凤凰》中的一句，把欧阳江河称为一个"为事物的多重性买单"的人。

《凤凰》在这个意义上也构成了对 20 世纪 90 年代诗歌的某种超越。90 年代的诗歌要么沉醉在个人性的狭小天地里，要么捕捉了一些关于当代生活的细枝末节，忽视的正是对全景性的把握以及对多重性的呈现，很难提供对当代图景的全景性扫描。

史诗形式所内含的意识形态特征正来自它对当代社会的全景性把握和总体性思考，总体性在史诗中意味着一种世界观和宇宙秩序。而当代史诗首先须问的一个问题是：这种总体性和秩序在生活中到底是否存在？当这个世界呈现为无中心、多层次的状态，秩序和整体性就会成为难题。因此，整体性或许只是诗人的一个向往。《凤凰》结尾的"在天空中/凝结成一个全体"在某种意义上只是暂时性的整体，是一个非稳定的整体性，正如诗歌第十七节中所写："一切都在移动，而飞鸟本身不动。"而"整体"的不可能性，正由于这是一个碎片的时代。碎片化景观正是《凤凰》的内在的图景，由此恰恰昭示了整体性图景的不可能性。如果说整体性在传统史诗中是一个世界观的全景，那么当代史诗恰恰打破的是对整体性的幻想。

《凤凰》充分表现了诗人的史诗冲动，但从当代生活的整体性图景难以企及的角度说，它又是反史诗的。当代生活的本质可能在于整体性的无法获得，《凤凰》恰恰揭示出这一现实。因此，当代世界中如果存在一种史诗，也是以反史诗的形态呈现的，在反史诗的过程中成就了史诗的形式。从这个意义上说，《凤凰》表现出一种"元诗"①的特质，在追问当代史诗的可能性的过程中探索了一种开放性的史诗概念。史诗因此是向现实与未来保持一种开放性的探索过程。正如《史诗》一书中所说："'史诗'这个词也许永远不会有个定义……所有我们讨论过的作品都有一个共同的因素，这就是某种扩展性。"②所谓的"扩展性"，即开放性，向不断定义的过程性开放，向可能性开放，向生长性开放，也向未来远景开放。本文以"当代史诗"的追求阐释欧阳江河的《凤凰》，也并非对《凤凰》进行一种本质性的界定和追认，而更意指一种内含在《凤凰》中的叙述结构以及一种开放性的观念图景，并尤其指向一种探索过程。因此，当代史诗是形成中的一个过程，具有自我生长性，它很难找到一个历史远景，这也决定了当代史诗无法完结的属性。从这个意义上说，史诗也是可以无限度地写下去的，就像庞德的《诗章》一样。而《凤凰》虽然在诗艺结构上具备了一种堪称完美的完整性——一种由核心意象"凤凰"所凝聚的完整性，但从诗歌的意识形态远景以及史诗内在的视景的双重意义上看，《凤凰》也同样是一首无法完结的诗作。

这种"无法完结"的特征也反映在《凤凰》的反复修改的写作过程中。在某种意义上说，"史诗"是一次次反复无穷的修改的结果。《凤凰》的文本也一改再改，其精雕细刻日臻完善的修改过程，一方面保障了这首诗经得起文本细读，是一部耐读的作品，也体现了欧阳江河是一个美学上的完美主义者；另一方面，则表

---

① "元诗"的概念乃从"元小说""元叙事"的范畴借鉴而来。
② 保罗·麦线特著，王星译：《史诗》，第123页，昆仑出版社，1993年。

现出由于《凤凰》反映的是当代世界的"扩展性"和"多样性"，这种多样性如何进入诗歌视野，成为欧阳江河创作过程中着实颇费思量的事情。以第六节为例，在《凤凰》的第四次修改稿中，第六节曾经呈现为如下的面貌：

　　人类从凤凰身上看见的
　　是人自己的形象。
　　收藏家买鸟，是因为成不了鸟儿。
　　艺术家造鸟，就是要成为鸟儿。
　　然而，鸟从字典飞向空无。
　　警察：一个形容词。
　　民工：一个无人称。
　　为什么要清除原罪？
　　罪恶感象衬衣一样可以水洗，
　　善穿在身上，仿佛外套是沥青做的，
　　而邪恶则是隐身的，
　　或变身的：变整体为局部，
　　变贫穷为暴富，变词为物。
　　而词是加了冰块的，用水也能燃烧。

到了最后发表的定稿中则演变为：

　　人类从凤凰身上看见的
　　是人自己的形象。

收藏家买鸟，因为自己成不了鸟儿。
艺术家造鸟，因为鸟即非鸟。
鸟群从字典缓缓飞起，从甲骨文
飞入印刷体，飞出了生物学的领域。
艺术史被基金会和博物馆
盖成几处景点，星散在版图上。
几个书呆子，翻遍古籍
寻找千年前的错字。
几个临时工，因为童年的恐高症
把管道一直铺设到银河系。
几个乡下人，想飞，但没机票，
他们像登机一样登上百鸟之王，
给新月镀烙，给晚霞上釉。
几个城管，目送他们一步登天，
把造假的暂住证扔出天外。
证件照：一个集体面孔。
签名：一个无人称。
法律能鉴别凤凰的笔迹吗？
为什么凤凰如此优美地重生，
以回文体，拖曳一部流水韵？
转世之善，像衬衣一样可以水洗，
它穿在身上就像沥青做的外套，
而原罪则是隐身的
或变身的：变整体为部分，

> 变贫穷为暴富。词，被迫成为物。
> 词根被银根攥紧，又禅宗般松开。
> 落槌的一瞬，交易获得了灵魂之轻，
> 用一个来世的电话取消了现世报。

值得分析的不仅是定稿中表现出的精雕细刻，而更在于定稿中的图景获得的是更大的"扩展性"和"多样性"，艺术史、基金会、博物馆、书呆子、临时工、乡下人、城管、暂住证……一系列新增的意象都扩展了《凤凰》力图扫描的当代世界的空间维度，并同时暗示着关于这个世界还有无法进入这首诗的图景的无穷无尽的多样性本身，读者的联想也就由此被引向无比繁复无限扩展的生活世界。

正是在"扩展性"的意义上，《凤凰》成为一首无法完结的开放型诗作，它目前的结尾"在天空中/凝结成一个全体"恰恰意味着整体性的暂时性以及社会远景的遥不可及。同时《凤凰》的无法完结也源于这首诗题旨的多样性与繁复性。有研究者曾经评论过艾略特的《荒原》，认为它"目标过于单一，只包裹着一个社会幻影，所以它无法具有史诗的随题发挥的多样性"。[①] 而欧阳江河借助于"凤凰"的庞大意象网络所呈现的，正是这种"随题发挥的多样性"。

《凤凰》的矛盾性表现在，一方面它承担着总体性的追求，另一方面，它表现的恰是当代世界碎片化的本相，这种碎片化的本

---

① 保罗·麦线特著，王星译：《史诗》，第 121 页，昆仑出版社，1993 年。

相的呈现就与赋予当代生活以阐释结构的企图之间构成一种悖论性的张力。《凤凰》由此引人思考当代史诗内含的悖论性形态，同时也进一步思考在 21 世纪如果可以书写史诗，与庞德时代的现代主义史诗是否应该有所不同。当 21 世纪的史诗再试图追求现代主义诗人在诗中所构建的深度模式，可能就会让人心生疑虑，因为我们面临的可能是一个匮乏深度的时代，也是一个匮乏中心的时代，或者说一个同质性的时代。如果说在 20 世纪初叶的现代主义者那里生成的是"反抗 20 世纪的史诗挑战"，[①] 史诗是一种对社会现实的反抗形式，那么 21 世纪的史诗或许正像《凤凰》所表现的那样，天生就必然内含自我的二律背反，这就是当代史诗的悖论形态。

《凤凰》暗含的正是这种当代史诗的悖论形态。这也同时表现出欧阳江河对史诗写作的自觉性。诗人在展开史诗叙述的同时也在思索，在今天这样一个非史诗的时代，史诗的可能性究竟何在？诗的第十四节中有这样两句：

> 掏出一个小本，把史诗的大部头
> 写成笔记体：词的仓库，被掏空了。

当徐冰的《凤凰》呈现的是一种"掏空"的艺术的时候，当以垃圾和施工的废弃物组装成的是一个"虚无"的存在物的时候，"史诗的大部头"是否只能在一个"小本"上"写成笔记体"？在一个一切都

---

① 迈克尔·莱文森编，田智译：《现代主义》，第 137 页，辽宁教育出版社，2002 年。

被掏空的匮乏的时代，如果说徐冰和欧阳江河都在"写"各自的神话与史诗，本身是否是一个悖论？在大写的主体匮乏的时代，史诗究竟何为？因此，《凤凰》启发我们继续思考的是，当代史诗写作在 21 世纪的今天，应该呈现出怎样的新的形态和样式？欧阳江河的史诗追求因此是具有生长性的，《凤凰》也因此不是一个完结，而是一个新生。

神与人：《凤凰》的神话叙述

现代史诗往往在宏大结构的内里蕴藏着一个神话叙述。在现代主义批评实践中，神话则特指"有结构的象征系统"。[1] 在《尤利西斯：秩序与神话》一文中，艾略特认为使用神话，是"构造当代与古代之间的一种连续性并行结构"的方式，是"一种控制的方式，一种构造秩序的方式，一种赋予庞大、无效、混乱的景象，即当代历史，以形状和意义的方式"。[2] 而在叶芝的理解中，神话叙述意指一种"类似造物主的大型仪式"。徐冰与欧阳江河的同题创作也都因为对象"凤凰"的神性而内含这种可以与现代主义史诗相媲美的"仪式性"。如果说徐冰的《凤凰》以庞大的视觉效应暗示了当代历史的"庞大、无效、混乱的景象"，那么，欧阳江河则进一步追求"一种控制的方式，一种构造秩序的方式"，表现出神话叙述的品质。

---

[1] 袁可嘉：《新写作》，天津：《大公报》，1947 年 12 月 7 日《星期文艺》。
[2] 艾略特著，王恩衷译：《艾略特诗学文集》，第 285 页，国际文化出版公司，1989 年。

"所有的民族国家都有这样一个被埋在地下或尚未创造出来的理想。"①一个民族的神话和史诗往往蕴藏着这一理想。在中国古老的神话中，最适合蕴含这个"理想"的非"凤凰"这一神鸟莫属。作为神话原型，凤凰意象得天独厚之处在于，它在中国文化传统中已经生成了自己的神话叙述，天生就有神话性，从而在中国的历史文化语境中，与神话天然地相辅相成，因此欧阳江河的《凤凰》中称之为"神的鸟儿"。也正因为如此，现代诗人郭沫若在史诗剧《凤凰涅槃》中创造性地运用了凤凰再生的神话，诗中浴火再生的凤凰，既是启蒙主义时代个体新生的形象，也是民族国家创建过程中民族重生的象征。《凤凰涅槃》借助于凤凰这一神鸟，轻而易举地获得了神话叙述的意义空间，进而再造了凤凰的现代神话形态。欧阳江河的《凤凰》也充分发挥了凤凰这一神鸟独具的文化史优势，从中国传统中为凤凰的意象寻求了丰厚的原型和历史内蕴，赋予自己的史诗以阔大的历史性和历史感。另一方面，《凤凰》也从徐冰那里沿承了"凤凰"意象作为后工业时代城市文明的象征物的独特意蕴，赋予了这一神话形象以 21 世纪新的当下内涵，从而勾连起凤凰的当代性和历史感，重建了凤凰的神话叙述。

从神话叙述的角度着眼，本文的前一部分讨论的《凤凰》中借助"凤凰"的视角所建立的类似从太空俯瞰的全景化视野，正是一个"神"的视野。诗中因此几次出现"神"的形象。"神的工作与人

---

① 诺斯洛普·弗莱著，盛宁译：《现代百年》，第 87 页，辽宁教育出版社、牛津大学出版社，1998 年。

类相同，/都是在荒凉的地方种一些树，/炎热时，走到浓荫树下。""神抓起鸟群和一把星星，扔得生死茫茫。/一堆废弃物，竟如此活色生香。"这一超越的"神"，在诗歌具体展开的过程中，或者具象化为凤凰的角度，或者具体化为"天外天""天空"与"夜空"的意象："得把人的目力所及/放到凤凰的眼瞳里去，/因为整个天空都是泪水。""直到飞翔本身/成为天空的抵押。""从无边的现实飞入有限，/把北京城飞得比望京还小，/一个国家，像一片树叶那么小。""然后，轮到人类以鸟类的目光/去俯瞰大地的不动产：/那些房子，街道，码头，/球场和花园，生了根的事物。"诗中的神鸟凤凰往往获得的是堪比神明的视角，遗世独立，俯瞰众生。而整部《凤凰》在某种意义上说堪称与神明的一次"潜对话"。

欧阳江河的诗歌观念就其精髓部分而言沿承的是现代主义的遗产，例如把艺术家和诗人的事业视为类似"神"的工作，是在为人世立法。在这个意义上，欧阳江河印证的是奥登与庞德的理念：诗人是立法者。如果说，在奥登那里，"诗人就像他们之前的雪莱一样，把自己看成'未被承认的立法者'"①，那么，庞德则直接把诗人看作"被承认的立法者"②。欧阳江河在 21 世纪继续思考诗人所可能获得的历史姿态、位置和价值。有评论者敏锐地洞察到诗中没有出现作为诗人的"我"的字样。③ 相反，诗中屡屡

---

① 迈克尔·莱文森编，田智译：《现代主义》，第 136 页，辽宁教育出版社，2002 年。
② 迈克尔·莱文森编，田智译：《现代主义》，第 137 页，辽宁教育出版社，2002 年。
③ 杨庆祥在 2012 年 6 月 13 日于哥伦比亚大学全球中心举行的欧阳江河《凤凰》讨论会上观察到这一现象。

出现的是作为类属的"人"以及"人类"的字样。欧阳江河有些刻意
地回避了郭沫若式的抒情主人公的显身，反而有助于诗歌强化神
话叙述的特征，诗中的叙述者由此也成为神话叙述的主体，而这
一主体反而把诗中所隐含着的诗人的形象推到一个"立法者"的
高度。

《凤凰》中暗含着鲜明的立法意识，在第一节结尾即以凤凰所
禀赋的神性企图为人心立法：

> 鸟儿以工业的体量感
>
> 跨国越界，立人心为司法。
>
> 人写下自己：凤为撇，凰为捺。

所谓的法，是宇宙的秩序，是世界的图式，是"人心的司法"。因
此，《凤凰》从一开始就彰显了这首诗对"人"的关注，并在与
"神"的互动中集中思考了"人"在当代历史中的可能性，以及人所
造就的世界的当代形态。在第一节中，诗人首先引出的是"神"的
事业：

> 神的工作与人类相同，
>
> 都是在荒凉的地方种一些树，
>
> 炎热时，走到浓荫树下。

"树"的形象预示着隶属于神的世界的田园牧歌一般的生态，是神
与人共享的家园感的象征。而现代人则堪称逆神明而动，建造的

钢筋水泥的城市世界，覆盖了神所种下的"众树"：

> 众树消失了：水泥的世界，拔地而起。
> 人不会飞，却把房子盖到天空中，
> 给鸟的生态添一堆砖瓦。

正像加拿大理论家、神话–原型批评的创建者弗莱在《现代百年》一书中所说："城市向外蔓延，甚至无视国界，用一座硕大的钢骨水泥的坟墓将广袤无垠、肥沃美丽的田野覆盖。"①弗莱描述的是大都市向四围辐射的水平拓展性，而《凤凰》带来的是拔地而起的立体化的天空视野，破坏的正是属于神与鸟的世界的生态。

接下来《凤凰》借助于"鸟"的形象集中展开了人的主题：

> 然后，从思想的原材料
> 取出字和肉身，
> 百炼之后，钢铁变得袅娜。
> 黄金和废弃物一起飞翔。
> 鸟儿以工业的体量感
> 跨国越界，立人心为司法。
> 人写下自己：凤为撇，凰为捺。

---

① 诺斯洛普·弗莱著，盛宁译：《现代百年》，第 20 页，辽宁教育出版社、牛津大学出版社，1998 年。

人托喻为凤凰，借此呈现出的是大写的形象，甚至因此携带上了某种凤凰的神性，但是这一大写的形象却是以垃圾和废弃物为其物质性肉身。这本身就是关于人的主体性的反讽。人也借助于凤凰的形象得以飞翔，但只能是一种"铁了心的飞翔"，抑或是一种"观念的重影"，观念化的飞翔，是飞翔本身的异化，进而也是人的异化，异化为观念，异化为词，异化为一种自我创造的人工物，所谓"它的真身越是真的，越像一个造假"。飞翔的"人工性"以及"造假性"构成了 21 世纪人的主题的历史性与现实性。

> 不是人与鸟的区别，而是人与人的区别
> 构成了这形象：于是，凤凰重生。
> 鸟类经历了人的变容，
> 变回它自己：这就是凤凰。
> 它分身出一个动物世界，
> 但为感官之痛，保留了人之初。

《凤凰》中一个贯穿性的主题正是对 21 世纪人的现实性和主体性的探究，试图思考的正是人自己所造就的世界及其在全球化的 21 世纪的内在逻辑。这正是《凤凰》何以禀赋着史诗品质与神话叙述的真正原因。正如弗莱在《现代百年》中所说："我们的神话叙述是一种由人类关怀所建立起来的结构，从广义上说它是一种存在性的，它从人类的希望和恐惧的角度去把握人类的状况。""在我们这个时代，自达尔文之后，就存在着两个世界图像，一个是我们所看到的世界，它客观地存在在那里，不是以人为中心的；另一个是我们造就的世界，它势必是以人为中心的。艺术，人文科学，还有一部分社会科学，都是当代人类关怀神话的组成部分。"①欧阳江河的《凤凰》以其展现出的"我们造就的世界"的逻辑，汇入当代人类关怀神话的结构之中，同时挖掘了 21 世纪"人"的历史处境：

> 得给"我是谁"
> 搭建一个问询处，因为大我
> 已经被小我丢失了。
> 得给天问，搭建鹰的独语，
> 得将意义的血肉之躯
> 搭建在大理石的永恒之上，
> 因为心之脆弱有如纹瓷，
> 而心动，不为物象所动。

"得给天问，搭建鹰的独语"。这里的"鹰"可以看成是"凤凰"的同类符码。《凤凰》在这个意义上堪称 21 世纪的"天问"，是在"大我""已经被小我丢失了"的时代对"我是谁"的永恒主题的逼问。这个"天问"需要一个平台，而"搭建"的字眼，与第一节中的"搭一个工作的脚手架"呼应，暗合着徐冰的《凤凰》的组装性，预示着新世纪人的生存形态与人工性的不可分割："一种叫做凤凰的

---

① 诺斯洛普·弗莱著，盛宁译：《现代百年》，第 80 页，辽宁教育出版社、牛津大学出版社，1998 年。

现实，/飞，或不飞，两者都是手工的。"

　　前引诗句中值得继续关注的是"大我/已经被小我丢失了"一句。《凤凰》的潜在的对话者可能是启蒙主义时代的人的理念，诗人对当代历史境遇中"人"的主题的关怀，承继了启蒙主义时代对大写的"人"的主体性的思考。而与启蒙主义的大写的主体性不同，《凤凰》面临的是"大我"缺失的当今时代，人更可能蜕变为某种原子化的存在，而不是《凤凰涅槃》中的大写的个体与民族的英雄。早在20世纪上半叶，经典史诗时代的个体英雄就被群体和制度所替代。朱自清当年写作过一篇在今天读来仍不失重要性的诗学文献——《诗与建国》，介绍了金赫罗（Harold King）发表于1929年的《现代史诗——一个悬想》一文：

　　　　（金赫罗）说史诗体久已死去，弥尔顿和史班塞想恢复它，前者勉强有些成就，后者却无所成。史诗的死去，有人说是文明不同的缘故，现在已经不是英雄时代，一般人对于制造神话也已不发生兴趣了。真的，我们已经渐渐不注重个人英雄而注重群体了。如上次大战，得名的往往是某队士兵，而不是他们的将领。但像林肯、俾士麦、拿破仑等人，确是出群之才，现代也还有列宁；这等人也还有人给他们制造神话。我们说这些人是天才，不是英雄。现代的英雄是制度而不是人。还有，有些以人为英雄的，主张英雄须代表文明，破坏者、革命者不算英雄。不过现代人复杂而变化，所谓人的英雄，势难归纳在一种类型里。史诗要的是简约的类型；没有简约的类型就不成其为史诗。照金氏的看法，群体

才是真英雄；歌咏群体英雄的便是现代的史诗。所谓群体又
有两类。一类是已经成就而无生长的，如火车站；这不足供
史诗歌咏。足供史诗歌咏的，是还未成就，还在生长的群
体——制度；金氏以为工厂和银行是合式的。[①]

如果说，在朱自清的现代，制度还是作为现代性的正面因素出现
的，那么，在 21 世纪的今天，经过了从西方马克思主义一直到
福柯的洗礼，我们接受的已经是有待反思和批判的制度，当代的
制度已被视为威权统治的最核心的部分，是权力的集中象征。而
"群体"也已经蜕变为乌合之众的代名词。当代史诗因此丧失了朱
自清所呼唤的"现代史诗"的对象性，面临着重建史诗叙述的主体
性。如果说荷马时代的史诗吟诵的对象是个体英雄，朱自清的时
代是群体和制度，那么在 21 世纪的今天，史诗的主体却是缺失
的。在这个"大我消失在小我中"的时代，神话叙述的主体也同样
表现为一种缺失的状态。从而引发我们思考的问题是：今天的历
史主体性究竟是否存在？人的范畴如何可能？人的情境如何可
能？人又如何能成为凤凰？

　　在这个意义上，欧阳江河的《凤凰》沿承了徐冰的凤凰的物质
形态——建筑废料的工业体量感，也沿承了徐冰的凤凰内部物的
笨拙与飞翔的轻灵之间的悖论关系，揭示了消费主义时代的物化
与异化的普遍化，人的飞翔因物的滞重而越来越丧失可能性，因
此，人在这个时代可能性何在？如果说《凤凰》在神话叙述中试图

---

① 朱自清：《新诗杂话》，第29页，广西师范大学出版社，2004年。

触及民族的"被埋在地下或尚未创造出来的理想"，但凤凰的形象却昭示了飞翔在 21 世纪所携带的作为建筑废弃物的"肉身"之沉重。民族理想与垃圾的巨大体量之间构成了张力，飞翔的沉重感预示了一种再生的艰难。凤凰的作为建筑垃圾的物质形态似乎隐喻了 21 世纪中国特殊的现实——"物"本身的沉重和物态化的现实的笨拙，在某种意义上轻灵的飞翔变得愈来愈艰难。

感受力模式的重塑

与 20 世纪 90 年代以来对大历史观和宏大叙事的排斥不同，在 21 世纪的今天，重建整体叙事，重释文化图景，可能是思想界和文学界的一大使命。在这一点上，真正表现出创造力和时代敏感的是艺术家与诗人，其敏感度充分反映在新的感受力模式的塑造过程中。

90 年代以来，中国艺术家们遭遇的是当年现代主义艺术家们曾经面对的两难困境。韦伯从现代性的发生的角度把现代性的实践以及现代文化切分为三个领域：科学、道德和艺术。三个领域各自独立化和专业化，由此也带来了现代艺术的"象牙塔化"。"艺术似乎脱离了整个文化，从事的是象牙塔内的工作，而非社会的工作，而艺术家们则自相矛盾地给艺术施加了更大的压力，要它从事实质性的社会工作。这就是现代诗人所继承下来的两难困境……哈贝马斯指出：'仅仅打开艺术这一个文化领域，几乎不可能在文化的赤贫中拯救'每日的生活。"①在这样一个时代，艺术家和诗人企望介入社会，在文化赤贫的整体现状中以一己之力拯救世道人心以及堕落的日常生活也许是过奢的希冀，但是捕捉现实的脉动，勾勒社会的图景，却是当今的敏感于现实的艺术家们所尝试的近乎悲壮的努力。徐冰和欧阳江河以他们的同题创作在这种愈演愈烈的历史性困境中试图重新思考艺术介入现实和历史的可能性，借助于神鸟"凤凰"所展开的宏大图景，再度触及了当代文学与艺术的终极关怀的问题。在 20 世纪 90 年代崇尚私人叙事的浪潮之后，艺术家开始对 90 年代的犬儒主义进行历史性反动，重拾感知社会和呈现历史的责任，并预示着 21 世纪宏大叙事的复兴。

两个《凤凰》塑造的是对于当今社会现实的新的感受力、表现力和概括力。徐冰和欧阳江河在艺术自律性维度的特异贡献，是重新拓展了艺术和诗歌的新的可能性限度和边界。当艺术和诗歌越来越趋向个人化的私密领域的时候，徐冰和欧阳江河却让人们看到当代艺术所可能具有的超越性和宏大性。这种宏大与超越首先带来的是新的感受力模式。正像苏珊·桑塔格在《一种文化与新感受力》中曾经指出的那样：

艺术如今是一种新的工具，一种用来改造意识、形成新的感受力模式的工具。而艺术的实践手段也获得了极大的拓

---

① 迈克尔·莱文森编，田智译：《现代主义》，第 137—138 页，辽宁教育出版社，2002 年。

展。的确，为应对艺术的这种新功用（这种新功用更多地是被感觉到的，而不是被清晰地系统表述出来的），艺术家不得不成为自觉的美学家：不断地对他们自己所使用的手段、材料和方法提出质疑。对取自"非艺术"领域——例如从工业技术，从商业的运作程序和意象，从纯粹私人的、主观的幻想和梦——的新材料和新方法的占用和利用，似乎经常成了众多艺术家的首要的工作。画家们不再感到自己必须受制于画布和颜料，还可以采用头发、图片、胶水、沙子、自行车轮胎以及他们自己的牙刷和袜子。①

徐冰和欧阳江河在各自作品中所预设的阐释结构在很大程度上依赖于桑塔格所谓的对"新材料和新方法的占用和利用"。他们创造的两个《凤凰》是适应于 21 世纪的感受力形式，是在把工业和建筑垃圾在化腐朽为神奇的过程中从"非艺术"领域无中生有地创生出艺术的转化力，是在艺术运思过程中对拼贴和组装的技艺的发明，以及对并置和空间性的感受，是对后工业时代庞大的体量感的敏锐感悟和壮观呈现。

当徐冰的目光创造性地扫过都市建筑工地废弃的垃圾的时候，无疑获得的是观察和表现当今世界的新的"手段、材料和方法"，借以重塑社会的艺术感受力。欧阳江河的《凤凰》堪称异曲同工。他对以往难以被诗歌的目光打量的当代社会诸种面相的格

① 苏珊·桑塔格著，程巍译：《反对阐释》，第 343—344 页，上海译文出版社，2003 年。

外瞩目，同样展开了诗歌新的感受与书写空间。如《凤凰》的第
四节：

> 那些夜里归来的民工，
> 倒在单据和车票上，沉沉睡去。
> 造房者和居住者，彼此没有看见。
> 地产商站在星空深处，把星星
> 像烟头一样掐灭。他们用吸星大法
> 把地火点燃的烟花盛世
> 吸进肺腑，然后，优雅地吐出印花税。
> 金融的面孔像雪一样落下，
> 雪踩上去就像人脸在阳光中
> 渐渐融化，渐渐形成鸟迹。
> 建筑师以鸟爪蹑足而行，
> 因为偷楼的小偷
> 留下基建，却偷走了他的设计。
> 资本的天体，器皿般易碎，
> 有人却为易碎性造了一个工程，
> 给它砌青砖，浇筑混凝土，
> 夯实内部的层叠，嵌入钢筋，
> 支起一个雪崩般的镂空。

民工、造房者、居住者、地产商、建筑师、小偷、资本、金融、
基建、工程……在短短数行的诗作中指涉了如此繁复的异质性意

象，构筑的是立体化的"内部的层叠"，最终浇筑的却是一个"雪崩般的镂空"。"雪崩般的镂空"堪称对当代世界由混凝土浇铸的看似密不透风的坚实的内部"层叠"的一个讽喻。而资本、金融、劳动等抽象范畴则令人联想到马克思在《资本论》中对资本主义社会内在运作体系的思索，与第十三节中"更多的人坐在星空/读资本论"建立了互文性关联。其中对劳动的异化性思考尤其是当代诗歌对诗意方式的再造。劳动的异化性表现在：造房者和居住者彼此的隔绝，以社会分工和社会分层为代表的等级差距的尖锐化，占据资本逻辑高位的是地产商以及地产商所操纵的金融的运作。而地产商的形象尤其是反诗意的形象，令人联想到的是庞德《诗章》第四十五章中写的高利贷者：

> 高利贷者腐蚀了凿子
>
> 腐蚀了手艺与手艺人
>
> 它咬啮织机上的细线
>
> 没有人学会照她的样子编织金银；
>
> 它让青金石患了溃疡，深红色的布上没有绣花
>
> 绿宝石不属于梅姆灵……①

两者都是在诸如经济社会、资本、劳动、剥夺、腐蚀的复杂语境中思考人的主题以及人类的境遇。在《凤凰》中，人的主体的消失或者不稳定性，正与资本的时代以及资本时代劳动的异化密切相

---

① 转引自保罗·麦线特著，王星译：《史诗》，第117页，昆仑出版社，1993年。

关。同时，资本的创造物的"易碎性"，以及内部的"镂空"，也都表征了当代社会的内在景观，或者说是资本社会取消了内在本质的空洞化图景。

《凤凰》因此挑战了当代诗歌的诗意范畴。欧阳江河在注目徐冰的"浑身都是施工"的凤凰一身的废弃垃圾的同时，也重新思考当今世界何谓"美学"何谓"诗意"的问题：

> 空，本就是空的，被他掏空了，
> 反而凭空掏出些真东西。
> 比如，掏出生活的水电，
> 但又在美学这一边，把插头拔掉。

徐冰掏出的"真东西"，恰是与传统诗意模式大相异质的东西。"比如，掏出生活的水电"，"水电"这一从建筑、装修的语境中衍生的都市日常生活的符码，恐怕与传统美学意义上的诗意难以建立联系，也无法生成对当代生活的审美化观照，因此诗人接着写道，"又在美学这一边，把插头拔掉"，意味着在生活中被美学放逐。但悖谬的是，在诗人把"生活的水电"写入这首诗的同时，"水电"正获得了某种新的诗意观照，换句话说，当诗人把"在美学这一边，把插头拔掉"的"水电"放逐出传统诗意的疆域之外的时候，已经重新建立了一种关于诗意的标尺和审视的维度。与其说诗人创造性地重建了诗意方式，不如说诗人重新界定了诗歌触摸和呈现当下世界的感受模式，而《凤凰》的诗艺技巧也与这种感受力相适应。前引第四节即是当代社会的空间化的表征。在处理历史感的同时，《凤凰》也是一首处理"空间性"的长诗，诗的前十节正是在空间的维度和逻辑中敷衍成篇的。而在 21 世纪的当代生活中，空间性比时间性更为繁复，包容的是诗人所谓的"事物的多重性"。当代史诗需要大量处理的可能更是空间的多维度与多重性，恰如第十二节诗人所写："用时间所屈服的尺度/去丈量东方革命，必须跳出时间。"

　　这种空间性也决定了诗歌技巧的并置性和拼贴性，这与徐冰的凤凰的"组装"方式是同构的。空间性的维度一方面来源于徐冰的《凤凰》作为一种装置艺术的空间性灵感，另一方面，也决定于诗人对当代生活的本相的思考。正像福柯概括的那样，"当今的时代或许应是空间的纪元。我们身处同时性的时代中，处在一个并置的年代"。① 这是一个共时的全球化时代，事物是以空间性的并置的方式存在的，因果性既存在于时间中更存在于空间中。互联网的世界就是一个共时的世界，某一个地方的突发事件马上就可以通过网络传播到全世界。因此，诗艺也必须学习如何处理空间的事物。如果说，传统的抒情诗甚至是现代主义史诗都擅长于处理时间性和历史感，那么，今天的诗人必然要发明关于空间化的诗艺，体现在两个《凤凰》中，这种空间化的诗艺则可以概括为"组装"与"拼贴"的艺术。

　　"拼贴画式"的技巧在现代主义史诗那里是一种主导性的具体化技艺，② 徐冰的《凤凰》中的"组装"性与"拼贴画式"的技巧有异

---

① 福柯著，陈志梧译：《不同空间的正文与上下文》。包亚明主编：《后现代性与地理学的政治》，第 18 页，上海教育出版社，2001 年。
② 参见保罗·麦线特著，王星译：《史诗》，第 123 页，昆仑出版社，1993 年。

曲同工之妙。这种技巧也在欧阳江河的《凤凰》中得以承继，第十四节中的"组装"的范畴也成为《凤凰》中一个关键符码。这一节写到徐冰的手艺是一种掏空的艺术："从内省掏出十来个外省/和外国，然后，掏出一个外星空。"接下来的关键词即是"组装"：

> 他组装了王和王后，却拆除了统治。
> 组装了永生，却把它给了亡灵。
> 组装了当代，却让人身处古代。

如果说徐冰的"拼贴式"组装是表现并置的空间性和现实的多重性的有效方式，组装的技艺也从根本上决定于这个空间时代的"碎片性"的话，那么欧阳江河的《凤凰》则在与徐冰《凤凰》的组装艺术构成互文性关系的同时，试图赋予"组装"的技艺以欧阳江河式的悖论性繁复语义："王"与统治的"拆除"、"永生"与"亡灵"、"当代"与"古代"。因此，欧阳江河既组装了当代世界的现象图景，也在组装中生成着一个关于现象世界的阐释框架。"组装"也因此构成了欧阳江河创作《凤凰》这首诗的一个隐喻，在某种意义上意味着当代史诗中的"当代性"也是被组装而成的，史诗也由此存在于诗人的隐喻的诗艺中。

具体与抽象：隐喻的图景

庞德以其宏伟的《诗章》构成了对他本人早年意象派时期的超越，《诗章》意象空间的驳杂性和拼贴性也达到了前无古人的地步。而当代史诗似乎很难构建《诗章》般的无所不包的集大成图景，当代史诗往往需要一个支点，就像艾略特的"荒原"意象成为自己同题长诗的支点一样。朱自清诗论《诗与建国》中提及的"工厂""银行"等空间意象也是这样的可以构成长诗支点的核心图景。而为欧阳江河的《凤凰》构建这种支点的正是凤凰意象的隐喻性和象征性。

当代史诗追求的全景性和总体性只能是一种可能性结构，而并非小说意义上的生活全景。史诗因此需要借助于一种隐喻的方式，而且大约只能是以隐喻的方式来催生这种整体性。这种隐喻图景的建立也与诗人对复杂文化现象的抽象概括的语言需求密切相关。正像艾略特所说："就我们文明目前的状况而言，诗人很可能不得不变得艰涩。我们的文明涵容着如此巨大的多样性和复杂性，而这种多样性和复杂性，作用于精细的感受力，必然会产生多样而复杂的结果。诗人必然会变得越来越具涵容性、暗示性和间接性，以便强使——如果需要可以打乱——语言以适应自己的意思。"①

从诗歌语言的角度看，《凤凰》的隐喻性语言也正是文明所涵容的巨大的多样性和复杂性"作用于精细的感受力"的结果。隐喻性也使《凤凰》表现出一种酷似艾略特与庞德的现代史诗中所具有的"细部的感受力和思考力"，诗句和细节每每体现出多义性与含混性，是一首经得起从微观诗学的角度进行细读的精雕细刻的文本。以第一节为例：

---

① 艾略特著，王恩衷译：《艾略特诗学文集》，第32页，国际文化出版公司，1989年。

给从未起飞的飞翔

搭一片天外天，

在天地之间，搭一个工作的脚手架。

"天外天"的空间是凤凰出现的初始情境，既是徐冰《凤凰》的情境，也同时构成了诗歌的情境。"从未起飞的飞翔"则预示了作为垃圾材质的凤凰的特质，同时也奠定了诗歌的悖论化的复杂语义模式。接下来的"脚手架"既是建筑空间意义上的脚手架，同时又构成了对后工业时代的隐喻，既是徐冰艺术创造的一个"平台"，也可以看成是诗歌写作本身的操作性提示：一个"脚手架"就把诗歌的初始空间和几个维度建构了出来。在某种意义上说，欧阳江河是在徐冰《凤凰》的终点处试图重新建立起自己的一个全新的艺术起点，这就是第一节在整首长诗中所具有的一个原点性的意义。从"冰镇的可乐"的意象开始，欧阳江河就把物质主义和全球化的消费主义主题引入诗中。而第一节的主要意图是凸显徐冰的《凤凰》装置艺术对原材料的运用，"钢铁变得袅娜"一句，一方面突出的是徐冰《凤凰》中的钢铁的质料和质感，另一方面凤凰作为鸟的意象又具有"袅娜"的审美特征，由此欧阳江河建立了"软"和"硬"两种质感之间的对峙和比照。"软"和"硬"既可以说是两种艺术格调，也可以说是现代性和现代生活的两种气质。到了这一节的最后，则由鸟的"跨国越界"引出"立人心为司法"的判断，最终落实到的是"人"的形象，隐含的是"人"的神话，人的主题从此构成了诗歌的一个核心主题和语义脉络。而这一节中的最为核心的意象则是作为鸟的凤凰的意象及其隐喻化的铺展。"鸟"的隐喻在这一节中铺展得非常充分，而全诗在此后的每一段中都没有离开这个隐喻，也就是说，这首诗的行文线索和具体脉络，是对"鸟"或者说"凤凰"不断进行"实体化"和"隐喻化"，并从中引发多重联想，从而使隐喻联想构成了这首诗的核心话语方式。

《凤凰》堪称物象的集大成，似乎可以涵盖当代生活的全部领域，但诗歌又一直在处理具体和抽象两类意象之间的空间转换。所谓的"转换"表现在，一旦欧阳江河处理的是具体意象，他随即就会对这一具体意象进行升华，赋予其抽象性；而当诗人在处理抽象的理念的时候，又会试图用具象的隐喻把它具体化。如果说，徐冰的《凤凰》是观念的具象化，蕴藏丰富的奥义于形象的凤凰装置之中，那么欧阳江河的凤凰则在"具象的抽象化"以及"抽象的具体化"两极之间滑动。有论者指出欧阳江河的诗歌意象常常在诸如轻与重、有与无、空与实等对立的两极间翻转，[1] 譬如下列几段诗句：

> 从黑夜取出白夜，取出
> 一个火树银花的星系。
> 在黑暗中，越是黑到深处，越不够黑。
>
> 慢，被拧紧之后，比自身快了一分钟。
> 对表的正确方式是反时间。

---

[1] 姜涛与刘禾在 2012 年 6 月 13 日于哥伦比亚大学全球中心举行的欧阳江河《凤凰》讨论会上都触及了欧阳江河诗中意象在对立的两极间"翻转"的现象。

　　　　一分钟的凤凰，有两分钟是恐龙，

　　　　飞，或不飞，两者都是手工的，
　　　　它的真身越是真的，越像一个造假。

一系列意象都在与悖反的意象通过镜像对称的方式组建动态的意
义结构。而欧阳江河式的"转换"或者说"翻转"恰是一种当代社会
动态图景的隐喻式呈现。当今世界的意义图景是不稳定的，一种
意义的阐释系统总是在内部即已生成了其对立面，换句话说，一
种意义总是与其对立面相伴生，因此，当代生活的意义构成总是
在事物和概念的两极间滑动。思维的悖论以及意象的翻转由此应
运而生。当代生活的复杂性在于阐释者很难为其提供一个稳定的
意义图式，意义的凝定往往呈现为瞬间的形态，像电影镜头般定
格片刻后，就会被另一个意义图景替代。正像摄影家所拍到的凤
凰飞翔的照片，定格的正是飞翔的动态的瞬间，"凝定"本身就意
味着它是一个连贯飞翔的动态过程的一部分。《凤凰》中"飞"的关
键词频频出现，正象征了文本意义图景的动态性。

　　　　一切都在移动，而飞鸟本身不动。
　　　　每样不飞的事物都借凤凰在飞。
　　　　人，不是成了鸟儿才飞，
　　　　而是飞起来之后，才变身为鸟。
　　　　不是飞鸟在飞，是词在飞。
　　　　所谓飞翔就是把人间的事物

　　　　　　　提升到天上，弄成云的样子。

　　　　　　　飞，是观念的重影，是一个形象。

　　　　　　　不是人与鸟的区别，而是人与人的区别

　　　　　　　构成了这形象：于是，凤凰重生。

这是《凤凰》中最具有思辨力的片段，悖论性的思维使这段诗生成的关于"飞"的意义空间具有一种动态性和繁复性，最终思考的是"凤凰重生"中蕴含的人的"观念"图像，是一个典型的隐喻性图景。

　　当年诗人弗罗斯特"我们需要学会在隐喻中生存"[1]的表述在今天已经成为一种常识，而欧阳江河的《凤凰》正提供给我们一个怎样生存在隐喻中的活生生的实例。"凤凰"本身就是一个隐喻，或者说，"凤凰"即生存在隐喻里。无论是徐冰还是欧阳江河的凤凰，都具有丰富的隐喻含义，并具体表现为隐喻的思维和逻辑。《凤凰》中意象和观念的"转换"艺术即是通过隐喻联想实现的。这种转换方式的频频出现也许可以归结到诗人所处理的物象本身的丰富性。"凤凰"既是一个物象，但同时又是象征或隐喻，最终促使欧阳江河以隐喻化的方式处理这首诗所运用的具体诗学和诗艺技巧。隐喻联想由此构成了《凤凰》的核心话语方式。不妨从隐喻诗学的角度再读一遍第四节中的这一段：

　　　　　　地产商站在星空深处，把星星

----

[1] 迈克尔·莱文森编，田智译：《现代主义》，第140页，辽宁教育出版社，2002年。

像烟头一样掐灭。他们用吸星大法

把地火点燃的烟花盛世

吸进肺腑，然后，优雅地吐出印花税。

金融的面孔像雪一样落下，

雪踩上去就像人脸在阳光中

渐渐融化，渐渐形成鸟迹。

建筑师以鸟爪蹑足而行，

因为偷楼的小偷

留下基建，却偷走了他的设计。

资本的天体，器皿般易碎，

有人却为易碎性造了一个工程，

给它砌青砖，浇筑混凝土，

夯实内部的层叠，嵌入钢筋，

支起一个雪崩般的镂空。

诗人接连处理了三个隐喻段：第一个是"地产商站在星空深处，把星星/像烟头一样掐灭"，这个隐喻联想是从"星空"来的。一旦诗人想象出一个初始情境，如这一句中的"站在星空深处"，就会自然地生成"把星星/像烟头一样掐灭"的联想，继而延宕出"吸星"这一隐喻，也就顺理成章地生发出"把地火点燃的烟花盛世/吸进肺腑，然后，优雅地吐出印花税"一句。诗人的具体思路正是凭借这种隐喻联想展开的，当诗人为"星星"赋予一个隐喻，那么隐喻联想就从"星星"这个物象上生成出来并推衍下去，正如中国的现代派诗人废名当年所谓"字与字，句与句，互相生长"①。
第二个隐喻段则由"雪"衍生出来。"金融的面孔"是抽象的，但是
诗人一旦给"金融的面孔"赋予一个比喻"像雪一样落下"，抽象就
转化为了具象。"金融"本是当代经济活动中抽象难解的范畴，涉
及当代最复杂的全球性的资本和货币操作机制，而一旦被诗人赋
予"面孔"，就变得好像具体可感，这就是隐喻的具体性的诗学作
用。接下来从"雪踩上去就像人脸在阳光中"，到"雪"融化成为
"鸟迹"，"鸟迹"又催生"建筑师以鸟爪蹑足而行"，都是从"雪"
这个隐喻意象生成的联想，具体的诗歌思维也表现为隐喻式的延
宕。第三个隐喻段则以"资本的天体"为主轴展开。有如前面的
"金融"，"资本"也是一个既隐形却又无所不在的存在与力量。即
使用马克思的理论来分析，资本的抽象性也构成了当代金融社会
以及金融生活最复杂和最难索解之处。但当诗人赋予了它"器皿
般易碎"的具象性特征之后，接下来的隐喻段就沿着"易碎性"展
开，一直到"雪崩般的镂空"，都是从"资本的天体，器皿般易碎"
这个核心隐喻生成出来的。

　　诗人正是凭借隐喻在具象与抽象这两种现实之间自如转换，
最终在诗歌中建构了一种隐喻的现实。这种隐喻的现实不仅仅表
现在修辞层面，而且可以与本雅明在理论文本中所构造的寓言化
的现实进行类比。而在当今世界，把握现实的方式可能必须是隐
喻的，或者是本雅明意义上的寓言的方式。《凤凰》使人感受到：
这个世界只有在隐喻的意义上才是可描述的，也只有在隐喻的意

---

① 废名：《说梦》，《语丝》1927 年 5 月，第 133 期。

义上才是可理解的，而我们所身处的真正的现实所展示的种种物象反而是我们难以捕捉和穿透的。正如桑塔格在《一种文化与新感受力》中引述巴克明斯特·富勒的话所说：

在第一次世界大战中，工业突然从可见的基础变成不可见的基础，从有轨变成无轨，从有线变成无线，从合金的可见构成变成合金的不可见构成。……人的所有重要的技术如今都变得不可见了……那些曾经是感觉主义者的老大师们开启了不能为感性所控制的现象的潘多娜之盒，而他们此前一直避免认可这些现象……突然间，他们失去了对它们的真正控制，因为从那时起他们自己也不理解正在发生的事。如果你不理解，你就无法控制……①

这种不可见的事物，从工业和技术又扩展到金融和资本的领域，21世纪更是如此。当代社会的巨大特征就是这种本质的不可见性。表象与内里的遥远距离，也使得阐释和抽象在文学与艺术中变得比以往更加需要。抽象化诗艺决定于这个由资本和金融活动潜在制约和规定的世界，一切都无法从表象中看到实质。另一方面，这也是一个拟像的世界，人们看到的差不多所有的图像都是二次成像。我们在日常生活中亲眼看见的直接现实是非常有限的，更多的现实是图片、电视和电脑提供的图景。而无论是图片、电视还是电脑中的图景，都是拟像的现实，换句话说，是现

① 苏珊·桑塔格著，程巍译：《反对阐释》，第349页，上海译文出版社，2003年。

实的二次成像。同时，这也是一个"观念化"的时代，连"易拉罐的甜"也"是一个观念化"。因而《凤凰》中的诗句"从思想的原材料/取出字和肉身"具有深刻的提示性，意味着徐冰连同欧阳江河的《凤凰》的真正的原材料是"思想"。这就是当代艺术的本质，它既是从大千世界的感性现象中取材，也来自艺术家思想和观念的雄辩。

《凤凰》的隐喻技巧使这首诗呈现出的正是思想性与抽象性的品质。《凤凰》的复杂性和繁复性也与其思想性和抽象性密切相关。早期的庞德在意象主义禁例中声言"害怕抽象"。[1] 而到了《诗章》时期，抽象化则是诗人建立阐释空间与模式的重要方式。观念化在《凤凰》中也同样构成了意义图景的重要生成方式。审美化的抽象由此成为《凤凰》诗艺的重要组成部分。威廉斯曾说："只有具体的事物才有思想。"[2]而在当今时代，具体的事物意味着碎片和零散化，整体则存在于阐释和抽象之中。当苏珊·桑塔格称艺术的"新功用更多地是被感觉到的，而不是被清晰地系统表述出来的"，并认为"当代艺术的基本单元不是思想，而是对感觉的分析和对感觉的拓展（或者，即便是'思想'，也是关于感受力形式的思想）"的时候，[3] 徐冰与欧阳江河的《凤凰》却在重建新的感受力的同时，在艺术品中灌注了思想力和抽象力。如果说，徐冰的《凤凰》是化腐朽为神奇，那么，欧阳江河的《凤凰》则"搭

---

① 迈克尔·莱文森编，田智译：《现代主义》，第135页，辽宁教育出版社，2002年。
② 转引自康诺利、伯吉斯著、李文俊等译：《现代主义代表作100种现代小说佳作99种提要》，第94页，漓江出版社，1988年。
③ 苏珊·桑塔格著，程巍译：《反对阐释》，第348页，上海译文出版社，2003年。

倪瓒·江渚双林轴

　　谁知道古陵在什么所在？谁知道古陵是山，是水，是乡城，是一个古老的国度，是荒墟，还是个不知名的神秘的世界？

雁荡观瀑
古人云欲画
龙湫难下
笔不时雁
岩其是虞生
雅风景幽
速令人爽
画忘返也
佩寄诗人
曼殊

苏曼殊《雁荡观瀑》

　　苏曼殊或许也有一蓑烟雨任平生的慷慨豪放，但是一句"芒鞋破钵无人识"，勾画的却是一个多少有些落魄的僧人形象。 我的眼前仿佛出现了一个在蒙蒙春雨中踽踽独行的僧人，在寂寥而空旷的心境中，突然听到从远处的楼头隐隐约约传来了酷似故国洞箫的乐声，一下子就唤醒了诗人本来就"剪不断，理还乱"的乡愁。

歌川广重《浮世绘》　　　　铃木春信《浮世绘》

　　那么这大概是我们梦里的风物，线装书里的风物，古昔的风物了。尺八仿佛可以充这种风物的代表。的确，我们现在还有相仿的乐器。箫。然而现在还流行的箫，常令我生"形存实亡"的怀疑，和则和矣，没有力量，不能比"二十四桥明月夜，玉人何处教吹"的箫，不能比从秦楼把秦娥骗走的箫，更不能与"吹散八千军"的张良箫同日而语了。

凡·高《靴子》《向日葵》《阁楼上的椅子》

　　"一双靴子，或画家阁楼上的一把椅子，或山坡上的一棵孤树，或一座威尼斯教堂里的一行模糊不清的字会突然成为本来没有焦点的宇宙的中心。"宇宙的意义因此得以附着在人类的经验片段上。

建一个古瓷般的思想废墟"。没有什么人类的物质形态能比废墟更给人以惊心动魄之感。徐冰的"凤凰",正是从废墟中拔升出来的物的飞翔。本雅明曾言:"寓言在思想之中一如废墟在物体之中。""废墟"堪称艺术家和诗人体验后工业化都市的一种美学形式。建筑工地的废弃物赋予废墟以一种物质形态,"废墟"由此凝聚着后工业化时代的历史与文化表征,集物质与思想于一体,无视当代世界的繁华与浮华的表象,彰显着内里的荒漠与空无的实质。

求索：北岛"走向冬天"之后

当天地翻转过来

我被倒挂在

一棵墩布似的老树上

眺望

——北岛《履历》

在《北岛诗选》的所有诗篇中，最能凸显诗人个性特征的，也许莫过于《履历》中这倒挂在"一棵墩布似的老树上"的形象。这倒挂着的形象，无异于北岛的自画像，很容易使人联想到美国影片《现代启示录》一开始男主角那倒悬着的头。对世界的总体评价从银幕上那倒悬着的头中鲜明地显示出来：一个颠倒了的荒诞的世界。

北岛的《履历》也传达了同样的心态：天地翻转过来，一切都颠倒了。在这颠倒了的世界上，唯有倒挂在树上，才能保持对这个世界的清醒的理性观照。

《北岛诗选》中的许多篇，都集中反映了那个时代的荒诞不经和不合理性。《回答》中的"卑鄙是卑鄙者的通行证，高尚是高尚者的墓志铭"，在强烈的对比中深刻地道破了现实的乖谬与善恶混淆；《一切》则在对世界的悖谬的把握中对世界给予总体否定："一切都是命运／一切都是烟云／一切都是没有结局的开始／一切都是稍纵即逝的追寻"；在诗人眼里，到处都是可疑：大理石的细密的花纹是可疑的，小旅馆红铁皮的屋顶是可疑的，楼房里沉寂的钢琴是可疑的，甚至连"门下赤裸的双脚"和"我们的爱情"都是可疑的(《可疑之处》)。"可疑"构成了诗人对世界的总体感受，使人联想到萨特的《恶心》。这种对世界的可疑的感觉和萨特笔下那种恶心的反应之间，似乎在心理上有一种同构关系。这里要命的不是可疑的具体对象是什么，而是这种可疑的感觉无处不在。

这一切都不能不使我们联想到西方现代主义，联想到黑色幽默，联想到荒诞派戏剧。尤其具有那么一点荒诞派味道的是诗人的《日子》：

> 向桥下钓鱼的老头要支香烟
> 河上的轮船拉响了空旷的汽笛
> 在剧场门口幽暗的穿衣镜前
> 透过烟雾凝视着自己
> 当窗帘隔绝了星海的喧嚣
> 灯下翻开褪色的照片和字迹

这是一种百无聊赖、无所寄托的情绪，在象征的层次背后，隐含了一种无归宿的深层心理。而《履历》中那倒挂着的形象，则在印证了外在世界的荒诞性的同时，由于客体的荒诞，不可避免地带来诗人主体存在的某种程度上的荒诞色彩："我弓起了脊背/自以为找到表达真理的/唯一方式，如同/烘烤着的鱼梦见海洋/万岁！我只他妈喊了一声/胡子就长出来/纠缠着，像无数个世纪"。

这一切的心理根源，我们都能在当时的历史背景中找到，那就是：偶像的坍塌，信仰的破灭，以往尊奉和恪守的价值体系的崩解。诗人是这样描述的："理性的大厦/正无声地陷落"（《语言》），他经历了一次幻灭的心灵历程。

尼采的"上帝死了"，宣告了西方神圣而牢固的"神"的价值体系的轰毁，于是，世界的终极原因没有了，人的归宿、目的、价值标准没有了，这是一场具有毁灭性的冲击，意味着人生意义在某种程度上的消亡。

北岛也经历了这种"上帝死了"的过程：他发现"弓起了脊背"艰难地寻找的真理，突然间一文不值；他发现"自由不过是/猎人与猎物之间的距离"（《同谋》）；他发现世界正在蝇眼中分裂；他发现"以太阳的名义/黑暗在公开地掠夺"（《结局或开始》）……于是，诗人振开双臂，喊出了"告诉你吧，世界，我——不——相——信！"（《回答》）。

这种"我不相信"的觉醒的呼声与前面提及的对世界的"可疑"的总体感受互相映衬，成为我们把握北岛心灵经历的一条主线。

于是，诗人致力于对荒谬的现实的否定，并表现出了相对于其他觉醒者更彻底的怀疑主义精神。

横向的对比也许更能使我们把握住北岛的强烈的否定意向：较于北岛，舒婷更注重寻求感情世界的慰藉和皈依。时代的创伤聚焦在她那纤小而敏感的心灵上，使她过多地咀嚼回味一种个人的痛苦与感伤。她面临着对渺小的自我的超越和个性气质所决定的不得超越的矛盾。因此，她对世界、人生的思考显得不十分深刻，我们只能从诗人灵魂的战栗中去感受时代的不和谐音；顾城则致力于营造自己的童话世界。他的世界得到了诗人心灵的过滤和净化，"省略过病树、颓墙、锈崩的铁栅"（舒婷语），具有一种超现实的特征，从而缺乏对现实和历史的纵深思索。我们只能从具有梦幻色彩的童话氛围中去辨认哪些是诗人力求摆脱却又不可能完全摆脱的时代的阴影。当然，我们这里不是从美学意义上评判孰高孰低，只是想通过比较指出，就其对现实与历史的关系来看，唯有北岛真正地直面现实，反思历史，直接地对现实投射了更多更彻底的否定。

这种否定的深刻性集中体现在北岛观照世界的方式——悖论式思考方式上。

北岛诗中悖论式意象组合几乎俯拾皆是：

> 在大地画上果实的人
> 注定要忍受饥饿
> 栖身于朋友中的人
> 注定要孤独
>
> ——《雨中纪事》

冰川纪过去了，

为什么到处是冰凌？
好望角发现了，
为什么死海里千帆相竞？

———《回答》

明天，不
明天不在夜的那边

———《明天，不》

一切欢乐都没有微笑
一切苦难都没有泪痕

———《一切》

八月的梦游者
看见过夜里的太阳

———《八月的梦游者》

守灵的僧人只面对
不曾发生的事情

———《守灵之夜》

你似乎很难确切地说清每个悖论本身的含义，重要的是如果我们从总体上把握，则这些悖论式命题的怪诞本身充分体现了那个时代的乖谬性和非逻辑性。

正因为那是一个悖谬迭出的时代，也造就了诗人悖论式的思维。这种悖论式的思考，是对现实与历史的更深刻的思考。悖论，作为诗人感知世界认识世界的一种独特方式，实际上在北岛笔下已超越了形式逻辑上的语义层次，告诉人们：世界上也许有些事情确乎是不可理喻的。

荒诞派戏剧和黑色幽默小说的典型特征在某种程度上正是它们的不可理喻性。在这一个层面上，我们找到了北岛诗歌与《等待戈多》、与《第二十二条军规》的某种相似的地方。

否定了以往的价值观念，又面临理性大厦的不可重建，面临人生目的的难以找寻。这种两难处境，正是西方现代主义文化思潮产生的心理根源之一。而我们也从荒诞、悖谬、冷漠以及某种程度上的失落感中找到了北岛诗歌的某些现代主义特征。但也许很难说清这是否是北岛有意识地对现代主义的借鉴，更确切地说，这两类荒诞、无意义和冷漠都基于自身的价值体系的崩解和人生目的的失落。

这是不是说，北岛的诗的内蕴与现代主义精神在其本质上没有区别呢？

同样是一种主体和客体之间的不协调，但在荒诞派戏剧中，主体自身的强烈的失落感与荒诞感，使主客体之间有消失差别的趋向，从而主体对客体的主观评价也随着失去，我们看到的是一种完全失落。由于《等待戈多》中的人物自身的荒诞感，你很难发现他们在等待什么（实际上是无所待），很难发现他们在思索什么（实际上是无思索），很难发现他们对外在世界的评价（实际上是没有评价），特别是，你很难看到主体对客体的清醒的反省和批判。这种主体自身存在的荒诞感是现代主义的一个本质特征，而北岛却在客体荒谬的时候，保持着主体的清醒的意识，他在对客体否定的同时，是对主体存在的充分自信。他的"我不相信"是建立在对自我意识的完全相信的基础上的对世界的判决。他的怀疑主义，因此是笛卡儿式的"我怀疑，故我存在"的理性怀疑主义。尽管诗人也流露了失落感，但他在总体上超越了由于客体的荒诞而带来的主体荒诞的危险。因此《履历》中"万岁！我只他妈喊了一声/胡子就长出来"，与其说体现了自身存在的荒诞感，不如说是通过对自己的嘲弄，来反讽、调侃客观现实。他的诗中的那种强烈的批判和否定的意向，使我们能时刻感受到诗人的主体存在。北岛正是从自身的清醒的怀疑主义的立场出发，对动乱年代的荒谬现实报以冷峻的否定目光的。同我们今天能够拉开一定的时空距离和心理距离来彻底否定"文革"比较起来，更显示出诗人当时的深刻历史洞察力和清醒的理性主义精神。

对自身的"怀疑"的确信，使我们感到诗人的力量，而诗人的批判又是缺少价值参照的批判，则又使人感到他的困惑与迷惘。他舍弃了偶像，又没有找到新的情感与理性的支柱。诗人面临着几乎是一切先觉者都曾面临过的痛苦的境遇。

L. J. 宾克莱（Luther J. Binkley）曾这样阐释尼采的思想："世界就其本身来说是没有意义的，它没有固有的意义。""没有一个永恒的给世界以意义的上帝，反而能够使人获得真正的自由和创造力。"在把握不住自己以外的一切的时候，还是先来"肯定自己的本质和创造自己的价值"吧！

北岛诗歌的某些基本倾向也许正近似尼采的这种无目的无意义论，他超越了目的和意义，不悬拟希望，而是"走向冬天"。

"走向冬天"即不问希望。在诗人感到丧失了目的的世界上去进行没有终点的跋涉，去实现一个过程，这便是北岛体现在诗歌中的又一条心灵线索。

于是，我们在北岛的诗中，捕捉到了一系列类似"走向冬天"的意象。

在《明天，不》中，北岛宣告："明天，不/明天不在夜的那边/谁期待，谁就是罪人"。这蕴含着一定程度的激愤的否定判断体现了诗人的绝望感。这和在《期待》中，诗人想要传达的却是"没有期待"是一致的。在《彗星》中，诗人把人生的过程，比拟为彗星从黑暗走向黑暗的过程："摈弃黑暗，又沉溺于黑暗中"，而光明，只是"连接两个夜晚的白色走廊"。这里的彗星的悲剧形象，可以说是诗人的征象。

"海"的意象，使北岛诗歌透露出一抹亮色，它也许表达着诗人的希望。但在《和弦》中，"海很遥远"的主旋律却贯穿全诗，带有一种淡淡的忧伤，传达出的是可望而不可即的心绪。而在《船票》中，虽然海的诱惑力是巨大的：在浪花与浪花之间相传着一个古老的故事，当潮水沉寂时，有"海螺和美人鱼开始歌唱"，连"那片晾在沙滩上的阳光"都那么令人晕眩，然而，像"海很遥远"一样，这首诗中不断重复的主调却是"他没有船票"。这种鲜明对比形成的强大心理反差，呈示出一种零余者式的悲哀。唯一可把握的是路。"只有道路还活着/那勾勒出大地最初轮廓的道路"（《随想》），意味着，只有艰难的跋涉与求索是永恒的。在《走吧》中，尽管诗人也表达了"我们去寻找生命的湖"的意愿，但那"生命的湖"的意象和"海"一样，都给人以不可把握的遥远感。而执着的"走吧"本身，却超越了对"生命的湖"的把握，前行本身呈现出一种目的性。

典型地反映诗人心态的，是《走向冬天》，诗中表现的是义无反顾的"走"：

> 走向冬天
> 我们生下来不是为了
> 一个神圣的预言，走吧
> 走过驼背的老人搭成的拱门
> 把钥匙留下
> 走过鬼影幢幢的大殿
> 把梦魇留下
> 留下一切多余的东西
> 我们不欠什么
> 甚至卖掉衣服，鞋
> 和最后一份口粮
> 把叮当作响的小钱留下
>
> 走向冬天
> ……

诗人宁愿抛弃一切地"走"，然而"走"的归宿又是什么？是"冬天"。"走向冬天"之中包含了诗人体验到的历史的全部悲哀与残酷。

正是"走向冬天"的心态，构成了北岛对现代主义的进一步超越。尽管诗人没有廉价地许诺渺茫的希望，而是带有几分绝望地跋涉，但仍然能给人以一种力量。正像鲁迅所说的那样："绝望而反抗者难，比因希望而战斗者更勇猛，更悲壮。"①在这里，北岛的"走向冬天"，蕴藏着《等待戈多》所无法企及的内涵，体现了诗人对自身存在的执着，而不是把自己维系于一个终极的目标。而《等待戈多》的"无所待"，则是在终极目标失去了之后，连自身的存在也显得荒谬起来。

尼采强调"上帝死了"，反而能够使人获得真正的自由和创造力。北岛正是从旧的价值体系中挣脱出来，带着无希望无目的的失落开始他的怀疑他的否定他的探索的。只有否定了外在的权威，才能建立起自己内在的权威，也才有自己的自由意志和新的创造。

北岛的这种对主体存在、对人生过程本身的执着，同西方现代主义精神是不同的，从某种意义上说，倒是对屈原的"求索"，尤其是对鲁迅的"过客"精神的继承。这似乎要到中国的文化背景中去找寻原因。中国人自身的异化趋势远不如西方社会那么严重。中国人不把自己的命运依附于外在的异己力量——上帝，而是把世界内化于自身，从而在心灵中，在内在的人格中找到了自我平衡。因此，中国人有感伤，有孤独，有彷徨，但很少有主体存在的全部失落，而总是力图超越自身的痛苦和烦恼，顽强地执着于人生的过程本身。

也许还有问题的另一个方面。如果我们深入诗人的心理深层次，就会发现诗人灵魂深处的悲凉意识。否定的过程是一个痛苦的过程，尤其当"生命的湖"尚看不到闪光的时候。诗人不得不经

---

① 见鲁迅 1925 年 4 月 11 日致赵其文的信，载《鲁迅研究资料》第 9 期。

受这种无目的的人生之旅中的一切孤独一切苦恼一切失望，而且，诗人有时候无意识地装扮成一个众人皆醉我独醒的形象，于是便更加感觉到自己格外承担着整个人类和历史的重荷："如果海洋注定要决堤，就让所有的苦水都注入我心中。"（《回答》）我们从中可以体验到诗人的胸怀，同时也感受到一种强烈的悲剧色彩。

人毕竟不可能没有生活的目的和意义，不可能没有他的终极关怀。所谓"终极关怀"，按神学家蒂利希的思想，即"凡是从一个人的人格中心紧紧掌握住这个人的东西，凡是一个人情愿为其受苦甚至牺牲性命的东西，就是这个人的终极关怀，就是他的宗教"。人类看来是摆脱不了这种目的论的。存在主义把自由的选择本身当成目的，但同样要献身于"实现自我的独特的自由和他对于人生的计划"；尼采否定了上帝作为终极原因，但实际上没有否定终极本身。他以"超人"取代了上帝。

因此，这种价值崩解导致的终极关怀的失落所带给诗人的必然是心灵的矛盾、黑暗与挣扎。内心世界的对象化，则是诗人笔下的一系列的矛盾、悖谬的意象以及总体上的灰蒙蒙的冷峻的诗歌基调。他似乎只能从"象征文字"所借代的五千年的民族历史和"未来的人们凝视的眼睛中"去捕捉希望。一方面是历史伟力的积淀，一方面是历史对未来的理性的乐观选择。但历史又是那么沉重，"古寺"作为古老文明的象征，需要大火中的涅槃，这与"象形文字"之间形成了内在的矛盾，我们从中可以把握到诗人对民族文化在价值判断上的二律背反式的困扰。而《回答》中对未来的乐观展望也还掩盖不住"海很遥远"那一唱三叹中表现的无望感。

诗人也在渴求心灵慰藉和情感寄托。我们可以在北岛诗歌灰暗的底色上发现几点鲜亮原色，找到一些美好的意象。如海、沙滩、鸽子、红帆船、枫叶装饰的天空……但即使是这些色彩较为鲜明的意象，给人的感觉也不像顾城那般明净而单纯，仍给人以一种压抑和感伤。同时，诗人也到爱情王国中去寻找心灵的归依。不过他的爱情诗的自然背景大都是夜，从而成为诗人的低沉心绪的映衬，如《雨夜》《你在雨中等待着我》《习惯》。而且，诗人总似乎心事重重，仿佛有所期待，又不知期待什么。爱情——这心灵的避难所也构不成对无目的世界的超越，他仍然不得超脱："即使在约会的小路上／也会有仇人的目光相遇时／降落的冰霜"（《爱情故事》）。在《雨夜》中，"即使明天早上／枪口和血淋淋的太阳／让我交出自由、青春和笔／我也决不会交出这个夜晚／我决不会交出你"，表达了对爱情的忠贞，但同时仍然表现出爱的沉重："让墙壁堵住我的嘴唇吧／让铁条分割我的天空吧。"诗人的爱情中，不能不打着时代和历史的烙印。这一点，也体现在《睡吧，山谷》中：

睡吧，山谷
我们躲在这里
仿佛躲进一个千年的梦中
时间不再从草叶上滑过
太阳的钟摆停在云层后面
不再摇落晚霞和黎明

这正表现出在那黑暗的年代中对现实逃避的渴望。

"睡在蓝色的云雾里"的山谷，毕竟不是北岛的"生命的湖"，爱情，也不是他心灵的避风港。北岛毕竟是清醒的理性主义者，他竭力地摆脱了山谷的诱惑，心底那顽强而执着的声音仍是"走吧"，时时催促他踏上人生的旅程。诗人的"走"就是他人生的一种目的性，"走"似乎构成了诗人的"终极关怀"，他的目的只是为了证实自己的存在，或者，干脆是为了一个"神圣的预言"的破产。"走吧"构成了对现实世界的超越，但"走吧"却无法超越到一个新的目的论的层次，于是，"走吧"的深层心理是"走向冬天"，他的跋涉的力量并不是来自希望，他是在失望中彳亍前行。这里唯一确信的，只是诗人的主体存在。而诗人自身的本质力量，也正由于这种前行而得以实现，诚如美学家高尔太所说："人由于把自己体验为有能力驾驭自己的命运的主体，而开始走向自觉。"

在当时的历史氛围中，北岛的心态绝不是一种特殊的心态。作为觉醒的一代的典型代表，北岛的思想发展在某种程度上正是在那个该诅咒的年代里成长起来的一代人心灵历程的缩影。正因为如此，北岛身上也同样具备着这一代青年所具有的鲜明的忧患意识和使命意识，即对于民族前途乃至人类未来的巨大忧患感以及在民族文化断裂、终极关怀丧失的历史背景下重新寻求人生意义、重新建立人生哲学的迫切的使命感。同时，也正是这种忧患感和使命感标志着这一代人自我意识的觉醒，因为，"只有忧患和苦恼才有可能使人在日常生活中发现和返回他的自我，而思考生活的意义与价值，而意识到自己的责任和使命"。于是，对人生目的的苦苦思索和寻求成为这一代人的总体心灵特征。顾城的《一代人》无疑在为自己所属的群体塑了一座永恒的雕像:"黑夜给了我黑色的眼睛,我却用它寻找光明。"

因此,把北岛放在整个群体的大系统中考察,则诗人的这种追求的特征就显得尤为突出。他对黑暗年代的冷峻的审视和对未来的无望感绝不意味着消沉、颓丧,而更能代表诗人心理主旋律的,正是他在否定了旧的价值形态之后,对新的道路的探索精神,即他为了寻找"生命的湖"而进行的顽强而执着的跋涉。这种探索意识体现在诗人身上与他的否定意识同等强烈,从而在总体上构成了对北岛诗歌灰色调的冲淡和削弱。而"走向冬天"则又赋予了诗人的"走吧"以一种悲剧的壮美,诗人的人格也因这种悲壮而显得凝重和深沉,令人联想到盗火的普罗米修斯。在这个意义上说,诗人无疑以其悲壮的英雄主义超越了悲观的怀疑主义,从而他的探索指向对人生意义的新的追寻,指向对生命过程的自觉,指向一种真正意义上的自我实现。也许我们尚不能十分乐观地肯定诗人一定能盗来理想之火,重新照亮人生之旅,但他那种坚韧不拔的"求索"精神,却激励着人类百折不挠地寻求自我实现和彻底解放的道路。这也许才是北岛真正的历史意义和价值所在。

历史是乐观的,然而人类在不断追求终极目标和不断确立自身目的与意义的同时,又付出了多么沉重而巨大的心灵代价。早在两千多年前,屈原就以"路漫漫其修远兮"预见了这种艰难的历史进程,并以其"吾将上下而求索"奠定了人类在完善自身的过程中总体上呈现出的那种悲壮的心理基调。北岛的"走向冬天"毋宁说正是这种悲壮的"求索"的继续。作为特定历史条件下形成的北岛的心态，是注定要被时代超越的，但诗人那种沉重而艰辛的跋涉，却终将为后人记取！

时间：中国人从猫的眼睛里看到的

小时候他常常羡艳，墓草做蛔蛔的家园；
如今他死了三小时，夜明表还不曾休止。

——卞之琳《寂寞》

　　小时候东北家乡农村有在猫的眼睛里看时间的习俗。我因此也经常抱起家里养的一只癞猫——因为冬天怕冷在炉子边烤火，把腿烤瘸了——看猫的眼睛的瞳孔在一天里的变化，大体可以分辨出时间是正午还是黄昏，不过与实际时间误差经常太大，不似一位邻居老人可以把误差控制在一个小时以内。

　　上大学后读到卞之琳一首题为《还乡》的诗，里面写到祖父也喜欢在猫眼里看时间："好孩了，/抱起你的小猫米，/让我瞧瞧他的眼睛吧——/是什么时候了？"一时间特别有亲切感，也就顺便喜欢上了卞之琳。这首诗堪称乡土时间意识的忠实写真，同时证明了在猫眼里看时间是普覆江南塞北整个乡土世界的习惯。波德莱尔在《巴黎的忧郁》的《钟表》篇里开头即说"中国人从猫的眼睛里看时间"，也间接透露出法国人似无此良好习惯。

一直没有发现有关都市人从猫的眼睛里看时间的材料，或许这种习俗的确具有乡土性。而在卞之琳走出乡土的20世纪30年代，大都市中开始流行的已经是"夜明表"，亦称"夜光表"，在夜里也能看到表的指针。刘振典有诗云：

> 夜明表成了时间的说谎人，
> 烦怨地絮语着永恒的灵魂。

为什么夜明表成了时间的说谎人？确乎费解。如果强作解人，可以说夜明表似乎在絮絮地述说着时间的永恒性，但其实它的秒针的每一下轻响都诉诸瞬间性，所以永恒只是一种幻觉。夜明表在本质上昭示的是时间的相对性和时间的流逝性本身，从而构成了现代人焦虑的根源。或许正因如此，卞之琳在《圆宝盒》一诗中发出忠告："别上什么钟表店／听你的青春被蚕食。"而现在大学生的手腕上早就没有了手表的影子，纷纷改看手机了，大概手机可以有效地避免时间流逝带给人的焦虑。但是手机的形式感比起手表来可是差多了。我父亲那一代40后，在20世纪60年代的最大愿望就是攒钱买上海牌手表，戴着一块上海牌手表比今天的40后买到苹果五代还值得炫耀，看表的动作也夸张异常，意图牵引女同志的目光，在那个时代不啻今天开了一辆宝马。

或许正因为这种形式感，"表"的意象也成为卞之琳的最爱。对于喜欢玄思的卞之琳来说，"表"是他的奇思妙想的最好载体。

如《航海》：

> 轮船向东方直航了一夜，
> 大摇大摆的拖着一条尾巴，
> 骄傲的请旅客对一对表——
> "时间落后了，差一刻。"
> 说话的茶房大约是好胜的，
> 他也许还记得童心的失望——
> 从前院到后院和月亮赛跑。
> 这时候睡眼蒙眬的多思者
> 想起在家乡认一夜的长途
> 于窗槛上一段蜗牛的银迹——
> "可是这一夜却有二百里？"

诗人拟想的是航海中可能发生的情境：茶房懂得一夜航行带来的时差知识，因而骄傲地让旅客对表。乘船的"多思者"——可以看成是卞之琳自己的写照——在睡眼蒙眬中想起自己在家乡是从蜗牛爬过的一段痕迹来辨认一夜的跨度的，正像乡土居民从猫眼里看时间一样。而同样的一夜间，海船却走了二百海里。《航海》由此表达出一种时空的相对性。骄傲而好胜的茶房让旅客对表的行为因其炫耀而多少有点可笑，但航海生涯毕竟给他带来了严格时间感，这种关于时差的知识在茶房从前院跑到后院和月亮赛跑的童年时代是不可想象的。最终，《航海》的情境中体现出的是现代与乡土两种时间观念的对比，而在时间意识背后，则是两种生活形态的对比。

卞之琳的另一首诗《寂寞》中则写到"夜明表"：

> 乡下的孩子怕寂寞，
> 枕头边养一只蝈蝈；
> 长大了在城里操劳，
> 他买了一个夜明表。
> 小时候他常常羡艳，
> 墓草做蝈蝈的家园；
> 如今他死了三小时，
> 夜明表还不曾休止。

这首诗特殊的地方尚不在于对时间、空间或者说城市文明和乡土文明的反思，而在于卞之琳借助于"蝈蝈"和"夜明表"的意象，使乡下和城里两个时空形象地并置在一起，反映了两种文明方式的对比性，背后则隐含着两种价值判断和取向。而中国在从古老的乡土文明向新世纪的都市文明转型期的丰富而驳杂的图景，在《航海》和《寂寞》对时间的辩证思考中，获得了一个具体而微的呈现。

《航海》和《寂寞》也表征着 20 世纪中国的都市和乡土之间彼此参照以及互相依存的关系。即使在今天，都市和乡土也是不可分割的存在。你在都市里吃的东西，大都产出于乡土；你在都市打拼，你的子女可能还在乡土留守。每年春节非常壮观的人口大流动，被称为地球上规模最大的候鸟迁徙，大都是在城市和乡土中间往返奔波。乡土与都市的关系，在 21 世纪获得了新的繁复内涵，值得从社会学甚至人类学的角度重新审视和研究。

而在手表和手机如此普及的今天，猫的眼睛偶尔也还会发挥表征时间的作用。从校园网的 BBS 上读到一个段子：一个美眉上课晚到，情急之下声称是在燕园流浪猫的眼睛里看时间，结果造成半个小时的误差。读罢段子，童年那只瘸猫再度浮现在自己的脑海里，细细的瞳孔仿若一条线，竟是如此清晰。

外篇 其他诗意

乡愁：尺八的故事

这大概是我们梦里的风物，线装书里的风物，古昔的风物了。尺八仿佛可以充这种风物的代表。

——卞之琳《尺八夜》

一

1909 年的樱花时节，诗人苏曼殊在日本的古都——京都浪游，淅淅沥沥的春雨中，突然从什么地方传来了似洞箫又非洞箫的乐声，诗人听出那是日本独有的乐器——尺八的吹奏。乐曲凄清苍凉，诗人心有所感，于是写下了那首足以传世的诗作——《本事诗之九》：

春雨楼头尺八箫，何时归看浙江潮。
芒鞋破钵无人识，踏过樱花第几桥。

诗人在诗后自注云："日本尺八与洞箫少异，其曲名有《春雨》者，殊凄惘。日僧有专吹尺八行乞者。"日本京都大学的平田先生告诉我，这种专吹尺八行乞的僧人在日本也叫虚无僧。这个名字在中国人听来总有那么一点儿存在主义的形而上味道。

1904 年出家的苏曼殊在写这首"春雨楼头尺八箫"的时候也已经是一个僧人。但他也是中国近代史上有名的"不中不西，亦中亦西"，"不僧不俗，亦僧亦俗"的和尚。苏曼殊（1884—1918），字子谷，法号曼殊，广东香山人，出生于日本。20 世纪初留学日本期间，加入了革命团体青年会和拒俄义勇队，回国后任上海《国民日报》的翻译。苏曼殊热衷于革命，却被香港兴中会拒绝，一气之下在广东惠州出家，自称"曼殊和尚"。但他在出家的当年就曾经计划刺杀保皇党康有为，幸为人所劝阻。从他的"本事诗"中还可以感觉到他剃度之后仍难免牵惹红尘。如《本事诗之六》：

乌舍凌波肌似雪，亲持红叶索题诗。
还卿一钵无情泪，恨不相逢未剃时。

苏曼殊精通日语、英语、梵语，既写诗歌、小说，也擅长山水画，还翻译过《拜伦诗选》和雨果的《悲惨世界》，在当时译坛上引起了轰动。辛亥革命后，主要从事文言小说写作，著有《断鸿零雁记》《绛纱记》《焚剑记》《碎簪记》《非梦记》等。苏曼殊的诗文和小说都受好评。陈独秀即称："曼殊上人思想高洁，所为小说，描写人生真处，足为新文学之始基乎?"把苏曼殊的小说创作推溯为新文学的传统。郁达夫则说苏曼殊的诗有"一脉清新的近代味"。游国恩主编的《中国文学史》中称他"别具一格，倾倒一时"。这种"倾倒一时"的文坛盛名从前引的那首《本事诗之六》就完全可以想见：苏曼殊即使当了和尚，仍不乏倾慕于他的诗才的肌肤似雪的追星族。"还卿一钵无情泪，恨不相逢未剃时"则流露了诗人身不由己的无奈与怅惘，尘缘未了凡心不净可见一斑。从《寄调筝人》中也可窥见诗人的"禅心"经常有美眉干扰：

> 禅心一任娥眉妒，佛说原来怨是亲。
> 雨笠烟蓑归去也，与人无爱亦无嗔。

诗人一心向禅，任凭娥眉嫉恨，但美眉的"怨怼"同时又被诗人视为一种亲缘。尽管"雨笠烟蓑归去也"一句使人想到苏轼的词"归去，也无风雨也无情"，同时苏曼殊也许确然追求一种"与人无爱亦无嗔"的境界，但正面文章反面看，读者读出的反而恰恰是"娥眉"对诗人"禅心"的骚扰，苏曼殊显然很难达到"与人无爱亦无嗔"的境界。

《过若松町有感示仲兄》也是苏曼殊的一首代表作：

> 契阔死生君莫问，行云流水一孤僧。
> 无端狂笑无端哭，纵有欢肠已似冰。

"契阔死生"的典故来自《诗经》："死生契阔，与子成说。执子之手，与子偕老。"闻一多解释这四句诗时说："犹言生则同居，死则同穴，永不分离也。"这四句诗也是《诗经》里张爱玲最喜欢的诗句，称"它是一首悲哀的诗，然而它的人生态度又是何等肯定"。苏曼殊这首诗同样表现出了一种既"悲哀"又"肯定"的人生态度，与佛家的淡泊出世超逸静修大相径庭。"无端狂笑无端哭"，更是表达了我行我素、全无顾忌的行为方式。从中我们感受到的是一个作为性情中人的情感丰沛的苏曼殊，也正因如此，他的诗作无不具有一种撩人心魄的韵致。

　　"春雨楼头尺八箫"一诗或许是苏曼殊名气最大的诗作。读这首诗，我首先联想到的是苏轼的词"竹杖芒鞋轻胜马，谁怕，一蓑烟雨任平生"，苏曼殊或许也有一蓑烟雨任平生的慷慨豪放，但是一句"芒鞋破钵无人识"，勾画的却是一个多少有些落魄的僧人形象。我的眼前仿佛出现了一个在蒙蒙春雨中踽踽独行的僧人，在寂寥而空旷的心境中，突然听到从远处的楼头隐隐约约传来了酷似故国洞箫的乐声，一下子就唤醒了诗人本来就"剪不断，理还乱"的乡愁。京都多桥，此时一座座形状各具的桥被绚烂的樱花落满，景象一定可观。然而诗人的思绪却沉浸在这种如烟如雾般弥漫的乡思之中，眼前的异国的秀丽景致渐渐模糊了，以致记不清走过了几座桥。而且具体的数字对诗人来说是不重要的，重要的是一个"几"字蕴含的不确定感，映现的正是诗人内心的恍惚与沉湎。我尤其流连于"何时归看浙江潮"的"何时"二字，它把诗人的回归化成遥遥无期的期待与向往，传达的是一种"君问归期未有期"的延宕感，"归看"变成了一种无法企及的虚拟化的想象。所以尽管诗人没有直接书写"思念故国"一类的字眼，但读起来让人更加感受到故园之思的弥漫，更使人愁肠百结。而"浙江潮"三字所象征的故国的山川风物，又使诗人的离情别绪携上了一缕文化的乡愁的韵味。

可以想见，"春雨楼头尺八箫"这首诗蕴含的诸种心绪和母题，必会在后来的诗人那里激荡起悠长的回声。

二

苏曼殊吟诵"春雨楼头尺八箫"的二十多年后，也是在京都，卞之琳写下了他的诗作《尺八》。

> 象候鸟衔来了异方的种子，
> 三桅船载来了一枝尺八，
> 从夕阳里，从海西头。
> 长安丸载来的海西客
> 夜半听楼下醉汉的尺八，
> 想一个孤馆寄居的番客
> 听了雁声，动了乡愁，
> 得了慰藉于邻家的尺八，
> 次朝在长安市的繁华里
> 独访取一枝凄凉的竹管……
> （为什么霓虹灯的万花间
> 还飘着一缕凄凉的古香？）
> 归去也，归去也，归去也——
> 象候鸟衔来了异方的种子，

> 三桅船载来一枝尺八，
> 尺八乃成了三岛的花草。
> (为什么霓虹灯的万花间，
> 还飘着一缕凄凉的古香?)
> 归去也，归去也，归去也——
> 海西人想带回失去的悲哀吗?
>
> 1935 年 6 月 19 日

1935 年春，卞之琳因为一次翻译工作，乘一艘名字叫"长安丸"的客船取道神户，抵达京都，住在京都东北郊京都大学附近的一个日本人家的两开间小楼上，三面见山，风景不错。房东是京都大学的一位物理系助手，近五十岁，听说吹得一口好尺八，但是卞之琳却一直无缘聆听。他第一次听到尺八的吹奏，是去东京游玩。三月底的一个晚上，诗人正和朋友走在早稻田附近一条街上，在若有若无的细雨中，"心中怏怏的时候，忽听得远远的，也许从对街一所神社吧，送来一种管乐声，如此陌生，又如此亲切，无限凄凉，而仿佛又不能形容为'如怨如慕如泣如诉'。我不问(因为有点像箫)就料定是所谓尺八了，一问他们，果然不错。在茫然不辨东西中，我油然想起了苏曼殊的绝句：

> 春雨楼头尺八箫，何时归看浙江潮。
> 芒鞋破钵无人识，踏过樱花第几桥。

这首诗虽然没有什么了不得，记得自己在初级中学的时候却读过了不知多少遍，不知道小小年纪，有什么不得了的哀愁，想起来心里真是'软和得很'。"

这段回忆引自卞之琳第二年（1936）写的一篇散文《尺八夜》，追溯自己在日本与尺八结缘的过程以及《尺八》一诗的创作始末。当诗人从东京回到京都住处，在五月间的一个夜里，房东喝醉了酒，尺八终于在"夜深人静"时分的楼下吹起来了。音乐声依然让卞之琳感叹"啊，如此陌生，又如此亲切"，唤起的是诗人类似于当年苏曼殊的乡愁，于是就有了《尺八》，这首诗也被英美文学专家王佐良先生称为卞之琳诗歌成熟期的"最佳作"。

三

如果没有了解到散文《尺八夜》中交代的卞之琳与尺八之间的本事和因缘，乍读《尺八》一诗，在语义层面是不太容易梳理清晰的。这首诗曾经也迷惑过把卞之琳作为研究对象的专业学者。

《尺八》的复杂，主要是因为这首诗交替出现了三种时空和三重自我。

诗人一开始并没有直接抒写自己聆听尺八的经过和感受，而是先追溯历史。前三句"象候鸟衔来了异方的种子，／三桅船载来了一枝尺八，／从夕阳里，从海西头"，追溯尺八从中国本土流传到日本，并像种子一样在日本扎根发芽的历史。"夕阳里"和"海西头"就是站在日本的角度喻指中国。这三句是追溯中的历史时空。

四、五句"长安丸载来的海西客／夜半听楼下醉汉的尺八"，才开始写现实中的诗人自己在京都夜半听房东吹奏尺八的事实。但应该注意的是卞之琳并没有使用第一人称"我"，而是引入了一个人物"海西客"。"海西客"其实正是诗人自己的化身，诗中的"长安丸"也可以证明这一点，它是卞之琳来日本所乘的船的名字。这两句交代海西客在京都听尺八的事实，进入的是现实时空。

但卞之琳接下来仍没有写"海西客"听尺八的具体感受，从第六句到第十句进入的是海西客的缅想："想一个孤馆寄居的番客/听了雁声，动了乡愁，/得了慰藉于邻家的尺八，/次朝在长安市的繁华里/独访取一枝凄凉的竹管……"这五句进入的是人物海西客想象中的历史情境。海西客拟想在中国的唐朝，一个日本人（"番客"）寄居在长安城的孤馆里，听到了雁声，触动了乡愁，并在邻居的尺八声中得到了安慰，于是这位遣唐使（或许还是一位取经的僧人）便在第二天去了长安繁华的集市中买到了一支尺八，并带回了日本，尺八就这样流传到了三岛。这五句写尺八传入日本的具体情形，进入的是历史时空，但并不是严格的历史事实的考证，而是海西客想象中的可能发生的情景，所以又是想象化的心理时空。从这十句诗看，前三句写历史，四、五句写现实，六到十句写想象，进入的又是虚拟的历史情境和氛围，从而构成了三种时空的并置和交错。这三种时空的交错对读者梳理诗歌的语义脉络多少构成了一点障碍。有研究者就把海西客想象中的唐代的长安时空当成了海西客在日本的现实时空，把海西客和番客等同为一个人，称海西客第二天到东京市上买支尺八留作纪念，他犯的错误就是没有看出从六到十句进入的是"海西客"想象中的唐代的历史情境。

《尺八》中三种时空的交错使诗的前十句含量异常丰富，短短的十行诗中容纳了繁复的联想，并沟通了现实和历史。诗人的艺术想象具有一种跳跃性，令人想到卞之琳所喜爱的李商隐。废名在《谈新诗》一书中就说卞之琳的诗"观念"跳得厉害，他引用任继愈先生的话，说卞之琳的诗作"像李义山的诗"。《锦瑟》中的"庄生晓梦迷蝴蝶，望帝春心托杜鹃。沧海月明珠有泪，蓝田日暖玉生烟"，之所以众说纷纭，从艺术想象上看，正在于联想的跳跃性，造成了观念的起伏跌宕。四句诗每一句自成境界，每一句自成语义和联想空间，而并置在一起则丧失了总体把握的语义线索，表现为从一个典故跳到另一个典故，在时间、空间、事实和情感几方面都呈现出一种无序的状态。又如李商隐的《重过圣女祠》，"一春梦雨常飘瓦，尽日灵风不满旗"，废名称这两句诗"前不见古人，后不见来者，中国绝无仅有的一个诗品"，妙处在于"稍涉幻想，朦胧生动"。其美感正生成于现实与幻想的交融，很难辨别两者的边际。"常飘瓦"的"雨"到底是梦中的雨还是现实中的雨，"不满旗"的"风"到底是灵异界的风还是自然界的风，都是很难厘清的，诗歌的语义空间由此也就结合了现实与想象两个世界。《尺八》令人回味的地方也在于诗人设计了"海西客"对唐代可能发生的事情的想象，这样就并置了两种情境：一是现实中的羁旅三岛的海西客在日本听尺八的吹奏；二是拟想中的唐代的孤馆寄居的日本人在中国聆听尺八，两种相似的情境由此形成了对照，想象中的唐朝的历史情境衬托出了海西客当下的处境，"乡愁"的主题由此在时间与空间的纵深中获得了历史感。诗人的想象和乡愁在遥远的时空得到了异域羁旅者的共鸣和回响。

《尺八》因此是一首融合了叙事因素的抒情诗，在形式上最明显的特征是回避了第一人称"我"作为抒情主人公。一般来说，浪漫主义诗人喜欢以"我"来直抒胸臆，诗中的抒情主人公都可以看成是诗人自己。而卞之琳有相当一部分诗则回避"我"的出现。从诗人的性格来看，卞之琳是内敛型的，不像郭沫若、徐志摩是外向型的。卞之琳自己就说，"我总怕出头露面，安于在人群里默默无闻，更怕公开我的私人感情。这时期我更多借景抒情，借物抒情，借人抒情，借事抒情"。在诗的形式上，则表现为"我"的隐身。而从诗歌技艺上说，卞之琳称他自己的诗"倾向于小说化，典型化，非个人化"，《尺八》就是一首典型的"非个人化"的作品，也是一种小说化的诗。这种"非个人化"和"小说化"除了表现为在诗中引入人物，拟设现实和历史情境之外，还表现为诗人的主体在诗中分化为三重自我。

第一重自我是诗中的叙事者。诗人拟设了一个小说化的讲故事人，从第一句开始，就是叙事者在说话，是一个第三人称叙事者在追溯尺八从中国传到日本的历史，交代和讲述海西客的故事。它造成的效果是使《尺八》有了故事性，读者也觉得自己在听一个讲故事的人讲一个关于尺八的故事以及一个关于海西客的故事。这样就要求读者调整自己的阅读心态，把这首诗首先当成一个故事来读。

第二重自我是诗中的人物海西客。尽管从卞之琳的散文《尺八夜》中可以获知海西客其实就是诗人自己的形象，但从阅读心理上说，读者只能把海西客看成诗中的一个人物。而从诗人的角度说，卞之琳把自己外化成一个他者的形象，诗人自己则得以分身成为一个观察者，可以客观地审视这个自我的另一个形象。这种自我的对象化既与诗人的总怕出头露面，安于默默无闻的性格有关，更与追求诗意呈现的客观化的诗学原则密切相关。

第三重自我则是诗人自己在诗中的显露。我们读下去会看到诗中突兀地插入了"归去也，归去也，归去也——"的呼唤，并重复了两次。我们本来已经习惯了阅读伊始的诗的讲故事般的叙述的调子，所以读到这种饱蘸感情的呼唤会觉得在诗中显得不和谐。但正是这种不和谐却使诗歌有了新的诗学元素的介入，出现了新的张力和诗艺空间。重复的呼唤类似于歌剧中的宣叙调，使诗歌多出了一种带有情感冲击力的声音。这是谁的声音？是叙事者的吗？诗中叙事者的声音是平静和客观的，其作用是叙述故事，营构时空，而"归去也"的喊声紧张、强烈，甚至有些焦灼，是一种充满感情的主观化的呼唤，同时它打破了此前叙事者的连贯的叙述，使故事戛然中止，所以它显然不是叙事者的声音。尽管可能有读者认为这两句"归去也"是人物海西客的呼喊，但是更合理的解释是，这是诗人自己直接介入的声音，带着诗人的强烈感情和意识，尽管它依旧表现为匿名的方式。那么，再看括号中也重复了两次的设问"为什么霓虹灯的万花间/还飘着一缕凄凉的古香？"也可以看作是诗人自己的声音在追问，是诗人自己直接出来说话。也许可以说，尽管诗人一开始想客观地处理《尺八》这首诗，减少自己情感的流露，但是卞之琳写着写着仍然抑制不住自己的冲动，直接喊出了"归去也"的心灵呼声。

这就是诗中的三重自我。尽管这三个自我在诗中是统一的，是诗人自己的主体形象的分化和外化，但是其各自的调子却不一样。叙事者的功能在于叙述，调子相对冷静和客观。当然这种客观也只能是相对而言，如第十句"独访取一枝凄凉的竹管"，就不单是叙述，还有判断，"凄凉"的字眼就蕴含有明显的感情色彩。再看人物的调子又如何呢？因为诗中海西客的形象是借想象和心理活动传达的，又是由叙事者间接描述出来的，所以人物的调子基本上受制于叙事者的调子。最后是诗人自己的调子，这是趋向于主观化、情绪化的声音，它流露了诗人的真情实感，又在重复与复沓中给读者一唱三叹的感受，直接冲击着读者的心灵深处。

诗中的这三种自我和调子，借用音乐术语，产生的是一种类似于交响乐中的多声部的效果，自然比单声部的诗作要复杂一些。而从总体上看，尽管诗人在诗中外化为三重自我，但无论是从诗的语义表层，还是从诗的结构形式，都看不到诗人自己直接抛头露面，这就是《尺八》的精心之处，它努力达到的，正是卞之琳自己说的"非个人化"的诗艺追求。

四

卞之琳在日本最初听到尺八的吹奏的时候，油然想起的正是苏曼殊的绝句。那是卞之琳"读过了不知多少遍"的诗作。或许可以说，如果没有苏曼殊这首绝句的存在，如果没有卞之琳对它的"不知多少遍"的阅读，卞之琳可能不会对尺八的乐声如此敏感，也不会从尺八一下子联想到乡愁的主题。换句话说，是苏曼殊的绝句在尺八与乡愁之间建立了最初的关联，这种关联对卞之琳来说就有了母题(motif)和原型的性质，卞之琳乃至其他任何熟悉苏曼殊的后来者再听到尺八，就会不期然地联想到乡愁。夸张点说，直接触发卞之琳创作《尺八》一诗的动机固然是他在京都也听到了尺八的吹奏，但更内在的原因，则是苏曼殊的诗留给他的深刻的文学记忆。没有苏曼殊的尺八，也就没有卞之琳的《尺八》，苏曼殊的"春雨楼头尺八箫"就构成了卞之琳领受尺八的内涵讲述尺八的故事的至关重要的前理解。

因此，把卞之琳的《尺八》与苏曼殊的绝句对照起来看，会是有意思的。当然，这种对比不是从美学意义上比较哪首诗更好。因为就美感而言，也许很多有古典趣味的读者更喜欢苏曼殊的诗。我们是从现代诗和旧体诗两种形式两种载体的意义上来对比这两首诗。

从审美意蕴的传达上，我们可以说，苏曼殊的诗虽短，却更有多义性和不确定性的语义空间。"春雨"到底是下着蒙蒙的细雨，还是像苏曼殊的小注中所说的尺八的乐曲的名字？"芒鞋破钵无人识"描绘的到底是诗人自己的形象，还是专吹尺八行乞的日僧的形象，而诗人只是这个虚无僧的观察者？"踏过樱花第几桥"的是不是诗人本人？这都是非确定的。因此苏曼殊诗也更值得反复吟咏和回味，更荡气回肠。而卞之琳的诗则更为繁复，包容着更复杂的时空框架和主体形态，蕴含着更繁复的意绪，有着现代诗才能涵容的复杂性。卞之琳的诗更像是智慧的体操，更有一种智性，更引人思索。同时尽管卞之琳的诗包容着更复杂的时空和更繁复的意绪，但是其基本语义还是有确定性的。两首诗的对读，可以让我们进一步思索旧体诗和现代诗各自的比较优势和可能性。

从诗人主体呈现的角度看，苏曼殊在诗中直接展示给我们一个浪游者的形象，但在卞之琳的诗中，我们却捕捉不到诗人的形象，尽管我们能感受到他的声音。我们直接看到的形象是诗中的人物海西客。而从结构上说，卞之琳的《尺八》要复杂得多。前面分析了《尺八》中的三重时空和三个自我，而构成《尺八》结构艺术的核心的，则是一种卞之琳自己所谓的"非个人化"的"戏剧性处境"。

所谓戏剧性处境，指的是诗人在诗中拟设的一种带有戏剧色彩的情境。它不完全是中国古典美学中崇尚的意境，而是有一种情节性，但其情节性又不同于小说戏剧等叙事文学，更指诗人虚拟和假设的境况，情节性只表现为一种诗学因素的存在，而不是小说般的完足的故事情节本身。由此，卞之琳的诗有可能生成一种诗歌的"情境的美学"，而这种情境的美学的出现，堪称对传统诗学中的意象审美中心主义的拓展。

意象性是诗歌艺术最本质的规定性之一。诗句的构成往往是意象的连缀和并置。这一特征中国古典诗歌最为突出，诗句往往是由名词性的意象构成，甚至省略了动词和连词。如温庭筠的《商山早行》："鸡声茅店月，人迹板桥霜。"又如马致远的《天净沙》："枯藤老树昏鸦，小桥流水人家，古道西风瘦马。"这种纯粹的名词性意象连缀，省略了动词、连词的诗句在西方诗中是很难想象的。不妨对照一下唐诗的汉英对译，比如王维的诗"日落江湖白，潮来天地青"的前一句被译成"As the sun sets, river and lake turn white"。"白"在原诗中可以是一种状态，在汉语中有恒常的意思，"白"不一定与"日落"有因果关系，但是在英语翻译中，必须添加上表示变化、过程和结果的动词 turn，句子才能成立，而且这样一来，"白"与"日落"就构成了确定性的因果关系，同时必须引入关联词 as。又如杜甫的诗"国破山河在，城春草木深"，后一句的英译是这样的："As spring comes to the city, grass and leaves grow thick."原诗的"春"和"深"都主要表现为形容词的形态，而在英译中，表示时间性的关联词 as，表示来临和生长的动词 come、grow 以及表示确定性的冠词 the 都得补足。对比中可以看出意象性的确是汉语诗歌艺术尤其是传统诗学所强调的最本质的规定性。

但是到了以卞之琳为代表的现代诗中，仅有意象性美学，无论对于创作还是对于阐释，都会时时遭遇捉襟见肘的困境，意象性原则因此表现出了局限性。从意象性入手，有时就解释不了更复杂的诗作。譬如卞之琳的《断章》(1935)：

> 你站在桥上看风景，
> 看风景人在楼上看你。

> 明月装饰了你的窗子，
> 你装饰了别人的梦。

这首诗也充满了美好的意象，但是单纯从意象性角度着眼却无法更好地进入这首诗。虽然从桥、风景、楼、窗、明月、梦等意象中也能阐释出古典美的风格与追求，卞之琳的诗也的确像废名所说的那样"格调最新"而"风趣最古"，或者像王佐良所说的那样，是"传统的绝句律诗熏陶的结果"，但诗人把这一系列意象都编织在一个情境中，表达的也是相对主义的观念。"你"在看风景，但"你"本身也在别人的眼里成为风景。如果"你"不满足于被看，"你"也可以回过头去看"看风景人"，使他（她）也变成你眼中的风景。于是，单一的"你"和单一的"看风景人"都不是自足的，两者只有在看与被看的关系和情境中才形成一个网络和结构。这样一来，意象性就被组织进一个更高层次的结构中，意象性层面从而成为一个亚结构，而对总体情境的把握则创造了更高层次的描述，只有在这一层次上才能更好地理解卞之琳的诗歌，这就是情境的美学。《断章》一诗因此就凝聚了卞之琳"相对主义"的人生观和"非个人化"的诗学观念。诗中像《尺八》那样回避了第一人称"我"的运用，也回避了抒情主体的直接出现，而选择了第二人称"你"，使主观抒情转化为"非个人化"的对大千世界的感悟。卞之琳说他的诗作"喜爱提炼，期待结晶，期待升华"，这种追求的结果是他的诗充满了人生哲理。《断章》就是经过诗人精心淘洗，向一种象征性的哲理境界升华的结晶。因此，在卞之琳这里，中国现代诗歌的抒情性开始向哲理性转化。

　　必须充分估价卞之琳的这种"非个人化"以及这种戏剧性处境的诗艺在中国现代诗歌史中的地位和历史意义。如果说浪漫主义诗人注重情感，那么现代主义诗人更注重智性。卞之琳诗歌创作前期（1930—1937）受到了法国象征主义诗人波德莱尔以及后期象征主义诗人叶芝、艾略特、里尔克、瓦莱里的影响，在这些诗人的创作中，哲理与智性构成了重要的诗学原则。卞之琳的诗歌艺术也自然偏向智性一极，如果试图最笼统地概括卞之琳的核心诗艺，可以说他倾向于追求在普通的人生世相中升华出带有普遍性的哲理情境，他营造的是一种情境诗。

卞之琳的《尺八》也正是情境诗的佳构。用《尺八夜》中的话，《尺八》这首诗在结构上最明显的特征，是"设想一个中土人在三岛夜听尺八，而想象多少年前一个三岛客在长安市夜闻尺八而动乡思，像自鉴于历史的风尘满面的镜子"。这就是诗人拟想的一种戏剧性处境，一种历史情境。它使诗歌带有一种戏剧性和情节性，表现出卞之琳所说的"小说化，典型化，非个人化"的特征。

五

卞之琳在诗集《雕虫纪历》的序言中说："这种抒情诗创作上的小说化，'非个人化'，有利于我自己在倾向上比较能跳出小我。"这种对"小我"的超越追求与卞之琳的相对主义人生观是互为表里的。

从《断章》和《尺八》可以看出，卞之琳倾向于把大千世界的一切存在都看成是相对的，任何个体化的现实情境都可以和他人的以及历史的情境形成对应和参照，个人的"小我"由此汇入由他人组成的群体性的"大我"之中。用西方人的理论来解释，这种追求表现出一种"主体间性"（inter-subjectivity，也翻译成"交互主体性"），即主体是通过其他主体构成的，主体存在于彼此的关系之中。

在西方对主体性理解的历史中，笛卡儿是重要的一环。在笛卡儿式的"我思故我在"中，主体性是由我自己的思想确立的。而现象学和存在主义则主张一种交互主体性，即把主体性理解为一种人与人的关系和境遇。在以往的哲学譬如霍布斯的思想中，人类的状态尚被描述为一种人与自然环境和社会环境之间的对抗状态，一种易卜生式的个人独自抵抗大众的主体性。而到了胡塞尔和海德格尔这里，人存在于与他人组成的关系和境遇中。存在主义的文学即把"境遇"处理为最重要的主题，而意义也产生于人的境遇，就像托多罗夫在《批评的批评》一书中说："意义来源于两个主体的接触。"所以主体性存在于主体之间，即所谓的"主体间性"。

在《尺八》一诗中，"非个人化"的追求以及"主体间性"的特征使诗人最终超越了一己的感伤，跳出了个人的小我，从而使诗中乡愁的寂寞，代表着一种具有民族性的"大我"的寂寞；诗歌的主题，也从个体的现实性的乡愁，上升到民族、历史与文化层面。

卞之琳来日本小住的 1935 年，正是中华民族面临生死存亡的历史时刻，诗人刚刚在北平经历了兵临城下的危机，而两年后就爆发了卢沟桥事变。这种历史背景自然会在卞之琳的创作中留下痕迹。因此，卞之琳在日本体验到的乡愁，按他自己的话说，更是一种"对祖国式微的哀愁"。在《尺八夜》中卞之琳写道：他在日本所看到的世界，"不管中如何干，外总是强，虽然还没有完全达到夜不闭户、路不拾遗的一步，比较上总算是一个升平的世界，至少是一个有精神的世界"。而"回望故土，仿佛一般人都没有乐了，而也没有哀了，是哭笑不得，也是日渐麻木。想到这里，虽然明知道自己正和朋友在一起，我感到'大我'的寂寞"。

正是这种"大我的寂寞",升华了《尺八》的主题,而大我的主题,与诗歌的非个人化的技巧是一致的。反过来说,也正是对非个人化的追求,使《尺八》中生成的主体,最终汇入的是民族的群体性的"大我"。

这种大我的主题,使卞之琳郁结的乡愁之中,除了对祖国日渐式微的悲哀,还蕴含着另一个重要的维度——文化的乡愁。卞之琳在日本怀念的祖国,不仅仅是现实中的中国,更是一个遥远的过去时代的中华帝国,确切地说,是盛唐时代的中国和文化。由此,他体验到了另一重悲哀:这个盛极一时的中华文明,在现时代的中国已经成为一个日渐远去的背影,而他在日本,却仿佛看到了唐代的文化完好地保存在东瀛的现代生活中。

卞之琳引用周作人的话说:"我们在日本的感觉,一半是异域,一半却是古昔,而这古昔乃是健全地活在异域的,所以不是梦幻似的虚假,而亦与高丽、安南的优孟衣冠不相同也。"卞之琳产生的是同样的感觉。他在《尺八夜》中写着这样一段我喜欢一读再读的散文中的华彩文字:

> 说来也怪,我初到日本,常常感觉到像回到了故乡,我所不知道的故乡。其实也没有什么,在北地的风沙中打发了五六个春天,一旦又看见修竹幽篁、板桥流水、杨梅枇杷、朝山敬香、迎神赛会、插秧采茶,能不觉得新鲜而又熟稔!……固然关西这地方颇似江南,可是江南的河山或仍依旧,人事的空气当迥非昔比,甚至于不能与二十年前相比吧。那么这大概是我们梦里的风物,线装书里的风物,古昔

的风物了。尺八仿佛可以充这种风物的代表。的确，我们现在还有相仿的乐器。箫。然而现在还流行的箫，常令我生"形存实亡"的怀疑，和则和矣，没有力量，不能比"二十四桥明月夜，玉人何处教吹"的箫，不能比从秦楼把秦娥骗走的箫，更不能与"吹散八千军"的张良箫同日而语了。自然，从前所谓箫也许就是现在所谓笛，而笛呢，深厚似不如。果然，现在偶尔听听笛，听听昆曲，也未尝不令我兴怀古之情，不过令我想起的时代者，所谓文酒风流的时代也，高墙内，华厅上，盛筵前，一方红氍当舞台的时代也，楚楚可怜的梨园子弟，唱到伤心处，是戏是真都不自知的时代也，金陵四公子的时代也，盘马弯弓，来自北漠，来自白山黑水的"蛮"族席卷中州的时代也，总之是山河残破、民生凋敝的又一番衰败的、颓废的乱世和末世。而尺八的卷子上，如叫我学老学究下一个批语，当为写一句：犹有唐音。自然，我完全不懂音乐，完全出于一时的、主观的、直觉的判断。我也并不在乐器中如今特别爱好了尺八，更不至如此狂妄，以为天下乐器，以斯为极。我只是觉得单纯的尺八像一条钥匙，能为我，自然是无意的，开启一个忘却的故乡，悠长的声音像在旧小说书里画梦者曲曲从窗外插到床上人头边的梦之根——谁把它像无线电耳机似的引到了我的枕上了？这条根就是所谓象征吧？

卞之琳之所以闻尺八吹奏而呼"如此陌生，又如此亲切"，则是因为虽然他以前并没有亲耳见识过尺八，但却又仿佛已经与尺八神游已久了。对卞之琳而言，尺八标志了一个过去的时代，充当的是"梦里的风物，线装书里的风物，古昔的风物"的代表，代表了中国历史上鼎盛的唐朝，诗人从中感到的是"犹有唐音"。正是在这个意义上，卞之琳称"尺八像一条钥匙，能为我，自然是无意的，开启一个忘却的故乡"。而让诗人更加感叹的，是这个故乡在诗人自己的本土失却了，反而像周作人所说"健全地活在异域"。所以再回过头来看《尺八》诗中括号里的两句"为什么霓虹灯的万花间/还飘着一缕凄凉的古香？"可以说霓虹灯所象征的日本现代生活之中正包蕴着"古香"里所氤氲的过去。日本是一个善于保存自己的过去的民族，许多异邦人在日本，都时时处处觉出现在与过去的一种亲密的维系。《尺八》中的"古香"正是象征了历史遗产的遗留，其中也包括中国唐宋时代的历史遗产。《尺八》一诗中很重要的一层意蕴，就是对霓虹灯中飘着的"古香"的深切体味。

同时，卞之琳感受到的古香中又蕴含着一种"凄凉"的况味。这种凄凉，一方面透露着诗人感时忧国的心绪，透露着对故园"颓废的乱世和末世"的沉重预感。另一方面，即使在日本，尺八所维系的，似乎也是一个正面临着现代性冲击的古旧的年代。谷崎润一郎在写于20世纪30年代的文化随笔《阴翳礼赞》中就感叹说东京和大阪的夜晚比欧洲的城市如巴黎还要明亮得多。他喜欢京都一家著名的叫"童子"的饭馆，长期以来在客房里不点电灯，只点蜡烛。但是后来也改用电灯了，谷崎就很不喜欢，他是特意为享受过去的感觉而进童子的。所以他一去就让侍者换成蜡烛。也许在他看来，蜡烛代表着一种传统的乡土式的生活，一种具有古旧、温馨而宁静的美感的生活。而这种生活在现代文明中是注定要失落的。因此，文化的乡愁就会成为一种永恒的主题。而卞之琳的"凄凉的古香"的感受中也正包含了对这种古旧的事物终将被现代历史淘汰出局的必然宿命的叹惋。

最后看《尺八》中的最后一句"海西人想带回失去的悲哀吗？"海西客失去的究竟是什么呢？

从最具体的层面看，"失去的悲哀"指的是尺八这种乐器，它在中国本土已经失传了，却成了在三岛扎根的花草。其次，失去的悲哀指尺八所代表的中国的过去，即所谓"梦里的风物，线装书里的风物，古昔的风物"。最后，失去的悲哀喻指曾经盛极一时的古代中华帝国的文明。卞之琳从尺八的吹奏中，听到的是一个极尽辉煌过的帝国日渐式微的过程。诗人可能切肤般地感到，失去的也许永远失去了，自己所能带回的却只有悲哀而已。诗读到最后，读者分明感到力透纸背的正是诗人这种深沉的悲哀的意绪。

读罢全诗，有读者也许会问，尺八真是从中国的唐代传到日本的吗？在散文《尺八夜》中，卞之琳自己也产生过不自信的疑问："尺八这种乐器想来是中国传来的吧。"这毕竟有臆想性，他的考证的工作也止步于《辞源》上的一条："吕才制尺八，凡十二枚，长短不同，与律谐契。见唐书。"卞之琳以自己仍未能证明日本的尺八是从中国传去这个假设为憾。1936年的春天，他写信问周作人，很快就得到了一个使他相当高兴的答复：

尺八据田边尚雄云起于印度，后传入中国，唐时有吕才定为一尺八寸(唐尺)，故有是名。惟日本所用者尺寸较长，在宋理宗时(西历 1285)有法灯和尚由宋传去云。

卞之琳说："虽然传往日本是在宋而不在唐，虽然法灯和尚或者不是日本人，已没有多大关系了。"

毕竟《尺八》是一首拟设想象情境的诗歌。

六

1996 年樱花盛开的时节，我正住在卞之琳当年在京都小住的一带。在京都大学所做的一次讲座讲的也正是苏曼殊的"春雨楼头尺八箫"、卞之琳的《尺八》以及我更喜欢的他的散文《尺八夜》。每次从住处去京大的路上都能看到小巷中一所两层小楼的住宅的门上挂着一个牌子，上写：尺八教室。这是教学生吹奏尺八的地方。有时会站在门边谛听一下里面传出的尺八的声音，便想起了卞之琳的形容："如此陌生，又如此亲切，无限凄凉，而仿佛又不能形容为'如怨如慕如泣如诉'。"同时又想，尺八虽也是古旧的乐器，但它与平安王朝的都城——京都的古旧感还是水乳交融的，不像中国很多地方拆了真正的旧建筑后所新建的"仿古一条街"那么不伦不类。

1996 年的 3 月，我从京都去神户看望当时正在神户大学任教的老师孙玉石先生。孙老师经历了阪神大地震，我去的时候，神户震后刚刚一年，可是震后的重建很迅速，已经很难看出地震的迹象。1995 年阪神地震之后，无论是国内的亲友，还是师长和学生，都十分关切孙老师夫妇的安全，其中就有孙老师的老师，北京大学中文系的林庚先生。于是我在孙老师那里读到了林庚先生给他的信：

> 玉石兄如晤：
>
> 获手书，山川道远，多蒙关注，神户地震之初曾多方打听那边消息，后知你们已移居东京，吉人天相，必有后福，可恭可贺！惠赠尺八女孩贺卡，极有风味，日本尚存唐代遗风，又毕竟是异乡情调，因忆及苏曼殊诗"春雨楼头尺八箫，何时归看浙江潮，芒鞋破钵无人识，踏过樱花第几桥"。性灵之作乃能传之久远，今日之诗坛乃如过眼烟云，殊可感叹耳。相见匪遥，乐何如之。匆复并颂
>
> 双好。
>
> > 林庚
> >
> > 1996 年 1 月 3 日

林庚先生 30 年代与卞之琳同为现代诗派的重要一员，他本人的诗恐怕在现代派诗人群中更能称得上是"性灵之作"，在化古方面的追求尤其独树一帜。尽管我对林先生"今日之诗坛乃如过眼烟云"的判断不能完全认同，但是林先生所谓"性灵之作乃能传之久远"却是千古不易的论诗佳句。而林先生言及的尺八，从尺八女孩的风味中触发的类似于周作人和卞之琳的"日本尚存唐代遗风，又毕竟是异乡情调"的感受，以及他对苏曼殊的"春雨楼头尺八箫"一诗的援引，则使我 1996 年的日本之行对尺八的记忆，

又加上了难忘的一笔。

京都大学的平田先生知道我对尺八情有独钟，在我回国的时候送我两盘尺八的 CD。此后的几年中就断断续续地听熟了。也许时过境迁，脱离了独居异国的心绪，CD 中的尺八吹奏并没有给我"凄惘"之感，更多的时候让我联想到的是"空山"雨后，是王维诗意，是东方文化特有的融汇了禅宗的顿悟的对虚空的感悟和对空寂的感悟。

今年初春时节重游京都故地，近八年过去了，京都大学附近的那所尺八教室依在，我站在路边等待了一会儿，街巷静悄悄的，没有乐声传来，但是耳际却仿佛因此弥漫了尺八的吹奏，同时回响的还有苏曼殊的"春雨楼头尺八箫"以及卞之琳的一唱三叹般的呼唤："归去也——"

2004 年 3 月 5 日于神户六甲山麓

附记：

写完这篇文章后的 2004 年秋天，去奈良参观正仓院国宝展，赫然发现有尺八展出，与现今日本流行的较长的尺八不同，展出的尺八很短，不足一尺。奈良正仓院展出的国宝都是奈良时代皇室珍宝，而奈良时代大体上相当于中国的唐代，于是就有了一个疑问：尺八很可能早在唐代就已经传到了日本，而不是周作人考证的宋朝。

这篇文章的内容，我在 2004 年 12 月 11 日京都佛教大学组织的现代中国研究会上作了一个演讲，演讲前又专门查了一些资料，发现尺八的确早在唐代就已经到了日本，只是限于宫廷演奏。尺寸也是较短的尺寸。而日本后来在民间流行的现存尺八则很可能是周作人所说在宋朝传进日本的，与唐代传去的宫廷尺八遵循的是两个不同的路径。

2005 年春节回国休假，友人王风兄告诉我，其实尺八在中国本土并没有失传，在福建的地方戏("南音"?)中，尺八仍是重要乐器。只是福建地方以外熟悉的人很少罢了。

2005 年 6 月 2 日补记

无限：20世纪的新诗与诗心

> 艺术并不是生活的装饰品，而是生命的醒觉；艺术语言并不是为了更雅致，而是为了更原始，仿佛那语言的第一次的诞生。
>
> ——林庚

我进北京大学中文系已经太晚了，没有机会在课堂上领略林庚先生的风采。第一次听说林庚先生大约在入学伊始，有位老师提起林庚解释王维的名句"大漠孤烟直，长河落日圆"，说这句诗可以看作一幅简洁的几何图：大漠和长河是横线，孤烟是竖线，这样就构成了纵横两条坐标，而落日则恰是与这纵横两条线相切的一个圆。在几何中，与圆相切的切线最具有美感，而王维诗中的视觉美也正来自这种几何效果。

当时我们就对林庚先生既佩服又仰慕，觉得他这样解释古诗，真是绝了。后来读他的《唐诗综论》，才发现书中充满了这种神奇的领悟。

林庚先生诠释古诗，名篇极多，最有代表性的大概就是那篇《说"木叶"》。杜甫有两句名诗"无边落木萧萧下，不尽长江滚滚来"，黄庭坚也有诗"落木千山天远大，澄江一道月分明"，其中的"落木"可以溯源于屈原的两句更有名的诗："嫋嫋兮秋风，洞庭波兮木叶下。"林庚先生说自从屈原以惊人的天才发现了"木叶"的奥妙，此后的诗人们也就再不肯轻易地把它放过，并在继承的过程中创造性地发展出了"落木"。然而为什么杜甫们继承了"木叶"之"木"却舍弃了"木叶"之"叶"呢？"无边落叶萧萧下"岂不更为明白吗？"像'无边落木萧萧下'这样大胆的发挥创造性，难道不怕死心眼的人会误会为是木头自天而降吗？"

解决问题的关键在"木"字："'木'字的好处，在于能暗示那将落树叶的枯黄颜色；在于能暗示较'叶'字更坚强的一种情调；而'叶'字本身所带来的却是柔软暗绿的感觉……'木'字径作'叶'字讲本来是不逻辑，而诗的语言则正是要牺牲一部分逻辑而换取更多的暗示。"（《诗的语言》，收《问路集》）"木"正具有这种更为普遍的潜在的暗示，由"木"组成的"木叶"因此"就自然而然地有了落叶的微黄与干燥之感，它带来了整个疏朗清秋的气息"。

"木叶"所以是属于风的而不是属于雨的，属于爽朗的晴空而不属于沉沉的阴天；一个典型的清秋的性格。至于"落木"呢？则比"木叶"还更要显得空阔，它连"叶"这一字所保留下的一点绵密之意也洗净了：

落木千山天远大，

充分说明了这个空阔；这是到了要斩断柔情的时候了。
（《说"木叶"》）

可以见出支撑着林庚先生解读的是一种敏锐而新鲜的感受力和体悟力。这种感受力和体悟力一直鲜活地流贯于先生从 30 年代起直至 20 世纪后半叶的新诗创作与文学研究始终。无论是屈原与唐诗研究，还是《中国文学史》与《西游记漫话》的写作，都潜藏着一颗充满颖悟和智慧的"诗心"。用林庚先生自己的语汇即是诗人自己的诗心"飞跃千里"去和古人的诗心"连成一片"，其中显示出的"创造性正是从捕捉新鲜的感受中锻炼语言的飞跃能力，从语言的飞跃中提高自己的感受能力，总之，一切都统一在新鲜感受的飞跃交织之中"（《漫谈中国古典诗歌的艺术借鉴》）。

"创造性"是林庚先生诗论中出现频度极高的一个字眼。他主张"中文系的学生，创造自己未来的历史比研究过去的历史的责任更大"。而感受与想象的能力正是创造性的精髓。这种想象力与感受力在诗歌创作中显然更其重要。林庚认为"诗的语言因此如同是语言的源头，它正如音乐、图画，都是未有语言之先的语言"。这就把"诗"上升到人类的语言以及诗性的发生学的意义上。

林庚自己的诗正实践着这种理论。如《破晓》：

破晓中天傍的水声
深山中老虎的眼睛
鱼白的窗外鸟唱
如一曲初春的解冻歌

（冥冥的广漠里的心）
温柔的冰裂的声音
自北极象一首歌
在梦中隐隐的传来了
如人间第一次的诞生

林庚这样描述自己在诗成之后的震动感："我这时忽然有一种无人知道的广漠博大的感受"，"我觉得自己仿佛是站在这世界初开辟的第一个早晨里"。这就是创世般的新鲜感，只有那种具有原创性的诗才会使人有开辟鸿蒙的喜悦。也许正是在这个意义上，闻一多称这首诗是"水到渠成"。

诗中的"老虎的眼睛"意象可以说是一个现代诗中的新的原质。"这两只如火的眼睛在一个无边的夜里，将是如何一个有威严的力量啊。"这里有浑然的境界，如同诗人自己所说："艺术把人带到原始的浑然的境界，才与生命本身更为接近。"

对"新的原质"的关注，构成了林庚诗歌理论的重要内容。

中国的诗史上的唐诗高潮之所以出现，正在于诗人以新鲜的眼光和阔大的胸怀发现了更多的诗的原质。林庚先生说，要想说明这原质的变迁，则莫过于直接看大自然的现象。建安以来的诗人都善于写"风"，"枯桑知天风"，"高台多悲风"，"胡马依北风"等，信手拈来都是好句。而对于"雨"则绝少佳作。直到王昌龄"寒雨连江夜入吴，平明送客楚山孤。洛阳亲友如相问，一片冰心在玉壶"，"雨"才正式在诗里有了地位：

难道唐人以前都是晴天吗？可是从此之后，"风"的诗意虽还不减当年，而"雨"的新感情却越来越浓厚……到了杜牧的"清明时节雨纷纷，路上行人欲断魂"，"雨"的情味乃直欲深入每一个人的灵魂；而李贺的名句"况是青春日将暮，桃花乱落如红雨"，这样"雨"便又以一个新的姿势成为诗中的原质。

又如"关"字，"关"在唐以前绝少入诗，"而到了唐代凡是'关'几乎就都成为好诗，'秦时明月汉时关，'这么好的诗，何以要直等唐人才说得出？此外则'春风不度玉门关'，'西出阳关无故人'，句句都成为绝唱"。"关"正在唐人笔下构成了一个新原质。这种新的原质的发现，其实就是人的本质的新发现，是生命和创造力的新发现，是智慧和想象的新发现。一个创生了大量的新的原质的时代就是一个充满活力的时代，盛唐气象的产生正因为那个时期诗的新原质发现得最多。"宋人承唐人的余泽，一切太现成了，酒啊，雨啊，柳啊，笛啊，山啊，水啊，斜阳啊，芳草啊，反而搅作一团，施展不开。"(《诗的活力与诗的新原质》)沿着这种思路，林庚先生追问："传统的诗的源泉为什么会枯竭了呢？明显的原因是一切可说的话都概念化了，一切的动词形容词副词在诗中也都成了定型的而再掉不出什么花样来了。"这对我们新诗的创作尤其具有启示。新诗如果想要创造一个类似于盛唐气象的辉煌时代，没有大量的新的原质的发现和沉淀，注定是很难的。

诗是什么？在林庚先生那里，诗是"宇宙的代言人"。从这个意义上说，"诗心"构成的就是宇宙的灵魂。能够成为这种宇宙的灵魂的诗人是太少了。而且，正如李白诗云"古来圣贤皆寂寞"，真正对宇宙人生有着属于自己的感受和思索的诗人，其历史命运终归是寂寞的。

林庚称"我的天性愿意忍受一些悄悄与荒凉的；而且我也曾经在苦中得到过一些快乐；乃使我越发对于寂寞愿意忍受下去"。这段文字写于 1935 年，大半个世纪后的今天，林庚先生或许依旧这样惯于悄悄与寂寞。前几年中央电视台《读书时间》曾为林庚先生做过一部短片，节目制作人称在先生的寂寞的身影上凝聚着这个时代正在悄然丧失的感受力和想象力。的确，我们这个时代所迫切需要挽留和拯救的正是一种感受的能力和想象的能力，是对世界的诗化的领悟。人类所刚刚告别的 20 世纪以及刚刚步入的 21 世纪，无疑是一个技术和物质层面取得了优先权的时代。然而，人类在发明了技术的同时，也越来越受控于技术，直到有那么一天不自觉地成为技术的奴隶。海德格尔认为："技术的本质绝不是技术的"，"对人类的威胁不只来自可能有致命作用的技术机械和装置。真正的威胁已经在人类的本质处触动了人类。""今天人类恰恰无论在哪里都不再碰到自身，亦即他的本质。"在这样一个时代，人是否像海德格尔所说的那样能够"诗意地栖居"在大地上，越来越值得怀疑。我们更多地获得了物质和欲望，丧失的却是诗性和感受。从这个意义上说，我们存在的终极依据也面临着失落的危险，真正的威胁确然"已经在人类的本质处触动了人类"。

人类获得拯救的途径或许只有一个，那就是"诗性"。也正是基于人类的"诗意地栖居"的本质，"诗心"才真正构成了我们全部生存的灵魂，是人类能否创造诗性并领略诗性的根本，是诗的出发点和归宿地。正像 20 世纪另一个诗的灵魂——里尔克所说："我们的使命就是把这个羸弱、短暂的大地深深地、痛苦地、充满激情地铭记在心，使它的本质在我们心中再一次'不可见地'苏生。"这种"不可见"正是超越于物质和技术之上的心灵性的存在，是精神的本质，从而也是人的存在的本质，是生命的本质。林庚先生的意义也许正是在这一点上体现得更为明晰，如他对艺术所下的定义："艺术并不是生活的装饰品，而是生命的醒觉；艺术语言并不是为了更雅致，而是为了更原始，仿佛那语言的第一次的诞生。这是一种精神上的力量。物质文明越发达，我们也就越需要这种精神上的原始力量，否则，我们就有可能成为自己所创造的物质的俘虏。"

林庚对诗的艺术的理解，正是"语言的第一次的诞生"，它传达的是生命的新鲜感，是生命的醒觉，是精神上的原始力量。当我们有可能日渐丧失这些东西的时候，我们会发觉这是我们刚刚告别的 20 世纪堪称最弥足珍视的遗产，这种遗产，被林庚先生以一种非凡的感受力和领悟力从遥远的时代继承下来，并在已逝的一个世纪赋予了它新的原质。然而，在人类为着各种主义而喧嚣躁动的世纪，这样的诗心，只能是寂寞的。

前些年关于林庚先生的那部电视短片拍摄的时候正是冬天，记得扫过燕园的很多镜头都染了雪意。画面中的未名湖、博雅塔、后湖以及中文系所在的五院正是先生日常散步的地方。我自己就经常在湖边见到先生远远的身影。这散步的身影，按陈平原先生所说，是燕园里最为"亮丽"，却即将消逝的特殊的风景。林庚先生自己所住的居所在燕南园，窗外小小的庭院中有一片竹林，以前每次从庭院旁穿过，都令人顿生"凤尾森森，龙吟细细"之感。客厅的墙壁上挂着一只先生从前每年春天都会去放飞的风筝。而此刻是冬季，先生就端坐在椅子上，聆听着竹林外的风声，在午后的阳光中凝视着那只风筝，遥想天空。"而遥想天空就是遥想无限"。这种无限，正存在于林庚先生的诗国的天空里。

入城：现代诗人笔下的外滩海关钟

> 想我们的远祖怕也未曾梦见，
>
> 沉默的时间会发出声音，语言，
>
> 且还可分辨出它的脚迹跫然。
>
> ——刘振典《表》

第一次去上海，下了火车后直奔外滩，首先瞻仰的就是外滩海关钟楼上的大钟。

对海关钟的兴趣来自我的文学记忆。读 20 世纪 30 年代的中国现代派诗，发现不少诗作都写到大上海的"海关钟"的意象。海关钟成了 30 年代都市摩登的最具形象性的象征物，就像新中国文学歌颂新兴的共和国首都经常写到北京站每到整点就高奏《东方红》的广场大钟一样。

上海海关钟楼落成于 1927 年 12 月，曾是上海外滩最高的标志性建筑物。钟楼上的海关钟则位列亚洲第一，世界第三，仅次于英国伦敦钟楼大本钟(Big Ben)和俄罗斯莫斯科钟楼大钟。外滩的海关钟与位于伦敦威斯敏斯特广场国会大厦顶上的大本钟出自同一家工厂，结构也一模一样。更有名的当然也是这座伦敦的大本钟。"大本钟"一词都进入了电脑里的中文输入法。连第一时间得到2012年伦敦奥运会入场券的中国女排队员接受采访时也激动地说：我们就要去和大本钟合影了。以伦敦为外景地的电影中就更免不了出现大本钟的场景。英国片《三十九级台阶》最惊心动魄的桥段就是罗伯特·鲍威尔扮演的男主人公悬挂在大本钟的五米长的分针上，阻止定时炸弹爆炸。至今还记得自己在中学时代观看1978年版的这部重拍片时看到世界上竟有如此大的大钟所感到的震撼。

英国现代女作家伍尔夫的小说《达罗威夫人》一开始的场景就写到了大本钟的音响："听！钟声隆隆地响了。开始是预报，音调悦耳；随即报时，千准万确；沉重的音波在空中渐次消逝。"在伦敦听这座建于1859年的大钟的报时已经成为伦敦人日常生活中不可或缺的一部分。而在中国的现代派诗人这里，外滩的海关钟则与文学中的现代时间感受和都市体验紧密相连。如陈江帆的《海关钟》：

> 当太阳爬过子午线，
> 海关钟是有一切人的疲倦的；
> 它沉长的声音向空中喷吐，
> 而入港的小汽船为它按奏拍节。

今天都市白领们应该很容易理解海关钟的"疲倦感"。海关钟不仅仅是都市代表性场景，同时奏响的是某种都市的内在节律，它把无形无踪的时间视觉化、节奏化，变成一个似乎可以捉住的有形的东西。而在徐迟的笔下，海关钟则成了永不会残缺的"都会的满月"：

写着罗马字的

Ⅰ Ⅱ Ⅲ Ⅳ Ⅴ Ⅵ Ⅶ Ⅷ Ⅸ Ⅹ Ⅺ Ⅻ

代表的十二个星；

绕着一圈齿轮。

夜夜的满月，立体的平面的机件。

贴在摩天楼的塔上的满月。

另一座摩天楼低俯下的都会的满月。

短针一样的人，

长针一样的影子，

偶或望一望都会的满月的表面。

知道了都会的满月的浮载的哲理，

知道了时刻之分，

明月与灯与钟的兼有了。

——徐迟《都会的满月》

诗人把海关钟比喻为"贴在摩天楼的塔上的满月"，这"夜夜的满月，立体的平面的机件"使抽象的时间变得具体可感了。同时海关钟建立了时间与视觉性、空间性的联系，这就是"明月与灯与钟的兼有"的复合型都市景观。时间与空间在海关钟上得到统一。

海关钟在一些诗人眼里也是现代文明的奇迹，比如刘振典的《表》，写海关钟的"铁手在宇宙的哑弦上／弹出了没有声音的声音"。时间本来是没有声音的，但海关钟的指针仿若铁手，替宇宙发出关于时间的声音。刘振典还表达了对海关钟的惊奇，称这种惊奇"想我们的远祖怕也未曾梦见，／沉默的时间会发出声音，语言，／且还可分辨出它的脚迹跫然"。但是诗人们恐怕也没有想到，一旦人类在空寂的宇宙间创造出了具有声音和动感的时间，使时间留下可分辨出的跫然的"脚迹"，这种机械的节奏便会不依赖于人类的意志而自动地嘀嗒下去，最后会异化为人类的一种机械的秩序和铁律。当年看卓别林的电影《摩登时代》，印象最深刻的是卓别林饰演的工人在机床上快速操作的双手与时钟的指针叠加在一起的镜头，隐喻着一个大工业的机械时代的来临。那些每天打卡上班的白领们应该更容易理解这种机械的时间秩序。这就是所谓的现代时间。1990 年诺贝尔文学奖的获得者、墨西哥诗人帕斯认为恰恰是这种现代时间，已经使我们成了流浪者，无休止地被驱逐出自身。时间意味着动荡和漂泊，意味着一切不安定因素的根源。这种不安定感是随着"现代"的字眼同时出现的，或者说，正是"现代"使时间的意识空前强化。所以西方哲学家说"有时间性"是现代人的视界。而海关钟的指针，这时间的铁手，正是现代性和都市体验的具象化表征。

海关钟表征的机械时间所带来的不安定感在 20 世纪 30 年代的诗人那里早已经被充分体验与传达了。如辛笛在《对照》一诗中对外滩海关钟的描写：

> 罗马字的指针不曾静止
> 螺旋旋不尽刻板的轮回
> 昨夜卖夜报的街头
> 休息了的马达仍须响破这晨爽
> 在时间的跳板上
> 灵魂战栗了

灵魂为什么会战栗？当然是被机械的时间闹的。因为海关钟所象征的都市时间是"不曾静止"的，不像前现代的乡土时间给人以止水一般的安宁感，而是带给人们一种战栗感。这里灵魂的战栗颇具启示性，说明外在于人类的时间以及自在的时空是不存在的，时间和空间只存在于人的感受之中。

第一次膜拜外滩的海关钟是在 20 世纪 80 年代末，以后每次再去上海，都可以发现一些簇新的地标性建筑直入云霄，尤其是浦东拔地而起的高楼群每次从外滩隔江瞩望，都仿佛是海市蜃楼般的幻景。较之于 30 年代，如今外滩的海关钟似乎不再那么巍峨醒目了。但确乎只有这座历经沧桑的海关钟镌刻着上海在大半个世纪中时间的流逝，隐映着丰富而驳杂的都市图景，并封存着现代中国人曾经有过的焦虑与梦想。

冰雪：一个种族的尚未诞生的良心

> 锻造一首诗是一回事，锻造一个种族的尚未诞生的良心，如斯蒂芬·狄达勒斯所说，又是相当不同的另一回事；而把骇人的压力与责任放到任何敢于冒险充当诗人者的身上。
>
> ——希穆斯·希内

20 世纪 90 年代以来的王家新是中国乃至国际诗坛上的一个独特的存在，其特殊性在于，他既在断续的异域生活经历中获得了反思本土的视野，又与故土之间有一种血脉相连的感同身受性。王家新在诗中传达出一种自我漂泊感，漂泊在语词之中，漂泊在内心的孤寂之旅中，漂泊在跨语际与跨文化之间的复杂体验中。这种阶段性的漂泊的域外生活方式使王家新获得了超越性的视角，以一种有距离的眼光重新深思母语与诗性、个人与社会以及现实与历史。这种思考又与王家新在域外的孤独体验相结合，从而使他的诗思伴随着对存在的切身性的体悟。然而，当这种漂泊的域外孤旅都以回归本土而告一段落的时候，一切漂泊中的体悟最终都化为"进入大地，从属大地"的感受，这种回归于祖国土地上的栖居之感，恰是那些真正的流亡者所很难获得的体验。

在这一创作阶段，王家新赋予自己作为一个诗人的身份定位既是一个僭越语言边界的"伟大的游离者"①，同时也是一个历史的承担者。这种一以贯之的承担者的姿态，最终指向的是"一个种族的尚未诞生的良心"。

寻找词根的诗人

无论怎样估价《瓦雷金诺叙事曲》在王家新的"天路历程"②中的意义都是不过分的。这首诗的写作，在某种程度上标志着诗人王家新 80 年代的终结以及诗歌写作历程的新的原点。这个原点是从王家新在《瓦雷金诺叙事曲》中怀疑"我们怎能写作"开始的。当"从雪夜的深处，从一个词/到另一个词的间歇中，/狼的嚎叫传来，无可阻止地/传来"，"当语言无法分担事物的沉重，/当我们永远也说不清，/那一声凄厉的哀鸣/是来自屋外的雪野，还是/来自我们的内心"的时候，以往的诗歌写作方式，甚至是写作本身，都变得需要质疑，需要重新加以定义了，就像阿多诺在

---

① 《谁在我们中间》，王家新：《游动悬崖》，第 222 页，湖南文艺出版社，1997 年。
② 《回答四十个问答》，王家新：《游动悬崖》，第 190 页。

"奥斯威辛之后写诗是野蛮的"这句著名的判断中所表达的那样。

无可阻止地传来的狼的嚎叫，逼迫诗人重新面对历史、面对生存、面对语言以及面对内心，这诸种维度的重新面对，预示着一个有着大承担的民族新诗人有可能将在脱胎换骨般的蜕变中诞生。于是，诗坛开始出现了人们此前很少读过的诗句。

譬如《帕斯捷尔纳克》：

> 这就是你，从一次次劫难里你找到我
> 检验我，使我的生命骤然疼痛
> 从雪到雪，我在北京的轰响泥泞的
> 公共汽车上读你的诗，我在心中
>
> 呼喊那些高贵的名字
> 那些放逐、牺牲、见证，那些
> 在弥撒曲的震颤中相逢的灵魂
> 那些死亡中的闪耀，和我的
>
> 自己的土地！那北方牲畜眼中的泪光
> 在风中燃烧的枫叶
> 人民胃中的黑暗、饥饿，我怎能
> 撇开这一切来谈论我自己？

尽管诗歌界已经对这首诗有着太多的言说，以至于王家新反感

《帕斯捷尔纳克》"几乎像标签一样被贴在我的身上"①，但是，从一个诗人的诗艺轨迹和思想历程着眼，这首《帕斯捷尔纳克》依旧相当于北岛的《回答》以及海子的《五月的麦地》或者《面朝大海，春暖花开》在他们各自的创作道路上的意义。"从一次次劫难里你找到我/检验我，使我的生命骤然疼痛"，诗人把与帕斯捷尔纳克的相遇描绘成一次神启，仿佛上帝找到他的摩西，从此，俄罗斯的精神之光，那些"在弥撒曲的震颤中相逢的灵魂"开始了与诗人的漫长的心灵对话的过程。从此，诗坛上闪现出一个在世纪的黑暗中求索良知，沉湎于自己的内心叙事的旅人的身影，就像半个世纪之前横空出世般诞生的冯至的诗体小说《伍子胥》的结尾，经过磨难、死亡、克服与新生的漫长旅途之后，出现在吴市的那个集启悟与承担于一身的伍子胥的形象。

再譬如《尤金，雪》："一个在深夜写作的人，/他必须在大雪充满世界之前/找到他的词根；/他还必须在词中跋涉，以靠近/那扇唯一的永不封冻的窗户，/然后是雪，雪，雪。"

可以把"在词中跋涉"的王家新喻为"寻找词根"的诗人，这"词根"构成的是诗歌语言与诗人生命存在的双重支撑。对"词根"的执着寻找因而就给王家新的诗歌带来一种前所未有的深度：隐喻的深度、思想的深度、生命的深度与历史的深度。

其中"雪"的意象在王家新90年代之后的诗作中的位置太过显著，以致任何一个评论者都无法视而不见。

---

① 《回答普美子的二十三个问题》，见王家新：《为凤凰找寻栖所》，第286页，北京大学出版社，2008年。

只有痛苦是真实的，它仍从

肖邦的夜曲开始，迫你走到阳台上；

一场雪，一场大雪

从此悬在了灰蒙蒙的空中。

——《致一位女诗人》

我爱这雪，这茫然中的颤栗；我忆起

青草呼出的最后一缕气息……

——《日记》

在那里你无可阻止地看着她离去，

为了从你的诗中

升起一场百年不遇的雪……

——《伦敦随笔》

如果你想呼喊——为人类的孤独，雪

就会更大、更黑地降下来……

——《孤堡札记》

在这一系列以"雪"为词根的诗中，"雪"不仅构成的是诗人的生存的背景，也是存在的编码，是生命境遇的象征，是诗性语言的隐喻，是诗人的存在与诗性世界的相逢之所。寻找到"雪"，诗人也就找到了自己的"语言"。尤其在 20 世纪 90 年代之后诗人屡次异国旅居的日子中，"雪"的背后还拖曳着母语的长长的投影，横亘着诗之故国的千秋雪岭，同时也辉映着异域的里尔克或者帕斯捷尔纳克的冰雪般的诗心。靠"雪"的语言王家新与祖国的诗圣、西方的诗哲晤谈，竟不需要语际间的翻译和转换。诗歌语言乃至存在语言的某种"普世性"正累积在"雪"这一词根的深处。也正是在这个意义上，王家新说："在任何一个我所喜欢的作家那里都有着他们各自的'基本词汇'。这是他们的风暴，他们的界石、尺度、游动悬崖与谜语；这是他们一生的宿命。"①这种有时要倾注毕生之力去寻找的"基本词汇"既是一个艺术家的生命密码，又是开启诗性之门的钥匙，在凡·高那里是疯狂的向日葵，在海子那里是五月的麦子和麦地，在卡夫卡那里是永远进不去的城堡，在塔尔柯夫斯基那里是山坡上的孤树和原野里的废墟。这些"基本词汇"有如一块块基石，铺就了通往诗性和存在的小路，最终升向神启世界和本体之域。因此，"基本词汇"凸显了一种生命、语言与诗性的多重的本体意义。

　　"雪"作为王家新的词根与基本词汇，也具有这种多重性的语义，并衍生为诗人的一种独有的诗歌景观。尽管别的诗人也会状写雪景，但是，只有在王家新这里，"雪"才真正构成了一种诗性和存在的符码；一种与存在的本质相契的诗性也在王家新的"雪"这里，找到了显形的方式。如他经常在诗歌和诗论中所表述的那样："这只能是从你的诗中开始的雪……"②，"雪从你的诗中开始"，"从你的诗中／升起一场百年不遇的雪"③，"接着是雪，／从我的写作中开始的雪"④……"雪"从而深入诗歌的内部，构成了诗歌的语法，诗境的景深，语言的根基，诗性的隐喻。

　　王家新在诗中因此往往以一种隐喻的方式与缪斯对话。这种

---

① 《谁在我们中间》，见王家新：《游动悬崖》，第217页。
② 《谁在我们中间》，见王家新：《游动悬崖》，第222页。
③ 王家新：《伦敦随笔》。
④ 王家新：《日记》。

以词根的凝聚和累积为表征的隐喻的语言，生成的是一种深层的地质构造，也使诗境往往指向深度模式：精神的深度、心理的深度、历史的深度。对价值和意义的探问也由此凝聚在一个个"词"的呈现过程中。正像罗兰·巴尔特所说："在现代诗歌的每个字词下都卧有一个存在的地质构造，在那里，聚合着名称的总和内容。"这些字词下所卧着的"存在的地质构造"正隐喻着诗歌的深层机制。

　　王家新的诗境的深度因此需要在隐喻中探寻。不妨看看王家新的这首"谈诗"的诗《答荷兰诗人 Pfeijffer"令人费解的诗总比易读的诗强"》：

> 令人费解的诗总比易读的诗强，
> 比如说杜甫晚年的诗，比如策兰的一些诗，
> 它们的"令人费解"正是它们的思想深度所在，
> 艺术难度所在；
> 它们是诗中的诗，石头中的石头；
> 它们是水中的火焰，
> 但也是火焰中不化的冰；
> 这样的诗就需要慢慢读，反复读，
> （最好是在洗衣机的嗡嗡声中读）
> 因为在这样的诗中，甚至在它的某一行中，
> 你会走过你的一生。

无论是"诗中的诗，石头中的石头"，还是"水中的火焰"和"火焰

中不化的冰"，都隐喻着一首诗的思想的深度和艺术的难度，甚至会在一个人的整个一生中起着决定性的作用。因此这首谈诗的诗也可以看成是王家新诗歌观念精髓的夫子自道。不过，接下来这首诗又出现了这样几句：

> 比如我写到"去年一个冬天我都在吃着桔子"，
> 我吃的只是桔子，不是隐喻；
> 我剥出的桔子皮如今堆放在窗台上。

诗人对"桔子"的非隐喻性的指认，似乎有祛魅化的意味，多少显露出对生活的日常性的体认。然而，当我们回到这句"去年一个冬天我都在吃着桔子"的出处《桔子》一诗的时候，就会发现隐喻依旧构成了这首诗的核心语言：

> 整个冬天他都在吃着桔子，
> 有时是在餐桌上吃，有时是在公共汽车上吃，
> 有时吃着吃着
> 雪就从书橱的内部下下来了；
> 有时他不吃，只是慢慢地剥着，
> 仿佛有什么在那里面居住。

当诗人写出"仿佛有什么在那里面居住"的时候，依旧在赋予桔子以某种内在的意义和深度。勃兰兑斯曾经分析过浪漫主义者对神秘的内在的关注："歌德曾经说过：自然无核亦无壳，混沌乍开

成万物。浪漫主义者一味关注那个核，关注那个神秘的内在。"①
王家新当然不能简单以浪漫主义视之，但对神秘的内在的关注，
仍使他成为一个隐喻型诗人。在《桔子》中，一句"仿佛，他在吞
食着黑暗"，也恰显露了诗人对生活的黑暗本性的追索。这种黑
暗的本性，只能以隐喻的方式探知。

　　"雪"的作为隐喻的深度也正与它在王家新诗中一直指涉着一
个黑暗域有关，常常触发诗人对"黑暗"的思索："看看这辽阔、
伟大、愈来愈急的飞雪吧，只一瞬，室内就彻底暗下来了……"②
又如《临海的房子》："在冬天尚未结束时，我怎能写雪？这意味
着，雪不仅仅是某种飘落的东西。""而为了它的洁白，有一个词
就必须变黑——当它变得更暗时，雪，就下下来了……"

　　王家新诗歌意象谱系中的另一个词根正是"黑暗"。在某种意
义上，"黑暗"范畴在王家新的诗学中承担了更重要的诗性内涵。
与之相对应的是复现率同样高的"光亮""明亮"等字眼："而无论
生活怎样变化，我仍要求我的诗中有某种明亮：这即是我的时
代，我忠实于它。""当我爱这冬日，从雾沉沉的日子里就透出了
某种明亮，而这是我生命本身的明亮。"③在王家新这里，黑暗与
明亮构成的是一对相辅相成的范畴，但相对来说，黑暗更具本体
性。没有黑暗的存在，光明就无法生成，光明是黑暗的衍生物。
这正如加缪对苦难的有些偏执的热爱，因为阳光也正是在苦难中

---

① 勃兰兑斯：《十九世纪文学主流》，第 2 分册，第 139 页，人民文学出版社，1988
年。
② 王家新：《反向》。
③ 王家新：《词语》。

孕育和诞生。王家新曾经阐发过叶芝的一句诗"攀登入我们本来的黑暗"："'攀登'（climb）一词，它强有力地逆转了'堕入黑暗'之类的修辞成规，不仅显示了一种向上的精神之姿，也使'黑暗'闪闪发光起来，使'黑暗'变成了一种富于生产性的原生状态。"①王家新式的"黑暗"，正是这样一种"富于生产性的原生状态"。诗歌固然是照亮黑暗的光焰，但如果没有本体论的黑暗，诗歌与光明都会无从"生产"。"黑暗"由此构成了王家新式的本体论范畴。

在王家新这里，黑暗有时是一种专注于诗性思考的沉静而孤寂的心态，在一个充满喧嚣的时代，只有沉入黑暗独自倾听的诗人才能听到来自生命和世界深处的声音。"雪"的深处就是这种黑暗的深处，只有甘于孤寂的诗人才能捕捉雪的深处的脉动。

黑暗有时也指涉着一种自我的本体状态："了望，总是了望；我们就这样被赋予给更远的事物：海，或别的。但我知道，我唯有从我自己的黑暗中诞生。"②这个从"自己的黑暗中诞生"的"我"，正是一个与存在的本性最为接近的"我"，而黑暗，也构成了这个"我"的真正的归依："远到黑暗的中心，那或许才是真正的庇护所在。"③

在王家新这里，黑暗也是一个诗学的关键词，意味着诗歌对存在深处的抵达。

---

① 《奥尔弗斯仍在歌唱》，王家新：《游动悬崖》，第244页。
② 王家新：《临海的房子》。
③ 王家新：《雪的款待：读策兰诗歌》。

你还必须忍受住

一阵词的黑暗。

——《布罗茨基之死》

言词的黑暗太深。

——《孤堡札记》

词的深度最终必然是黑暗的深度，而词根最终也必然与黑暗域关联，正像叶芝所追寻的民族的大记忆是集体无意识的黑暗域一样。当叶芝"把神话植入大地"，也正是在大地的深处获得黑暗的力量的时刻。黑暗近乎庞大和深厚的潜意识，一个诗人的潜意识越黑暗和深广，他的艺术创造力也就越强大，越能表现出厚积薄发的力量。艺术家最终的成就，以及他是否具有持久的创造力，最终都可能决定于这种内在的潜意识的黑暗。只有经历过黑暗中的忍受和磨砺的诗人，才能最终从黑暗中脱颖而出，正如王家新说的那样："要从语言内部透出光亮，首先要能够吸收黑暗。没有那种里尔克式的'忍受'，就不可能把语言带入到一种光辉里。"王家新也正是从这个角度观照"今天派"："只有今天派诗人（包括受他们影响的）不再只从社会而是从他们自己内心的黑暗中重新寻找创作的动力时，他们才有了新的发展。"①

　　王家新曾经这样回答访问者关于"基本词汇"的设问："这种'对词的关注'，不仅和一种语言意识的觉醒有关，还和对存在的

---

① 王家新：《游动悬崖》，第213页。

进入，对黑暗和沉默的进入有关。"这使诗人对黑暗的探询，具有了更深刻的本体论的意义，可以证诸王家新翻译保罗·策兰诗歌的体验："当我全身心进入并蒙受诗人所创造的黑暗时，我渐渐感到了死者所递过来的灯。"①王家新的写作，正是"在对时间黑暗的深入中寻找灵魂的秘密对话者"②，并最终从死者那里接过闪亮着诗歌与存在的秘密的灯盏的历程。作为旅人形象的王家新因此也是一个随时在黑暗深处触摸自己的灵魂的旅人，沿途的一切风景都内化为心灵的一部分，仿佛阳光沉入大海黑暗的深处，最终则化为一种与自我的内心黑暗的对话，化为与中外同样沉湎于黑暗境界的诗人的对话。

从诗片断到长诗

对词根以及对"基本词汇"的追寻，使在王家新诗中占主导位置的隐喻性语言，往往只能以片断性的形态显现。奥地利学者海勒曾经说过："一双靴子，或画家阁楼上的一把椅子，或山坡上的一棵孤树，或一座威尼斯教堂里的一行模糊不清的字会突然成为本来没有焦点的宇宙的中心。"③宇宙的意义因此得以附着在人类的经验片段上。海勒提到的"靴子"的意象，使人联想到凡·高的画《农靴》。海德格尔的著作《艺术作品的起源》对这幅《农靴》

---

① 王家新：《从黑暗中递过来的灯》，《没有英雄的诗：王家新诗学论文随笔集》，第224页，中国社会科学出版社，2002年。
②《回答四十个问答》，王家新：《游动悬崖》，第203页。
③ 埃里希·海勒：《卡夫卡的世界》，见叶庭芳编：《论卡夫卡》，第180页，中国社会科学出版社，1988年。

有过堪称经典的阐释：一双旧靴子最能反映人诗意地栖居在大地上的本质，反映人类的劳作以及人与物、人与土地的关系。一位农妇穿着这双靴子，在田地里劳动，在土地上行走，终于踏出了一条"田野里的小径"，这"田野里的小径"是关于人类生活的象征，象征了人类怎样在无意义的世界留下自己的足迹，创造出不同于物质世界的存在，这就是意义，也是人类生存的目的。世界的意义恰恰是在凡·高以及荷尔德林这类艺术家笔下片断性的形态中得以彰显的。

这就是王家新所谓的"诗片断"的《词语》《反向》《游动悬崖》《另一种风景》《变暗的镜子》《冬天的诗》等"诗文本"所负载的寓意：在"没有焦点的宇宙的中心"使宇宙的意义在诗人的这些经验片段上得以显现。正像王家新引用巴塞尔姆的话所说："片断成为唯一信赖的形式。"[1]在王家新这里，片断还与"伟大的事物"相涉："我们一再被告知：'诸神离去，此乃世界的黑夜。但我依然感到仍有某种伟大的事物在我们中间，虽然我们永远不可能再以伟大的语言把它们说出……"[2]不可能以伟大的语言说出，就代之以片断的语言呈露。而这种片断诗的形态本身也恰恰昭示着宇宙的意义世界是弥漫在一个个人类经验和言语的片断中的。诗人捕捉到的尽管不过是诸神离去后伟大的事物的零碎的遗存，但却依然暗示一个伟大的事物的意义整体。正像斯蒂芬·欧文说的那

---

[1]《当代诗歌：在确立与反对自己之间》，见王家新：《没有英雄的诗：王家新诗学论文随笔集》，第105页。
[2]《谁在我们中间》，见王家新：《游动悬崖》，第222页。

样："整体的价值集中在断片里。"①王家新的这些诗片断因此类
似于卡夫卡遗留下来的那些著名的格言，在只言片语中闪现着人
类最黑暗的智慧之光。也恰如王家新在《回答四十个问答》中阐述
的那样："只要是文本的构造，无形中自有章法，或者说残缺中
自有完整，一种通过修补反而会失掉的完整。更重要的是我看
到：'词'的显现是必须伴之以代价的——整个诗歌甚至还有哲
学的无畏历程都让我看到了这一点。二十世纪构造了什么，比起但
丁和黑格尔？但是它的深刻，却体现在维特根斯坦的'哲学口吃'
和策兰晚期那愈加破碎的诗歌语言中……"②

　　90年代凭借对"诗片断"的实践与探索，王家新找到了与时
代、现实和自己的诗性理想相吻合的诗歌形式。"我感到它不仅
在形式上，也在精神上为我打开了一个新的空间。是的，我发现
这种形式特别适合我，它能调动我的写作欲望和想象力。它能持
续不断地对我构成一种'召唤'。换言之，我感到我可以在艺术上
把它写成一种'王家新式'的。因为它不单是一种形式，而且它和
一种写作方式及诗学意识结合在一起，在艺术经验上也具有了更
大的包容性。"③所谓"王家新式"的，意味着诗人对诗片断中所蕴
涵的富有创造性的个性气质的体认，而诗片断中的这种"更大的
包容性"的生成，则与其中对叙述情境的营造有关。诗片断因此
往往不是一些抒情短章，而更是一则则容纳了哲思、睿智、反讽、

---

① 斯蒂芬·欧文：《追忆》，第93页，上海古籍出版社，1990年。
② 《回答四十个问答》，王家新：《游动悬崖》，第205页。
③ 《回答普美子的二十三个问题》，见王家新：《为凤凰找寻栖所》，第294页。

玄想、细节、场景和经验断片的随想。某些篇章还有赖于动词的叙述推动力以及诗中建构的叙述化情境。如果说，对词根的追寻赋予了诗歌以深度，那么正是这些叙述情境使诗境获得了生命、生活和历史的广度和宽度。在《游动悬崖》中，诗人对叙述情境的探索开始了自觉。如其中的《叙述者》：

> 如果我作为一个叙述者，我就会忍不住在我要叙述的故事中出现。我会在火车启动前的一分钟挤上去，但是当我在那里坐稳后我将发现：另一个自己正在站台上向我挥手告别……

王家新诗的片断中经常表现两个"我"的对话性，分身的主体是诗中叙述情境得以产生的一个话语根源。诗人在许多诗篇中营造了一种"我"与"你"或"我"与"他"的情境，"你"与"他"或者是大师的灵魂，或者是另一个"我"。"你"和"他"的运用，是使诗歌情境戏剧化的方式，在自我的对象化以及自我的他者化的同时，最终生成的是一种反思性，诗境由此充斥了自我的辩难，具有某种巴赫金意义上的对话性特征。整篇《游动悬崖》也正是"我"与"你"的对话，"你"的人称贯穿始终。在多数语境中，"你"可以理解为诗人自己，但"你"也会偶尔引向一个虚拟的对话者，甚至引向文本外的理想读者。正是"我"与"你"的对话情境的拟设，使诗歌具有了包容性和伸缩性。

王家新对自己诗歌中的叙述性的成分的重视，与对 90 年代以来的"叙事危机"意识的体认有关。① 这种意识可能从 1989 年冬天创作《瓦雷金诺叙事曲》时就有所自觉了，正如作者自述所说："我有意识在诗中加进了一些'叙事'因素和自我对话的情境，但又使这首诗有别于传统的'叙事诗'。"②但实际上王家新更擅长的是叙述一种心灵史诗，在这个意义上，加进的"叙事"因素使这些自我对话的情境与其说接近小说的叙事性，不如说更接近于内心戏剧。尤其是"你"的频频引入，更有助于心灵的自我对话性的生成。于是这种对话情境最终就还原为一种内心叙事的宣叙调。

尽管王家新诗歌中叙述性的成分多表现为内心叙事的宣叙调特征，但仍使其诗歌风景既有景深，向外直到广漠的宇宙的黑暗，向内则逼视自己心灵的黑暗；同时也有幅展，拓向与历史和社会生活的对话空间。这是单凭词根的追寻和词语的捕捉所无法胜任的。"词"的范畴固然构成了王家新诗学的核心元素之一，"词根"在王家新这里固然意味着仿佛宇宙大爆炸之前的那个原点：诗的原点、语言的原点甚至是生命的原点；但是他的《另一种风景》中的一则诗片断不经意之间显露了对词根的追寻所可能暗含的困境：

> 站台是一个词，而无尽的句子就在这一个词里。

在随后的一则诗论中，王家新把这个"站台"喻为"祖国"："这即

---

① 《从一首诗的写作开始》，参见王家新：《没有英雄的诗：王家新诗学论文随笔集》，第 23 页。
② 王家新：《为凤凰追寻栖所》，第 294 页。

是说，在某种命运里，站台即祖国——记住这一点。"①这种解说为"站台"赋予了具体的所指和语境。但是如果脱离这个语境，单是审视这首片断诗，"站台是一个词，而无尽的句子就在这一个词里"表述的堪称一个近乎玄学的命题。与之相互印证的是王家新对老子的"一生二，二生三，三生万物"的援引。然而这种从一衍化到万物的玄学逻辑毕竟只能在隐喻的意义上唤醒诗性的逻辑。而当一个诗人进入具体诗境的营造过程的时候，从技术上说，词的发现也许难以直接抵达无尽的句子的生成。词的思维也许不尽等同于句子的思维。词与物，词与世界之间或许还隔着某种需要跨越的中介。从词到无尽的句子之间，是有如一纸之隔，一步即可跨越，还是横着千山万水？《词语》中有这样一个片断："我触到的是一个词，却有更多的石头，从那里滚落下来……"在诗中肯定是可以存在这种多米诺骨牌一般的效应和景观，但问题是，谁预先摆放好了这些骨牌，等着诗人去触碰第一张？

当王家新处理篇幅更长的诗作，如《回答》《孤堡札记》《伦敦随笔》《一九七六》《少年》等，就难以把这些诗仅仅理解为基本词汇的衍生，否则可能会限制诗境的拓展。词汇之外，还有句子、篇章和诗的结构，同时还有内在的语法和布局，最终则是具有统一性的诗的视景。在这个意义上，笔者个人比较重视《伦敦随笔》《回答》等长诗的写作，更体现了王家新的某种"整合式"的追求，诗歌图景的广度也有较大的拓展。《伦敦随笔》的"整合性"在于把伦敦这样一个浓缩了历史、文化与文学的多重意

① 王家新：《游动悬崖》，第 215 页。

味的都市以"随笔"的形式进行叙说。伦敦在诗人笔下首先成为一个文本，是在"文本的互文性"的视野中加以呈现的。对于这样一个历史悠久文化丰富的都市，只有借助一种互文性的方式，才能凸显它的本来的面目，继而呈露与诗人自己的关系。文本的互文性因此也成为这首诗叙述视野的核心地带。在诗人笔下，伦敦是莎士比亚、狄更斯、劳伦斯、普拉斯甚至马克思的伦敦，同时，王家新也把荷马、屈原、杜甫、但丁、易卜生、卡夫卡、凡·高带入自己的视景。因此王家新在诗中花费大量篇幅处理的也正是文本中的伦敦以及想象化的伦敦。但是，如果没有诗人自己的经验视野的介入，这个伦敦就是别人的伦敦，因而这首诗在后半部分，更多的是把自己的个人性的经验叠加在伦敦之上，而文本中的伦敦也同时为诗人自己的经验提供了背景。个人性的经验只有在这个背景下才显示出独特性来。《伦敦随笔》的最后一节引入了凡·高：

> 临别前你不必向谁告别，
> 但一定要到那浓雾中的美术馆
> 在凡·高的《向日葵》前再坐一会儿；
> 你会再次惊异人类所创造的金黄亮色，
> 你明白了一个人的痛苦足以照亮
> 一个阴暗的大厅，
> 甚至注定会照亮你的未来……

正像凡·高的《向日葵》所闪耀的"人类所创造的金黄亮色"以及

凡·高本人的痛苦对美术馆阴暗的大厅的照亮一样，它们也照亮了诗人的未来。伦敦的意义也可以这样理解，它是属于欧洲文化的，也是属于人类的，也恰在这个意义上，它才属于诗人自己。

我尤其看重《回答》在王家新写作历程中的阶段性意义。《回答》不仅仅是个人性经验的凝聚和喷发，同时叙事性情境的营建，还使这首诗具有了个体生命史诗的意味。"苦难的诗学"以及"冰雪一样震撼人心的力量"更能在这种长诗中获得表现。在一定意义上说，《回答》意味着王家新对"诗片断"阶段的某种自我超越，也意味着诗人在面对新的"艺术的难度"的挑战。在《回答普美子的二十三个问题》中，王家新称："在我看来，'写作的难度'就体现在这种整合式的写作中。杜甫和叶芝中晚期的写作往往就是一种整合式的。这不仅体现了他们对自己人生和艺术经验的总结，甚至也体现了对一个时代的诗艺和整个诗歌史的某种整合。我愈来愈认同这样的写作。灵机一动的诗，单一风格的诗，我想我都可以写，但它已不足以体现我对生活和艺术的全部体验。写到今天，需要去面对真正的艺术的难度。我也需要有一种写作方式，能够把自己的全部经验、想象和技艺都投入进去。我所渴望的就是这么一种写作。"①而《回答》一类长诗，或许正是这种"能够把自己的全部经验、想象和技艺都投入进去"的新的写作形态。

在上面这一段引文中，王家新还表现出对"文学中的晚年"话题的关注，他也一直在谈诸如叶芝的晚年、杜甫的晚年、里尔克的晚年，这些大诗人一生的艺术和思想的累积都在晚年表现出更

———————————

① 王家新：《为凤凰找寻栖所》，第 290 页。

具包容性与整合式的活力。在王家新这里，所谓的"晚年""不是一个年龄概念，而是文学中的某种深度存在或境界。这样的晚年不是时间的尽头，相反，它改变了时间——它在时间中形成了一个可吸收时间的'洞'；它会使时间停顿，并发生维度和性质上的改变。这样的晚年才是'无穷无尽'的！"①"晚年"由此意味着一种更为丰富的可能性，一个终极性的时间点，甚至会把以往的全部时间照亮。这是一种诗艺和思想的年龄，内含着晚年的生命意识与审美体验，意味着集大成，意味着炉火纯青，意味着思想的深度与艺术的高度。

王家新晚近的诗作中也经常出现"晚年"的意象和主题，同时又频频回溯诗人自己的童年与少年，频频出现孩子的意象。晚年意识的凸显，或许预示着王家新自我超越的又一个契机的来临，在某个黑暗的冬夜或明亮的清晨，如叶芝的神一般突然降临，同时来临的还有晚年的凝重感。王家新写于2004年的《晚年的帕斯》，状写的是晚年的诗人经历了一场大火，"烧掉了一个人的前生/烧掉了多年来的负担/也烧掉了虚无和灰烬本身"。

> 现在他自由了
> 像从一场漫长的拷打中解脱出来
> 他重又在巴黎的街头坐下
> 落叶在脚下无声地翻卷

---

① 《文学中的晚年》，王家新：《取道斯德哥尔摩》，第16页，山东文艺出版社，2007年。

　　而他的额头，被一道更遥远的光照亮

大火带来的是弃绝，弃绝一切之后，获得的反而是神启，如一道
更遥远的光。王家新笔下帕斯的晚年因此多少印证了萨义德在一
部遗作中的论述。萨义德把大师们的晚期风格分为两类：一类如
伦勃朗、巴赫、瓦格纳等，晚期作品确实炉火纯青明澈如水。而
另一类如阿多诺所讨论的贝多芬和托马斯·曼等艺术家，晚年并
非在形式上更臻纯粹与完美的境界，却显出"不妥协、艰难和无
法解决之矛盾"①。其间透露出的深刻的冲突和复杂性反而意味着
大师们在晚年迎来了新的可能性，表明了艺术的探索本身的持续
性和未完成性。在此一意义上，晚年其实更意味着未完满和进一
步的超越。换句话说，晚年写作其实也应该蕴含了诸种不可避免
的张力甚至内含难以解决的困境。大师们尽管已经处在了自己生
命的终点阶段，但是历史和社会生活却匮乏这种阶段性的终局，
存在的困扰和历史的困扰依旧可能在纠缠着诗人与艺术家。王家
新给自己晚近的诗集取名叫《未完成的诗》，其寓意也当在这个意
义上来理解吧？

承担者的诗

　　王家新是在一个特殊的历史阶段遭遇帕斯捷尔纳克的，并通
过对帕斯捷尔纳克以及对俄罗斯传统的亲和，完成了对自我形象

① 参见萨义德：《论晚期风格》，三联书店，2009年。

的体认："我不能说帕斯捷尔纳克是否就是我或我们的一个自况，但在某种艰难时刻，我的确从他那里感到了一种共同的命运，更重要的是，一种灵魂上的无言的亲近。帕斯捷尔纳克比曼杰斯塔姆和茨维塔耶娃都活得更久，经受了更为漫长的艰难岁月，比起后二者，他更是一位'承担者'。"①

90年代的王家新无可替代的诗学品格正表现在他的执着的姿态、内在的气质以及"承担者"的意识之中。尤其他在诗歌领域中重新发现和诠释了俄罗斯精神：对苦难的坚忍承受，对精神生活的执着，对灵魂净化的向往，这一切塑造了俄罗斯文学特有的那种高贵而忧郁的品格。对这种品格的体认和传达构成了王家新创作的一种内在的精神特征。他的诗歌在历史的特殊年代选择了负荷与承担，在诗心深处，流淌的是一种悲悯甚至忏悔的情怀。

《瓦雷金诺叙事曲》以及《帕斯捷尔纳克》正表明了王家新在自己的90年代诗歌历程中开始发掘俄罗斯精神谱系。在帕斯捷尔纳克之外，他还找到了普希金、契诃夫和曼德尔斯塔姆，找到了阿赫玛托娃和茨维塔耶娃。王家新曾经几次谈及在伦敦泰晤士桥头的路灯下读茨维塔耶娃的《约会》的体验："只读到前两句我便大惊失色：'我将迟到，为我们已约好的相会；/当我到达，我的头发将会变灰……'这是谁的诗？再一看作者，原来是茨维塔耶娃！我读着这样的诗，我经受着读诗多年还从未经受过的战栗，'活着，像泥土一样持续'，我甚至不敢往下看，往下看，诗的结尾是：'在天空之上是我的葬礼。'一首诗就这样写出了一个诗人

---

① 《回答四十个答问》，见王家新：《游动悬崖》，第205—206页。

的命运：活于大地而死于天空。""这样的诗之于我，真像创伤一般深刻！从此我守着这样的诗在异国他乡生活。我有了一种更内在的力量来克服外部的痛苦与混乱。可以说，在伦敦的迷雾中，是俄罗斯的悲哀而神圣的缪斯向我走来。"①

在这篇创作于 2006 年的诗学论文《承担者的诗：俄苏诗歌的启示》中，王家新进一步梳理这一俄罗斯的诗歌脉络："曼德尔斯塔姆、阿赫玛托娃、茨维塔耶娃、帕斯捷尔纳克等诗人，对近一二十年的中国诗人具有特殊的意义。我们不仅在他们的诗中呼吸到我们所渴望的'雪'，而且在某种程度上，正是通过他们确定了我们自己精神的在场。我甚至说过这些诗人'构成了我们自己的苦难和光荣'。显然，这不是一般的影响，这是一种更深刻的'同呼吸共命运'的关系。"②

其中帕斯捷尔纳克以及他的《日瓦戈医生》在王家新诗艺和思想转变的道程中尤其扮演了举足轻重的角色。在王家新的视野中，帕斯捷尔纳克是俄罗斯民族精神在 20 世纪上半叶的代表。帕斯捷尔纳克的创作深刻表现了一个具有俄罗斯精神传统的知识分子虽然饱经痛楚、放逐、罪孽、牺牲，却依然保持着美好信念与精神良知的心路历程。这种担承与良知构成了衡量帕斯捷尔纳克一生创作的更重要的尺度。从王家新的诗中可以感受到他也正是以这种尺度检验自己和要求自己。他从帕斯捷尔纳克的目光中读出的是"忧伤、探询和质问/钟声一样，压迫着我的灵魂/这是

---

① 《承担者的诗：俄苏诗歌的启示》，王家新：《为凤凰找寻栖所》，第 163 页，北京大学出版社，2008 年。
② 王家新：《为凤凰找寻栖所》，第 162 页，北京大学出版社，2008 年。

痛苦，是幸福，要说出它／需要以冰雪来充满我的一生"①。"冰雪"的意象也正是由此开始成为王家新诗中的重要"词根"。它启示读者，阅读王家新的诗，仅从技巧上把握是远远不够的，王家新的诗歌已被视为当代中国诗坛的启示录，象征了诗歌领域的一种内在精神的觉醒。

《瓦雷金诺叙事曲》以及随后的王家新的诗作，在思考方式上，在诗歌形式上，在思想和内在气质上均显示出帕斯捷尔纳克的影响。王家新的诗片断的方式，即有《日瓦戈医生》的《瓦雷金诺》一章中主人公日瓦戈所写的札记的影了。在札记中，日瓦戈对俄罗斯作家中的两类传统的划分也一度影响了中国文化界："在俄罗斯全部气质中，我现在最喜爱普希金和契诃夫的稚气，他们那种腼腆的天真；喜欢他们不为人类最终目的和自己的心灵得救这类高调而忧心忡忡。这一切他们本人是很明白的，可他们哪里会如此不谦虚地说出来呢？他们既顾不上这个，这也不是他们该干的事。果戈理、托尔斯泰、陀思妥耶夫斯基对死做过准备，心里有过不安，曾经探索过深义并总结过这种探索的结果。而前面谈到的两位作家，却终生把自己美好的才赋用于现实的细事上，在现实细事的交替中不知不觉度完了一生。他们的一生也是与任何人无关的个人的一生。"②王家新在20世纪90年代所亲和的传统，无疑是普希金和契诃夫的一脉。而王家新90年代以后的诗歌给我的阅读印象，也是禀赋了这种从普希金到契诃夫再

---

① 王家新：《帕斯捷尔纳克》。
② 帕斯捷尔纳克：《日瓦戈医生》，第344页，湖南人民出版社，1987年。

到帕斯捷尔纳克的气质，有一种"腼腆的天真"，本性中不失固有的谦逊，既执迷于探寻人生的意义，又不流于空谈和玄想，也远离布道者的真理在握。他更致力于从一个谦卑的生命个体的意义上去承担历史。在《承担者的诗：俄苏诗歌的启示》这篇文章中，王家新指出："帕斯捷尔纳克完全是从个人角度来写历史的，即从一个独立的、自由的，但又对时代充满关注的知识分子的角度来写历史，他把个人置于历史的遭遇和命运的鬼使神差般的力量之中，但最终，又把对历史的思考和叙述化为对个人良知的追问。而这，也正是 90 年代中国诗人要去努力确定的写作角度和话语方式。"①

王家新曾引用过希穆斯·希内的一句话："锻造一首诗是一回事，锻造一个种族的尚未诞生的良心，如斯蒂芬·狄达勒斯所说，又是相当不同的另一回事；而把骇人的压力与责任放到任何敢于冒险充当诗人者的身上。"②换句话说，真正敢于冒险充当诗人的人，就是一个勇于承担"骇人的压力与责任"的人，这使诗歌不仅仅是对诗艺的自足性的"锻造"，而是必须承担"锻造一个种族的尚未诞生的良心"的使命。这也恰恰是王家新所激赏的诸如里尔克、阿赫玛托娃、索尔仁尼琴、帕斯捷尔纳克等诗人和作家身上所负载的历史使命。所谓的"尚未诞生"，意味着每一代以及每一个有承担的诗人都面临着民族良知的重建的境况，意味着在自己的历史阶段提供对时代的忏悔的经验。因此，民族的良心对

---

① 《承担者的诗：俄苏诗歌的启示》，见王家新：《为凤凰找寻栖所》，第 170 页。
② 《阐释之外》，王家新：《游动悬崖》，第 263 页，湖南文艺出版社，1997 年。

一个有承担意识的诗人来说，必然表现为未来式，是一种尚未抵达的远景。而对于当今的历史时代来说，这种"尚未诞生"则具有更迫切的现实性。

这些勇于承担"骇人的压力与责任"的诗人，在对黑暗、良知、承担以及历史的罪愆的关注和思考过程中，表征的是对人类更本体问题的诗性关注，体现了一个"承担者"的写作伦理。美国作家爱默生说过："一个时代的经验需要一种新的忏悔，这世界仿佛常在等候着它的忏悔者。"如果说但丁是中世纪的忏悔者，卢梭是 18 世纪的忏悔者，波德莱尔是 19 世纪的忏悔者（徐志摩语），那么，20 世纪的忏悔者的形象在王家新的诗中是里尔克，是帕斯捷尔纳克，是阿赫玛托娃，是保罗·策兰，是叶芝。在缺乏这种世纪罪愆的忏悔者的形象的时代，王家新以对这些具有深深的悲悯情怀的诗人的亲近，重新为自己的诗歌塑造了一种精神和人格理想，正如他在《奥尔弗斯仍在歌唱》中称："就如何在我们这个时代坚持一种诗歌精神而言，叶芝会永远是我们的守护人。"叶芝也是"超出现代混乱与无意义之上的某种诗性灵魂的人格象征"。①

王家新在一系列诗歌情境中外化的正是对一种良知与人格的自觉。诗人常常对自我有一种道德的逼视，对芸芸众生的生存处境则有一种发自灵魂深处的共感：

　　　　发霉的金黄玉米，烂在地里的庄稼，在绵绵秋雨中坐在

---

① 王家新：《游动悬崖》，第 242 页，湖南文艺出版社，1997 年。

门口发愣的老人。为什么你要避开他们眼中的辛酸？为什么你总是羞于在你的诗中诉说人类的徒劳？

终有一天，你会忆起京郊的那家苍蝇乱飞的小餐馆：坐在那里，望着远处希尔顿大饭店顶层的辉煌灯火，你第一次知道了什么叫作对贫苦人类的侮辱。

——《变暗的镜子》

坐大巴穿过村镇；
在尘灰和泥土里生活的百姓，
在屋檐下，或在突突冒烟的拖拉机上
失神地望着远道的访客。
我看着他们，我相信了这个传说。
我相信了这个传说，
如同我在这颠簸的尘埃飞扬的路上，
在一阵揪心的悲痛中，
再一次相信了贫困、孤独
和死亡。

——《传说》

这种对自我的拷问和对贫苦底层的悲悯，这种对历史的负荷者的形象的渴慕和认同，在某些专注于诗歌技巧的"后现代"和新时代的高蹈派诗人的眼中或许是陌生与不屑的。王家新自我塑造的形象常使人想起里尔克的一首诗中所写："每当时代想最终总结自己的价值时，这个人总会生还。他举起时代的全部重任，掷入自己的胸渊。"在这个意义上，一个作为价值依托的承担者，在任何时代都不会很多，对当今的中国更有不可替代的历史意义。王家新的这一段诗歌历程，印证了一位研究者早在 1993 年就曾做出的预言："一个真正从心灵上趋向伟大诗人气质的人，将会出现于 20 世纪的最后 10 年之中。"①

　　王家新的意义还在于，对一个诗人来说，这种价值和历史承担，首先是通过诗歌的承担。正如王家新所自觉体认到的那样："我想我首先仍是一个从内部来承担诗歌的人。诗歌撞上了历史，它下沉了，但却由此获得了自己的深度和重量，或者说，这一切迫使我们和语言建立了一种更深刻的关系。""诗歌撞上了历史"，诗歌由此不再是纯诗化的自我封闭的衍生物，也不是一味在历史之外或者历史之上的高蹈。诗歌在"下沉"的过程中也因此触到了大地，获得了深度和重量。诗人也由此获得了对历史的承担。但这种承担是一种诗性的承担。承担的诗中必然暗含政治因素，但却不是政治家式的直接参与性的政治。承担的诗歌所负载的"自己的深度和重量"是一种良知的深度和重量，是一种信念与精神，恰恰来自从"内部来承担诗歌"的尺度意识。

　　海德格尔称："写诗就是去接受尺度。"②创作于 1992 年底，标志着王家新诗学理想的较大转变的诗片断《词语》中，集中映现的，正是诗人的尺度意识：

　　　　当你来到空无一人之境，你就感到了一种从不存在的尺

---

① 《王家新论》，程光炜：《程光炜诗歌时评》，第 174 页，河南大学出版社，2002 年。
② 《谁在我们中间》，转引自王家新：《游动悬崖》，第 217 页，湖南文艺出版社，1997 年。

度：它因你的到来而呈现。

自但丁以来，到帕斯捷尔纳克，诗人们就一直生活在诗歌的暴政之中，而这是他们自己秘密承受的火焰，我已不能多说。

而当我惟有羞愧，并感到在这之前我们称之为痛苦的，还不是什么痛苦的时候，我就再一次来到诗歌的面前。

而无论生活怎样变化，我仍要求我的诗中有某种明亮：这即是我的时代，我忠实于它。

王家新称："我们——这些所谓'后现代'时代的写作者们——仍生活在一种严格的尺度下。"这是王家新从帕斯捷尔纳克等俄罗斯诗人那里为我们这个古老的种族重新带来的良知与道德的尺度，王家新对晚年杜甫的精神遗存的强调汇入的也是这种尺度。这种尺度是良知、精神与诗性的统一。

生活伦理学的重建

在《游动悬崖》中，王家新写下这样一则诗片断："当你因写作疲倦下来，你想起黄昏花园里的契诃夫，疲倦而宁静的契诃夫。你骤然闻到一股桦树林的气味。你似乎从一种囚禁中出来，回到久别的事物之中。你知道你仍是和一些词而不是别的居住在一起，……此刻，你就是独自潜入花园的契诃夫。你就在那里，不再思考任何事情，而是在暮色中松开自己，回到大地的怀抱之中……"诗人追慕的是在历史的残酷和阴郁的氛围中能使人回归

安静，回归大地，"回到久别的事物之中"的契诃夫，有如日瓦戈
医生回归瓦雷金诺。

当政治性挫折产生之后的时代，在诗人那里往往有一种回到
内心的归趋。柄谷行人在《日本现代文学的起源》中讨论明治 20
年代"心理的人"的出现时指出："当被引向政治小说及自由民权
运动的性之冲动失掉其对象而内向化了的时候，'内面''风景'便
出现了。"①就像日瓦戈医生选择在瓦雷金诺的心灵的沉思一样，
在 90 年代初告别革命的历史语境中，中国文坛以及知识界也有
一种回归室内回归内心的趋向。这种把对暴力与革命史的反思向
存在和心灵深处沉潜的潮流，当然具有历史的某种必然性甚至合
理性。但是，对内心的归趋，并不总是意味着可以同时获得对历
史的反思性视野。对历史中的个人性体悟和个体性价值的强调在
成为一种历史资源的同时，有可能会使人们忽略另一种精神传统
固有的永久性的价值。当本文前引的帕斯捷尔纳克在《日瓦戈医
生》中借助主人公所写的札记把源于普希金、契诃夫的传统与果
戈理、托尔斯泰和陀思妥耶夫斯基相对峙的时候，问题可能就暗
含其中了。普希金和契诃夫的气质是否真的与托尔斯泰等人的精
神传统相异质？有研究者质疑过帕斯捷尔纳克的二分法："托尔
斯泰有更加伟大的人格和灵魂，这个灵魂和人格保障了托尔斯泰
的文学是为人类的幸福而服务。俄罗斯作家布洛克说托尔斯泰的
伟大一方面是勇猛的反抗，拒绝屈膝，另一方面，和人格力量同
时增长的是对自己周围的责任感，感到自己是与周围紧密连在一

---

① 柄谷行人：《日本现代文学的起源》，第 29 页，三联书店，2003 年。

起的。"①罗曼·罗兰也曾经说过："托尔斯泰的现实主义体现在
他每个人物的身上，因为他是用同样的眼光来看待他们，他在每
个人的身上都找到了可爱之处，并能使我们感到我们与他们的友
爱的联系，由于他的爱，他一下子就达到了人生根蒂。"②如果说
帕斯捷尔纳克"从一个独立的、自由的，但又对时代充满关注的
知识分子的角度来写历史"具有值得珍视的历史价值的话，托尔
斯泰这种融入人类共同体的感同身受的体验，也是今天的历史时
代中不可缺失的。它启发我们思考：个体的沉思与孤独的内心求
索的限度在哪里？对历史的承担过程中的"历史性"又在哪里？
"历史"是不是一个可以去抽象体认的范畴？如果把"历史"抽象化
处理，历史会不会恰恰成为一种非历史的存在？历史的具体性在
于它与行进中的社会现实之间有一种深刻的纠缠和扭结。90 年代
之后的中国社会表现出的其实是一种"去历史化"的倾向，在告别
革命的思潮中，在回归内在的趋向中，在商业化的大浪中，历史
成为被解构的甚至已经缺席的"在场"。当历史是以回归内心的方
式去反思的时候，历史可能也同样难以避免被抽象化的呈现和承
担的命运。

　　而当王家新在晚近的诗作中思考伦理重建问题的时候，这些
思考构成了对 90 年代初期回归内心叙事的某种超越，也展示出
新的诗学取向和新的历史视野。在 2002 年的一篇答问录中，王
家新说道："个人与历史从来就存在着一种深刻复杂的连结。从

---

① 薛毅：《当代文化现象与历史精神传统》，第 370 页，广西师范大学出版社，2007
　年。
② 转引自薛毅：《当代文化现象与历史精神传统》，第 371 页。

古到今，在诗人与他的时代之间，也一直有着一种痛苦的对话关系。"①王家新进入 21 世纪后的诗歌如《一九七六》《少年》《未完成的诗》《柚子》等便表现出这种个人与历史的更"深刻复杂的连结"。

王家新善于把诗中的叙述情境与历史之间建立关联。但是近些年的诗中也常常浮现出一些日常性的场景，展露了审美与伦理一体化的质素，以及一种新的诗学可能性。这种生活性的场景因此更有美学的光芒。如这首《2002 年圣诞节》："看着四川火锅店的伙计抬着一棵圣诞树进来/抬进满屋的翠绿和雪意/我心里一阵湿润"。又如《从城里回上苑村的路上》："家仍在远方等待着/因为它像鸟巢一样的空/像鸟巢一样，在冬天会盛满雪/啊，想到冬天，想到雪/便有长尾巴的花喜鹊落地，一只，又一只/像被寒冷的光所愉悦/像是要带我回家"。"家仍在远方等待着"以及"像是要带我回家"都把家园体验赋予了生命的归依的色彩。这首诗表现出人"栖居在大地上"的本质，甚至超越了海德格尔借助于荷尔德林所阐释的所谓的"诗意"的栖居，使人联想到的是王家新在一次对话中的表述："我自称是'燕山脚下的居民'。乡村生活会促使一个诗人'进入大地，从属大地'，这是海德格尔的一个短语，从而和存在的根基相接近。"②栖居本身的内在的维度正指向一种存在的根基，指向一种生活伦理学。与审美救世主义相比，一种日常生活的伦理学的重建，在今天的中国更有迫切的历史

---

① 王家新：《为凤凰找寻栖所》，第 286 页，北京大学出版社，2008 年版。
②《面对王家新》，《东方》，2003 年第 9 期。

意义。

王家新写于 2000 年的《变暗的镜子》中有这样一句："热爱树木和石头：道德的最低限度。"但另一方面，也可以说热爱树木和石头是道德的"最高限度"。因为一个热爱树木和石头的民族，一个热爱树木和石头的个体，会把这种热爱泛化到更多的人与物上面，进而有可能扩展为一种热爱的伦理学。其中"石头"的意象，是王家新早期诗歌中酷爱的意象，它有如 90 年代之后的"雪"，是诗人艺术化地把握生活世界的方式。如果说，早期诗歌中的石头是诗性的存在物，那么《变暗的镜子》中的这块"石头"则涉及了他的沉甸甸的写作伦理。王家新的相当一部分诗，也的确适于批评者就诗歌的写作伦理问题进行思考，进而思考关于生活伦理的重建的大问题。王家新的一组关于牲畜和动物主题的诗作就关涉着这种动物伦理以及生命伦理问题。如《田园诗》写诗人在京郊的乡村路上遇见装在卡车上的羊群：

> 这一次我看清了它们的眼睛
> （而它们也在上面看着我）
> 那样温良，那样安静
> 像是全然不知它们将被带到什么地方
> 对于我的到来甚至怀有
> 几分孩子似的好奇
>
> ——《田园诗》
>
> 这些是无辜的过冬的畜牲，
> 在聚来的昏暗中，在我的内心里

　　它们已紧紧地偎在了一起……

　　　　　　　　　　　　——《孤堡札记》

　　老马的尾巴甩动

　　马的眼中，坚忍不拔的悲哀

　　　　　　　　　　　　——《夏》

　　马啃着盐碱皮。马向我抬起头来。马眼里的黑暗，几千
年来一直让人不敢正视。马比我们更依恋土地。

　　为什么当一个诗人要告别人世时，他的马会踟蹰不前，
会一再地回头嘶嘶哀鸣？马，我们内心之中的泥土；马，牲
畜中的牲畜。

　　　　　　　　　　　　——《反向》

生活的伦理正体现在一种与大千世界的共感之中，这种与石头、
树木、老马、羊群、过冬的牲畜之间的共感，是一种健全的社会
伦理学的基础，一种健全的伦理学和健全的社会生活只能以这种
内在的悲悯的情怀作为自己的底蕴。

　　王家新写于 2007 年 12 月的《第一场雪》也表现出值得关注的
诗艺取向：

　　第一场雪带给你的激动

　　早已平息了，现在，是无休无止的雪，

　　落在纽约州。

　　窗外，雪被雪覆盖。

　　肯定被肯定否定。

你不得不和雪一起过日子。
一个从来没有穿过靴子的人，
在这里出门都有些困难。
妻子带着孩子
去睡他们甜蜜的午觉去了。
那辆歪在门口的红色岩石牌儿童自行车
已被雪掩到一半。
现在，在洗衣机的搅拌和轰鸣声中，
餐桌上的苹果寂静，
英汉词典寂静，
你那测量寂静的步子，
更为寂静。
抬头望去，远山起了雪雾。

这首诗意味着日常生活语境在诗中的介入，凸显了诗与日常生活的关联性。尽管王家新称自己"一般不卷入"所谓"日常性"的话题，更喜欢用"诗歌的具体性"，认为"日常性不是诗歌的一个标准"①。但是，这种日常性问题不仅仅关涉到王家新所谓"一种'重新回到事物本身'的努力"，而在很大程度上，关涉着诗中生活伦理学的向度。90年代以来中国社会最严重的精神性危机是道德伦理层面的崩毁，是价值的缺失和伦理的失范。文学艺术家们对伦理问题的逃逸，客观上加剧了这种生活危机。当艺术家仅仅

---

① 《回答普美子的二十三个问题》，见王家新：《为凤凰找寻栖所》，第 298 页。

把生活伦理看成是艺术个性以及艺术先锋性追求的障碍和对立物的时候，也是使生活伦理学的重建更加艰难的时刻。王家新也曾把艺术与生活视为一种二元论的关系："叶芝有句诗写得很好，工作的完美还是生活的完美，一个艺术家必须做出选择。里尔克也讲过，在作品和生活之间存在着一种古老的敌意。他们都敏锐地意识到这些问题。创作本身对人是一个巨大的消耗，它当然会与一个人的正常生活发生冲突。有时你写出一些作品以后，真像生了一场大病一样。当然你还是乐意看到，你的作品的世界在壮大，即使你为此付出再大的代价。"①

但是，里尔克所谓"作品和生活之间"所存在的这种古老的敌意不仅仅会损害生活本身，也进而会损耗诗歌。当一个艺术家不再把艺术与生活看成某种对立物的存在的时候，也是伦理和美学真正统一的时候。这种统一的境界中也许会丧失一些尖锐与犀利的艺术先锋性，但其中美学与生活的某种平衡对于生活伦理学的重建却有不可忽视的价值。

"窗外，雪被雪覆盖。/肯定被肯定否定。"在《第一场雪》中，诗人似乎还无法完全适应于这种仅仅只有"肯定"的生活形态，无法完全适应这种生活的日常性的幸福和寂静。也许他本能地从中寻求似乎更为"深刻"的"否定"的因素。诗人也许是无意识之中在妻子和孩子安睡之际把目光投向日常景观，而生活甚至生存的意义却恰在这种日常图景中闪现出来。意义世界就在妻子和孩子

① 《面对王家新》，《东方》，2003 年第 9 期。

"甜蜜的午觉"中，在被雪掩到一半的"那辆歪在门口的红色岩石牌儿童自行车"上，在"洗衣机的搅拌和轰鸣声中"，在寂静的"餐桌上的苹果"中和同样寂静的"英汉词典"中。而雪依然带给诗人"激动"，但是，留在诗境的近景中的，如今更是激动"早已平息"后的寂静，是诗人"测量寂静的步子"。而"洗衣机的搅拌和轰鸣声"也使人想起《答荷兰诗人 Pfeijffer "令人费解的诗总比易读的诗强"》一诗中"洗衣机的嗡嗡声"。日常生活在某种意义上说，其实构成了诗人的拯救的方式，无论诗人对此是否有所自觉。如果说，勇于承担的诗人，似乎为了道德的勇气和对黑暗的着迷，为了对内心的求索和对语词的关怀而有可能牺牲尘世的幸福，这在长诗《回答》中也隐约闪现；那么，《第一场雪》多少显示出回归日常生活的朴素的诗美，其中正隐含了生活伦理学的既平凡又深刻的寓意。

《第一场雪》也表现出"转喻修辞"在诗中的主导性位置。如果说隐喻修辞追求的是诗歌语言的深度模式的话，那么转喻修辞则把诗学重心转向日常生活，转向日常空间的毗邻感。雅可布逊称现实主义作家的描写可以从情节写到气氛，从人物写到时空中的背景。① 如果加以引申，可以说这种"背景"构成的是诗人更开阔的生存背景与环境，一切在这种生存背景中存在的事物，都可能纳入诗人与世界相遇的诗性情境中而获得审美和伦理的双重意义。于是，我们在王家新晚近的诗中看到了诸如《桔子》和《柚子》

---

① 参见雅可布逊：《隐喻和转喻的两极》，收伍蠡甫、胡经之主编《西方文艺理论名著选编》下卷，北京大学出版社，1987 年。

这样的诗题。这是创作于 2005 年的《柚子》：

> 恍惚间
> 我仍是那个穿行在结满累累果实的
> 柚子树下的孩子
> 身边是嗡嗡唱的蜜蜂
> 远处是一声声鹧鸪
> 而一位年轻母亲倚在门口的笑容
> 已化为一道永恒的
> 照亮在青青柚子上的光

这首诗写的是童年的神启，年轻母亲的笑容所化的那道永恒的照亮在柚子上的光，已经有了圣母之光的意味，我更倾向于把它阐释为伦理之光。而伦理学的重建，恰体现在桔子和柚子这类日常事物的重新发现之中。

前引的《桔子》中也闪耀着这种平凡的日常性之光。书橱内部的"雪"已经多少失去了在《帕斯捷尔纳克》等诗中的重量，成为日常生活中的风景。而这也许恰恰是雪之常态。雪不再担荷以往那种重量，却显示出同样动人的品质。但是，诗人即使在吃桔子，也同样在体验超验之感：

> 他有的是时间，
> 仿佛，他在吞食着黑暗；
> 他就这样吃着、剥着桔子，抬起头来，

　　　窗口闪耀雪的光芒。

生活的意义也许就徘徊在日常性与超验性之间。没有超越感的生活是过于凡俗的，而没有日常感，仅剩沉思的生活则或许是枯燥的。诗人或许在无意识地寻求着两者的平衡。王家新的诗集《未完成的诗》以这首写于 2006 年的作品结束，也许具有一种阶段性的象征意义。当王家新称"我希望写作能够是一种'伦理与美学的合一'"①的时候，这种伦理与美学的结合，对于价值失落道德缺失伦理失范的当今之中国，就显示出尤为值得珍视的历史意义。

---

①《回答普美子的二十三个问题》，见王家新：《为凤凰找寻栖所》，第 290 页。

死亡：永远的绝响

> 这诗歌的全部意思是什么？要热爱生命不要热爱自我，要热爱风景而不要仅仅热爱自己的眼睛。做一个热爱"人类秘密"的诗人。这秘密既包括人兽之间的秘密，也包括人神、天地之间的秘密，在神圣的黑夜中走遍大地，热爱人类的痛苦和幸福，忍受那些必须忍受的，歌唱那些应该歌唱的。
>
> ——海子《我热爱的诗人——荷尔德林》

一、海子之死

1989 年 3 月 26 日，年仅 25 岁的诗人海子，留下近 200 万字的诗稿，在山海关卧轨自杀。

我最初听到这个消息时已是 4 月初。当挚友蔡恒平把这个惊人的噩耗告诉我的时候，我一下子惊呆了，半天说不出话。心里仿佛被堵上了一块沉重而巨大的石头。我长久地想象诗人海子临终前携带着四本书：新旧约全书、梭罗的《瓦尔登湖》、海涅达尔的《孤筏重洋》和《康拉德小说选》，在山海关徘徊的情景。海子死于黄昏时分，我想象着当天边浮上第一抹晚霞的时候，海子终于领悟到来自冥冥天界的暗示，毅然弃绝了一切尘世间的意念，卧轨于山海关至龙家营之间的一段火车慢行道上。鲜血一瞬间染遍了西天的晚霞。

　　1989 年 4 月初的一个上午，海子自杀的消息传到了他的母校北京大学。三角地响起了喜多郎梦幻般的音乐。音乐声中，海子的北大诗友为他募捐。出身于燕园的几位诗人西川、臧棣、麦芒和郁文等人默默地伫立在募捐箱旁，向每个募助者点头致谢。中午，燕园内的民主科学雕塑下举行了海子的悼念活动，雕塑周围的空地上挤满燕园学子。我也挤在人群中，倾听未名湖畔成长起来的一代年轻的诗人又一次朗诵起海子的诗作《亚洲铜》和《太阳》。春日的正午的阳光下是一张张年轻而悲伤的面孔。

　　海子，1964 年生，是"第三代"诗歌运动中最出色的诗人之一，有"诗坛怪杰"之誉。海子的倾慕者和崇拜者有很多，其中也包括我这个并不写诗的燕园的后来者。

　　我和海子并无私交，只是在燕园的两次诗歌朗诵会上听过他朗诵自己的诗作《亚洲铜》。印象中海子是一个沉静、内向而略有些腼腆的人，思绪总是沉浸于远方一个不属于现世的未知王国之中。这种感受后来被海子的几位诗友的回忆证实了。海子是一个拙于现实生活而耽于想象世界之中的诗人。他的生活简单、贫瘠而孤独。他所居住的一间陋室中甚至没有录音机、收音机这一类生活必需品。除了与几位挚友的交往外，写作构成了海子生活的全部内容，构成了海子生命的支撑。海子遗留下来的近 200 万字的作品，其中的大部分都是在这种孤寂的生命形态中写成的。海子在一篇《自述》中这样说：

> 这种成就"大诗"的宏阔理想已经部分地在他的诗作中得以实现了。然而，"正当那把人引向生活的高峰的东西刚刚显露出意义时"，死亡却降临到了海子的头上。

19 世纪末叶以降，诗人为行而上的原因自杀已成为西方思想史中一个恒常的主题。无论是特拉克尔还是杰克·伦敦，无论是叶赛宁还是马雅可夫斯基，每个诗人个体生命的毁灭都会给西方思想界带来巨大而长久的震动，迫使人们去重新审视既成的生存秩序和生存意义，重新思索个体生命的终极价值。如果说生存就基本性而言只能是个体性的，因而任何个体生命的毁灭和消亡总是给人惊心动魄之感，那么诗人的自戕，尤其具有强大的震撼力。因为，"诗是一种精神"（福斯特语），而诗人的死，则象征着某种绝对精神和终极价值的死亡。这就是诗人之死格外引人关切的原因所在。

自从世界的历史进入 19 世纪末叶之后，整个人类在精神上就始终未能从一种"世纪末"的情绪中挣脱出来。尼采敲响了人类理性正史的丧钟，斯宾格勒继而又宣布西方已走向了没落，于是人类迎来了如海德格尔所描述的世界之夜。这是人类生存的虚无的暗夜，当此之际，"痛苦，死亡，爱的本质都不再是明朗的了"，这是一种对生存的目的意义和终极价值怀疑的心态，是人类生存的一个无法摆脱的梦魇。正是在这种生存虚无的黑暗底色之中，出现了世界范围内的如此集中的诗人自杀现象。这种历史现象几乎是前所未有的。

在这个充满着生存危机感的境况之下，诗人一直是一种特殊的存在。"诗人何为"？海德格尔曾如此拷问过诗人所禀赋的全人类的历史使命。他认为，在这个世界陷于贫困的危机境地之际，唯有真正的诗人在思考着生存的本质，思考着生存的意义。诗人以自己超乎常人的敏锐，以自己悲天悯人的情怀，以自己对于存在的形而上感知，以自己诗的追寻蕴含着整个人类的终极关怀，并且在这个没落的时代把对终极目的沉思与眷顾注入每一个个体生命之中，去洞见生存的意义和尺度。唯有真正的诗人才可能不计世俗的功利得失把思考的意向超越现象界的纷纭表象而去思索时间，思索死亡，思索存在，思索人类的出路，而当他自身面临着生存的无法解脱的终极意义上的虚无与荒诞之时，他便以身殉道，用自己高贵的生命去证明和烛照生存的空虚。

因此，诗人的自杀必然是惊心动魄的。在本质上它标志着诗人对生存的终极原因的眷顾程度，标志着诗人对"现存在"方式的最富于力度和震撼的逼问和否定。从某种意义上讲，诗人的自杀，象征着诗人生命价值的最大限度的实现和确证。

于是，不难理解为什么诗人笔下会充斥着"死亡"的意象，不难理解为什么这些诗人的诗歌中会弥漫着一种"先行到死"的忧郁情绪。死亡是诗人所无法规避的一个形而上的问题，沉思死亡即是沉思存在，即是沉思人的本性。西方的许多诗人，从里而克到荷尔德林到黑塞，都笼罩着死亡的恒久的巨大阴影。在这些诗人的观念中，"死亡是现存在的一种不可代替的，不确定的，最后的可能性"，"本然的实存只能这样来对待死亡，即它在死亡的这种不确定的可能性性质中来观察它"，"将来就存在于应被把握的可能性之中，它不断地由死亡这一最极端和最不确定的可能性提供背景"（施太格缪勒：《当代哲学主流》）。

死亡无疑是个体生命与生俱来的漆黑的底色和背景，只不过这种底色为常人所不自觉罢了。

汉民族历来缺乏对于死亡的执着和思考。孔子的"未知生，焉知死"一下子就把死的问题闲置起来，以致绵延了几千年之久的汉民族文化中绝少对死亡的沉思与歌吟。而死亡作为生存的基本参照和背景必然会给生带来空前的力度，对死缺乏真正的自觉意识，其后果必然是对生缺乏真正的自觉。

当时间的钟摆走到了 20 世纪末叶，古老的民族之中终于产生了以自杀来洞见生存危机与虚无的先觉者。1989 年 3 月 26 日，被誉为"诗坛怪杰"的新诗潮代表人之一，年仅 25 岁的诗人海子，留下近 200 万字的诗稿，在山海关卧轨自杀。

一种深刻的危机早已潜伏在我们所驻足的这个时代，而海子的死把对这种危机的体验和自觉推向极致。从此，生存的危机感更加明朗化了。

诚如世界进入夜半时分一样，汉民族其实早就笼罩在生存危机的阴影之中了。这不仅仅是作为民族群体生存的危机，更是"人"的意义上个体生存的危机，只不过我们民族对于"人"的危机太缺乏自觉罢了。海子死了，第一次表明作为对个体的"存在"意识已经潜移默化地渗透到我们的生存观念之中。可以说自从 1840

年西方利用船坚炮利打破了中国大门之际，民族生存的危机意识就一直威胁着中国人。整个中国的近代历史便是民族救亡图存的历史。民族的"种"的存在主题一直占据着统治地位。而在近一个半世纪之后，这种"人"的危机意识才在个体先觉者的身上产生。只有我们民族的每个个体生命都面临生存价值的危机感的时候，才能在最大限度上显示出生命的内驱力，而我们这个民族的总体获救的真正曙光，正是这种直面危机所唤醒的人的自觉之中。

海子在他达到顶峰状态的诗作《太阳》中表明，他正是在这种生存的危机意识中开始他的人的觉醒的。他发现已经"走到了人类的尽头"，在这种绝境之中"一切都不存在"，而生存只不过是"走进上帝的血中去腐烂"。他终于无法忍受这种腐朽而黑暗的存在，而让自己的个体生命毁灭了。

几乎是第一次，诗人的自杀距离我们如此贴近，从而把我们所面对着的死亡的惘然的威胁明朗化了。从此死亡不再是一个暧昧不明的难以察觉的生存背景，而是转化为一种生存前景，作为一种情结，一种心绪，一种伸手可及的状态沉潜于每个人的心灵深处了。注定从此我们的生存要变得凝重而忧郁。

如果说另一个异质文化传统中的诗人自杀对我们来说尚是一种遥远的回声，那么海子之死则是逼迫我们直面生存的危机感。海子以他的自杀提醒我们：生是需要理由的。当诗人经过痛苦的追索仍旧寻找不到确凿的理由时，这一切便转化为死的理由。而一旦当我们对生的理由开始质疑并且无法判定既成生命秩序和生存状态具有自明性的时候，我们的个体生命的生存危机便开始了。

　　海子死了，这对于在瞒和骗中沉睡了几千年的中国知识界来说，无异于一个神示。允许从此每个人的生存不再自明而且自足了。每个人都必须思考自己活下去的理由究竟是什么。当这个世界不再为我们的生存提供充分的目的和意义的时候，一切都变成了对荒诞的生存能容忍到何种程度的问题。那么我们是选择苟且偷生还是选择绝望中的抗争？

　　海子的自杀昭示了个体生命存在的悲凉意味。在这个世界上如果要生存下去，对于生命存在和死亡有着清醒的自觉意识的生命来说，是艰难的。他们要承受着常人所无法承受的"生命之轻"和"生命之重"，他们要忍受生存的焦虑和空虚感，他们要时时为生存下去寻找勇气和毅力，而偶然和必然性的死亡却永远像一柄悬在头上的达摩克利斯剑，随时都准备君临。似乎在漫长的人类历史中个体的命运永远在劫难逃。

　　然而就海子自身而言，他又未尝不是幸运的。既然死亡为生存提供了"最极端和最不确定"的黑色的背景，那么，唯有自杀才是同死亡宿命的主动的抗争。因而海子之死，也许意味着永恒的解脱，同时更意味着诗人形象的最后完成。

　　施太格缪勒曾这样评价里尔克：

　　　　正当那把人引向生活的高峰的东西刚刚显露出意义时，死却在那里出现了。这死者指的不是"一般的死"，……而是"巨大的死"，是不可重复的个体所完成和做出的一项无法规避的特殊功业。

中国诗坛的后来者当会记取海子这种前无古人的"特殊功业"的！

二、海子——戈麦现象

在当代中国自杀的诗人之中，海子并不是第一人，也不是最后一人。

1987年3月，一个笔名叫"蝌蚪"的33岁的女诗人，用一把小小的手术刀割断了自己大腿上的静脉，在床上安详地死去了。

我对蝌蚪所知甚少，只知道她原名陈泮，与丈夫江河同为"新诗潮"的诗人，在写诗之余也研究佛学，还写小说。当年当我在《上海文学》上谈到她的遗作《家·夜·太阳》时，蝌蚪的名字周围已经加上了黑框。我记得当时我的反应只是：一个诗人死了。

没料到蝌蚪的自杀竟成为中国当代诗坛的一个具有魔力一般的预言。

两年后，也在3月，海子在山海关卧轨；1990年10月，浙江淳安的一个叫方向的年轻诗人决然服毒，把自己的生命带到了另一个世界；又过了一年，1991年的9月，诗人戈麦，弃绝了他所挚爱的诗歌生涯，遗留下200多首诗稿，自沉于清华园内的一条小河，时年24岁。

短短的四年间，四位青年诗人相继自杀了。

方向是我的一位从未谋面的友人。早在1987年，我读过他托人送来的一篇文章《论北岛的忧患意识》，随后彼此通过一封信，信中交流过对北岛诗歌和中国"新诗潮"的意见。从方向的来信中，我感到他是一个诚挚的诗人。此后便音信杳无。谁料如今与他已永远无法谋面了。

自杀的四位诗人中，我最熟悉的是戈麦。戈麦原名褚福军，生于 1967 年，黑龙江萝北县人。1989 年 7 月毕业于北京大学中文系，就职于外文局中国文学出版社。我和戈麦几乎同时就读于北大中文系，曾多次在一起"侃山"。戈麦是一个性格极其内向的人，很少有人能窥进他的内心城池。平时少言寡语，唯有当话题转移到诗歌上时，他的话才多了起来。我们曾一起谈过北岛、海子，也谈布罗茨基和博尔赫斯。从聊天中我感到戈麦对诗歌有着奉若神明般的热爱，我还感到戈麦是一位有着自己的执着信念的人。但是除了诗歌和文学之外，我很少知道他还在想着别的什么事情，我隐隐地觉察到他内心深处有着很沉重的内容，但这一部分内容甚至连他最好的诗友西渡也所知甚少。记得与戈麦的最后一面是 1991 年 7 月，戈麦匆匆赶来约我写一篇关于沈从文的稿子，随后顺便说起了他的庞大的阅读计划，便又匆匆告别了。这一别便是永诀。

戈麦的死已经使我不再仅仅从孤立的个体生命的消殒这一狭窄的角度来考虑诗人之死的问题了。与死去的诗人生活在同一时代的人都有责任去深思这一现象。

诗人的自杀引起了巨大而持久的反响。1989 年 4 月，燕园内举办了海子的诗歌座谈会，1990 年的夏天，诗人蔡恒平和西川相继在北大讲堂举办海子诗歌的讲座，能够容纳 300 人的阶梯教室挤满了听众。海子生前挚友骆一禾和西川为海子遗作的出版募集资金。由燕园出身的几位诗人创办的诗歌刊物《倾向》，为海子出版了纪念专号。《花城》《十月》《作家》等刊物陆续发表了海子的组诗。到了 1991 年，南京的一家出版社正式出版了海子的纪念专集。春风文艺出版社也出版了海子的长诗《土地》。

诗人戈麦的弃世，激起了同样的冲击波。戈麦的母校北大举办了两次戈麦的悼念活动。中文系系刊《启明星》上刊出了戈麦的诗歌遗作，同时登载了戈麦的生前好友西渡的纪念文章《戈麦的里程》。1992 年 11 月，由北大五四文学社主办的"戈麦生涯"的座谈会在北大文化活动中心举行，与会者提出了"海子——戈麦现象"，把诗人之死提升到了一种中国诗坛的重要的文化现象这一角度来进行讨论。

与此同时，山东济南的诗人胥弋也在致力于整理、出版已故诗人方向的遗作。如今，把诗人自杀视为一种群体现象，这已经成为当代诗坛的一种共识了，这便是"海子——戈麦现象"。

超越个体的角度去思考"海子——戈麦现象"背后的文化内蕴，这堪称 20 世纪留给中国诗坛的一项课题。

三、死亡诗章：自杀之谜

加缪在《西西弗的神话》一开头就说："真正严肃的哲学问题只有一个：自杀。判断生活是否值得经历，这本身就是在回答哲学的根本问题。"一个人"自杀的行动是在内心中默默酝酿着的，犹如酝酿一部伟大的作品。但这个人本身并不觉察。"加缪的后一段话对于海子而言只说对了一半。从海子的遗作《太阳》中，可以分明地感受到，海子对自己最终走上自杀的道路并不是没有觉察，而是极端自觉的。对于海子，自杀似乎是一个必然的宿命。他一定很早就萌动并酝酿着自杀的意念，正像他酝酿诗剧《太阳》一样。当他对于死亡的沉思终于趋向一个极致，承载着关于死亡冥想的长诗《太阳》一旦问世，海子便迎来了一个契机。于是诗人死了，诗人以自杀实践了他在诗剧中的预言。《太阳》是海子遗留下来的诗剧中的一幕，它使海子的诗歌在力度和质感方面达到了巅峰状态，它思索的是人的形而上存在的痛苦与绝望，以及在灭绝的气氛中的挣扎与毁灭。诗人为诗剧悬拟的时间是："今天。或五千年前或五千年后一个痛苦、灭绝的日子。"实际上，这种时间的设定是超时间的。它带有鲜明的末日审判的意味。可以说，当这部诗剧的大幕尚未拉开，诗人已经为这出诗剧奠定了死亡的总体情绪背景。

诗的开端是盲诗人的独白：

> 我走到了人类的尽头
> 也有人类的气味——
> 在幽暗的日子中闪现
> 也染上了这只猿的气味
> 和嘴脸。我走到了人类的尽头

诗人一再咏叹"我走到了人类尽头"，整部诗剧，也正是诗人把人类置于行将灭绝的境地而产生的绝望的歌吟。这是一种直面死亡的体验和震撼。

《太阳》中对死亡的歌咏和体验固然不能完全等同于海子自己

的真实意图，但《太阳》中的死亡意识却分明启示了一个海子自杀的契机。或许可以说，海子自尽的念头已经在他心中酝酿很久了。

《死亡诗章》是诗人戈麦写于 1989 年末的一首诗，诗中也是冥想死亡：

> 从死亡到死亡
> 一只鼬鼠和一列小火车相撞
> 在这残酷的一瞬
> 你还能说什么

在另一首《誓言》中，诗人也表达了一种弃绝一切的意念：

> 所以，还要进行第二次判决
> 瞄准遗物中我堆砌的最软弱的部位
> 判决——我不需要剩下的一切

从这种义无反顾的誓言中，我似乎可以隐隐理解了戈麦最后的弃绝并非是偶然的。也许死亡的欲念中有一种近乎"鬼打墙"的魔力，一旦走进这个迷宫，非大智大慧者很少有人再度走出。

许多人都试图想象自杀的诗人死前的心境，是什么促使死的渴念战胜了生之欲望，但自杀永远是一个谜。它的谜底已经由逝者永远地带到另一个世界中了，我们只能凭借遗作去揣摩死者的心理动因。这无疑是一项艰难的工作。似乎可以断言，他们的自杀的深层动机根源于一种深刻的心理与文化危机。这或许可以使我们的思索转向时代与文化层面。

诗人方向死后安葬于千岛湖畔,一片美丽的风景将会常年慰藉着这颗孤寂中飘然远逝的灵魂。在方向的墓碑上刻着他遗书中的最后一句话:"想写一首诗。"这是一句令人潸然泪下的墓志铭。

方向在临死之际流露出的是对诗歌事业的挚爱,对生命的无限留恋。

我想起戈麦,想起他聊天时对诗歌所表露出来的赤子般的执迷,想起他对中外文学巨著中的成就的无限景仰以及他所构想的庞大的创作与阅读计划。

我又想起海子,想起了他挂在他的陋室中的仅有的一幅装饰画:凡·高的油画《阿尔疗养院的庭院》。我想起了海子生前写的一篇文章《我热爱的诗人——荷尔德林》。可以说,凡·高和荷尔德林是海子最景仰的两个人。海子把抒情诗人分为两类:第一种诗人热爱生命,"但他热爱的是生命中的自我,他认为生命可能只是自我官能的抽搐和分泌。而另一类诗人,虽然只热爱风景,热爱景色,热爱冬天的朝霞和晚霞,但他所热爱的是景色中的灵魂,是风景中大生命的呼吸。凡·高和荷尔德林就是后一类诗人。他们流着泪迎接朝霞。他们光着脑袋画天空和石头,让太阳做洗礼。这是一些把宇宙当庙堂的诗人。"

海子正是这样一个诗人,他的全部生命哲学可以归纳为"热爱"。这种"热爱"的哲学构成了海子诗歌的真正底色。正像他在《我热爱的诗人——荷尔德林》中所说:"这诗歌的全部意思是什么?要热爱生命不要热爱自我,要热爱风景而不要仅仅热爱自己的眼睛。做一个热爱'人类秘密'的诗人。这秘密既包括人兽之间的秘密，也包括人神、天地之间的秘密，在神圣的黑夜中走遍大地，热爱人类的痛苦和幸福，忍受那些必须忍受的，歌唱那些应该歌唱的。"

但似乎无法理解的是，海子，这位热爱生命，热爱"人类秘密"的诗人，却放弃了生前的权利，选择的是与生命截然相反的另一条道路，这使我联想起里尔克的一句话："只有从死这一方面——如果不是把死看作绝灭，而是想象为一个彻底的无与伦比的强度——那么，我们只有从死这一方面才可能彻底判断爱。"或许可以说，海子的死构成了他对生命之爱的最富于强度的完成。

这样我们可以理解了为什么方向在临死前的最后一句话是"想写一首诗"，为什么海子有生之年充满激情地表述了对生命，对"人类秘密"的挚爱。爱与死，这生命的两大主题就这样似乎矛盾地统一在自杀的诗人身上。以死为参照的爱充满了生命的激情与力度，而以爱为背景的死才更加显得耀眼与辉煌。

我一直坚信，死去的诗人们是怀着对生命的巨大的热爱远逝的。作为幸存者的我们，能够从这一点得到什么样的启示呢？

我想起了诗人欧阳江河悼念埃兹拉·庞德的一首诗《公开的独白》：

> 他死了，我们还活着。
> 我们不认识他就像从不认识世界。
> 他祝福过的每一棵苹果，
> 都长成秋天，结出更多的苹果和饥饿。

我们看见的每一只飞鸟都是他的灵魂。
他布下的阴影比一切光明更热烈，
没有他的歌，我们不会有嘴唇。
但我们唱过并且继续唱下去的，
不是歌，而是无边的寂静。

在这"无边的寂静"之声中，回荡在我的耳际的，是自杀的诗人们留下的永远的绝响。

传统:《启明星》与燕园诗踪

北大的诗人身上始终存在三个可以辨认的传统,一个是
西方现代诗歌的传统,另一个是 80 年代以来朦胧诗的传统,
最后是北大诗歌自身的传统。

——西渡

1990 年 3 月,为纪念《启明星》创刊十周年,《启明星》编辑
部选编了一本近 26 万字的《启明星作品选 1980—1990》。这部作
品选收录了从 1980 年的第一期至 1990 年第二十期中的部分作品,
分为"诗歌卷"和"散文小说卷"两大部分。其中"散文小说卷"只
收入 8 篇作品,而"诗歌卷"却收录了 33 位作者的近 200 首诗作。
可以说,诗歌创作占据了《启明星》的绝对主导地位,这恐怕是符
合燕园文学的创作面目的。20 世纪 80 年代的燕园一度流行这样
的说法:在北大随便扔一个馒头,都能砸死一个诗人,既揶揄了
北大伙食,又描述了诗坛的盛况,一箭双雕,生动至极。这篇对

《启明星》的简单回顾，也体现《启明星》以诗歌的创作作为主要
线索。

　　《启明星作品选》的"诗歌卷"以时间为线索分为四辑。这种分
法大体上区分了燕园诗歌的四个发展时期。第一辑的时间段始于
《启明星》创刊号的 1980 年，终于 1985 年 4 月，是时间跨度最长
的一段，但这一辑却只选了西川、骆一禾、叶田以及西川英语系
的同学陶宁四位诗人的 7 首诗，与时间跨度相比颇不成比例。这
或许说明除了骆一禾、西川等少数诗坛的佼佼者之外，20 世纪
80 年代前期的燕园诗歌尚未显示出群体性的实力。

　　《启明星》的鼎盛阶段大约是从 1985 年开始的。这一阶段海
子、西川已经迎来了他们诗艺的成熟期，并继续在《启明星》上发
表作品。而新一代的诗歌作者已经开始登上文坛并逐渐显示出势
不可当的群体性力量。这便是以中文系八三级为主体的新锐诗人
群，臧棣（海翁）、麦芒、清平、徐永是其中的佼佼者。随后八四
级的恒平、程力以及以俄语系洛兵（杜拉）为首的燕浪诗社（社长
林东威、会员彼得、BC-1、张伟等）也加入《启明星》诗歌作者的
行列。当中文系八五级进入燕园之后，《启明星》迎来了空前繁荣
的一个阶段。郁文、西渡、紫地、西塞、白鸟、戈麦迅速崛起，
显示出与"前辈"诗人分庭抗礼的势头。这一鼎盛阶段一直延续到
1989 年前后，其间中文系八六、八七级的诗人橡子、雷格、蒙
夫、姜蓓、余荒、海客、李方等陆续地显露头角。当 1990 年《启
明星作品选》回过头来检阅《启明星》的作者队伍的时候，上述诗
人们已别无选择地成为诗歌阵营的中坚力量。

　　西渡在中国文学出版社出版的纪念北京大学建校一百周年的

回忆录《北大往事》中撰文指出："北大的诗人身上始终存在三个可以辨认的传统，一个是西方现代诗歌的传统，另一个是 80 年代以来朦胧诗的传统，最后是北大诗歌自身的传统。"在这三个传统中，北大诗歌自身的传统可能是更关键的，它是燕园诗歌得以区别其他诗歌的最重要的标识。《启明星》从它诞生的那天起就一直在塑造着燕园自己的传统。一届届未名湖畔的年轻诗人都在走进这座已经古老的校园之后带着燕园文学传统的或深或浅的烙印又从这座仍旧年轻的校园走出去。每个诗人都在承受着这种传统的影响的同时又参与了对这个传统的塑造。在他们的身后拖着长长的执着求索的足迹直至年轻的生命代价。一本本《启明星》正是这种求索历程的见证。

然而如何概括燕园文学自身的传统却是一件既吃力又不讨好的事情。1985 年问世的第八期《启明星》发表了于慈江一篇文章《我咀嚼几枚青橄榄——〈启明星〉一至七期诗歌漫笔》，是对燕园诗歌 80 年代中期之前的阶段性总结。文章认为燕园诗歌在"通往诗的天国的祭坛下至少有三个大支柱"，其一是对"五四"以来的"新诗化石"的挖掘清理；其二是"对域外文学包括现代派文学的合理意义的'拿来主义'"；其三则是对以朦胧诗为主体的新时期诗歌传统"有扬弃地合理吸收"。这份总结概括了校园诗歌所吸纳的传统，但北大诗歌自身形成了什么样的传统却语焉未详。事实上，诗歌传统的建立最终有赖于代表诗人的出现以及经典作品的诞生。在这个意义上，海子、骆一禾、西川的作用是举足轻重的。西渡在《北大往事》的回忆中把臧棣在 1986 年上半年编选的《未名湖诗选集》的问世看成是与《新诗潮诗集》的出版具有同等意义的大事，可谓颇具真知灼见。臧棣同时撰文《未名湖诗歌面面观》，为北大诗歌勾勒出了一条系统的线索，尤其对海子、骆一禾、西川、陶宁、缪哲、清平、海翁（臧棣）等主要诗人的总结，在燕园诗歌史上更具有划时代的意义。按西渡的说法，通过这本选集，北大诗歌自身的传统"第一次被总结出来，也就是说从此北大诗歌有了自己的'经典'"。对于初学写诗的人来说，这些"'经典'有助于培养正确的眼光和纯正的趣味"，"有助于初学者辨认出自身潜在的个性并在不断的写作实践中把它发扬光大"。

80 年代中期燕园诗歌之所以迎来了它的鼎盛阶段，除了历史本身提供了大环境因素之外，或许与这种"经典"的形成有着更本质的关联。尽管 1985 年以后更具冲击力的一批诗人未必把海子等人的诗视为经典，但是无法低估那种潜移默化的影响作用。当海子的《亚洲铜》中的名句"爱怀疑和爱飞翔的是鸟，淹没一切的是海水/你的主人却是青草，住在自己细小的腰上，守住野花的手掌和秘密"在燕园传诵的时候，一股清新的抒情气息便氤氲在每个诗歌爱好者的心里。当西川的《秋声》在第三届未名湖诗歌朗诵会上博得雷鸣般的掌声的时候，一种开阔旷远的气魄便留在每个听众的记忆之中。西渡便称"对海子的发现，于我是一件大事"，"我在 1988 年前后写的诗是深受海子早期诗歌影响的，用词、气氛都刻意模仿海子"。诗歌是一项必须创新的事业，但它首先是一项代代延续的事业。维系其间的，便是一种内在的血脉和传统。

当海子尚未转向长诗与史诗的创作时，"寓言、纯粹的歌咏和遥想式的倾诉"是他短诗作品三种基本的方式（清平语）。很难断言海子从他的抒情短诗走向鸿篇巨制是不是一种损失，但毋庸置疑的是，他的短诗更直接也更深刻地影响了燕园诗人的创作。洪子诚先生在《中国当代新诗史》中曾这样描述海子："海子早期的抒情短诗，写他梦幻中飞翔的那个世界，那五月的麦地，新鲜而久远的风，鲜花一片的草凉，秋天丰收的篮子……这些浪漫主义的诗作中，少年时代的生活体验升华为对质朴、单纯的原生生命状态的向往。"在诗的想象中追寻梦幻般的质朴、单纯的原生态的生命境界，构成了 80 年代中后期相当一部分诗人的创作倾向。从骆一禾到 BC-l、西塞、白鸟、紫地、郁文、西渡、杜拉，有一条内在的连贯的线索。其中西塞的诗尤其别具一格。他的诗既有西北民歌的单纯质朴，又有洛尔迦谣曲般的委婉和隽永，尤其赢得了女同学的青睐。下面这首《走西口》更是被人争相传诵：

> 我不是为了你才走的
> 西口外那么荒凉
> 你唱一支陇味儿的情歌吧
> 让口外开满你的名字
>
> 西北的姑娘
> 即使成为母亲
> 也是爱花的
> 你姓马
> 母亲便称你马兰

我噙着泪水
走过风声满潮的西口
从此，梦中会是安稳的
我坐在一块冰冷的石上
张望放羊的孩子
太阳血
洗红高原上行走的父亲

我走过西口
口外开满你的名字

西塞有一组诗题为《在民间的天空下》。这组诗标志着他与海子一样，找到了乡土与民间资源。这种乡土，在本质上是想象化的乡土，无法在现实中复制，但对于80年代这一批具有流浪天性与浪子情结却永远找不到归宿的诗人来说，想象中的乡土带给了漂泊灵魂的莫大慰藉。来自江南沪上的郁文也这样向往他的草原：

春天在一棵大树下我独自
想起草原上的旧客店
想起松火
想起马奶酒

我想起那个穿裙子的姑娘
两只眼睛天空般明亮

　　我在她的水罐里痛饮爱情

　　她的小木窗

　　一次次为我打开，又一次次关上

　　想起她把我的爱情

　　编进长长的黑辫子

　　盘在头顶

　　牵直每一个骑在马上的

　　小伙子的目光

　　这些乡土与恋情的诗意想象清新而辽远，却同时有一种飘忽的梦幻感，代表着燕园诗歌的一条主导性的流脉，同时也表征着燕园诗歌的一种共性品格，即体验大于经验，梦想性超过现实感，最终营造的是自足于校园内的纯粹情感化的想象空间。衡量这些诗歌的最重要的尺度便是是否具有天赋的想象。

　　也许更能体现燕园诗歌传统的主导特征的是西川、臧棣所代表的具有学院派气质的写作。这类写作直接从西方 19、20 世纪世界级诗人那里摄取营养。叶芝、庞德、艾略特、里尔克、布罗茨基、金斯伯格、米沃什、博尔赫斯、奥登、埃利蒂斯……一长串诗人的名字构成了学院派写作的资源背景，对中外经典诗歌文本的广泛研读又赋予他们的诗作以浓郁的书卷气。其中最具代表性的诗人可能是臧棣。这是一个其人其诗都获得诗友们交口称赞的诗人。1990 年冬，诗人蔡恒平在一首题为《认识十四行——给臧棣》的诗中十分完美地描述过他：

行走在街道两头的身影飘忽的人，很少驻足等待的人
额头亮大、长发纷扬的人，缄默不语的人，回家的人
风雪中安详地关上身后的两扇小门，顺着楼梯拾级而上
我们当中有谁认识他的面容？或者，谁是他愿意认识的
面容

那是谁呀：夜深人静才开口说话，是与神明交谈
多年过去依然不愿留下让人觉察的痕迹，象四季轮回的
天气
他身穿微服，独自一人出没在城市暗夜的中间道路
这样漫长的巡游曾有一次惊动梧桐叶上秋天的露水

有一天是大地的节日：他从领地归来
带回两束光泽雍容的麦穗
一束别在腰际，一束迎风致意

那是谁呀。这个人身材高大，与人为善
伸出一只手向人间问好，祝福大家
这是多么让人难以认识。因此他是谁呢？

　　这是一个诗人对另一个诗人所可能产生的最好形式的解读，
昭示着诗人之间的理解所能达到的深切的程度。诗人臧棣的确像
蔡恒平描述的那样，在自己诗歌的领地像一个帝王一样进行漫长

的巡游。他收获的诗歌正像"光泽雍容的麦穗"，有一种学院派的华贵气质。这种华贵从另一方面讲也的确"多么让人难以认识"。他的诗有深邃的思想、孤绝的意象以及精心的句式，声名远播的同时也拒斥了一部分读者。这一点也涉及了关于学院派写作的得失的话题，而这个话题则远远超过本文的能力了。

八十、九十年代之交是燕园诗坛又一个重要阶段。这是一个诗人们普遍走向内敛和沉潜的时代。西川、臧棣、麦芒、清平、恒平、西渡都创作了他们诗歌生涯中堪称最成熟的作品，戈麦也迎来了辉煌而短暂的爆发期。《启明星》如实地记录了一代校园诗人从浪漫的激情到凝重的沉思的心灵轨迹。蔡恒平在这个时期著有自选集《手工艺人》和《接近美》。这两部诗集的转向在一批诗人中具有代表性。《手工艺人》的题目本身已经标志着诗人对自我身份的自觉体认。从这种体认中衍生出的创作心理和动机，是把诗歌看成独一无二的无法机械复制的手工艺品。这就使诗歌创作有可能专注于诗歌本身的自律和自足从而达到相对完美的纯粹境地。"纯粹"在诗人恒平的理解中意味着经历了外部世界的纷纭表象之后，向一种最简单也最真实的状态的回归。一切都是难以把握的，一切都是时间的幻象，一切都是过眼云烟，诗人最终所能触及的，可能只是身边最简单的事物。这就是恒平的《肖像十四行》表达的意念："双手能抓住的东西才是事物的本质。"

恒平这一阶段最出色的诗作之一是《汉语——献给蔡，一个汉语手工艺人》。这是题赠给他自己的诗，诗中把"汉语的迷宫"看成是他最后栖身之处，看成是"另一种真实，更高的真实"：

数目庞大的象形文字，没有尽头

天才偶得的组装和书写，最后停留在书籍之河

最简陋的图书馆中寄居的是最高的道

名词，粮食和水的象征；形容词，世上的光和酒

动词，这奔驰的鹿的形象，火，殉道的美学

而句子，句子是一勺身体的盐，一根完备的骨骼

一间汉语的书房等同于一座交叉小径的花园

不可思议，难言的美，一定是神恩浩荡的礼物

因为它就是造化本身：爱它的人，

必然溺死于它，自焚于它。然而仅仅热爱

就让我别无所求

这种对汉语言迷宫的执着，反映了诗人在经历了丧失、弃绝与破碎之后试图在语言世界中获得拯救的心路。对于诗人而言，语言世界是比现实世界更容易把握的实体。在特定时代的体验中，语言世界是比现实世界更真实的世界。这与柏拉图的著名观念大相径庭。语言不再是现实的摹本，我们在语言的存在中比在现实的存在中更容易感受到生命的可靠性与具体性。这多少说明了燕园诗人何以在 90 年代初获得了更坚实的诗歌实绩的原因。这不仅意味着诗歌世界是诗人感到更切实更易把握的实体，而更在于生活在语言中就是生活在更深刻的意义中，就是生活在存在所能展示的无限丰富的可能性中。

恒平认为真正的诗歌如果有唯一一种标准和尺度的话，那就是神的尺度，也正是在这个意义上，恒平认为"美，是难于接近

的"，诗人只能永远趋近于这种神性之美。这也正是他的另一本诗集取名为"接近美"的含义所在。诗人麦芒在《北大往事》中提及恒平"这个艺术家主角最终进一步自称为圣徒蔡"大体上正是这一段时期。

之所以称"圣徒蔡"在这个阶段有代表性，是因为他的诸多诗友都经历了类似的体验。臧棣以长达19首的组诗《在埃德加·斯诺墓前》表达了他世纪性的沉思默想。组诗以"巨大的栖息，犹如天主君临"作为结尾。西川则一以贯之地被视为"一个领取圣餐的孩子"的形象。洪子诚先生在《中国当代新诗史》中这样评价这个领圣餐的孩子："西川的诗常常是宁静而安详的。它表现类乎'天启'的神圣暗示，探求人与自然之间的同一，传达了现代人对于永恒精神的向往。"西渡在缅想但丁的过程中"重新获得了祈祷的能力"，"心地变得象这冬天一样圣洁"；清平的诗则获得了赞美诗一般的澄明与纯净。戈麦则在创作《通往神明的路》的系列诗作，西渡形容他"过的是一种不食人间烟火的圣徒式的生活"。或许只有麦芒是个例外，那一段时间人们传诵着他的《蠢男子之歌》：

> 可怕的死亡教会我放纵欲望
> 二十岁是短命，一百岁也是夭折
> 上天不会再派同样的人
> 顶替我享受那份该得的恩典
> 既然我挣不到什么财产
> 那就索性赔个精光吧

象一只无所事事的雄蜂

交尾一次便知趣地去死

这是典型的浪子心态。但是换另一个角度来看，麦芒未尝不是以浪子的方式在走着圣徒的路，正像黑塞的小说《纳尔齐斯与歌尔德蒙》写的那样，浪子和圣徒最终殊途同归。

把八九十年代之交的燕园诗坛看成一个重要阶段，还不仅因为诗人们创作的普遍成熟，更因为诗人们的创作态度。他们把诗歌看成一项伟大的事业，看成是一种精神，看成是一种生命的挣扎与探索，这就是从先驱者海子、骆一禾以及戈麦那里继承下来的燕园诗歌的更内在的血脉和传统。从此写诗可能不再出于青春期本能的躁动，不再是吟花弄月的无病呻吟，也不再是"后一切主义"时代的名利场的角逐。它变成了一种执着、一种思索，一种向往。

诗人麦芒在《北大往事》中谈到从他所在的中文系八三级开始，"往下，中文系似乎每隔一级都会有四五个写诗的同仁在《启明星》上群体露面，这好像也成了一个不成文的传统。"这一说法是中文系历届学子所公认的。"每隔一级"指的是八三、八五、八七级。八四级最有名的诗人蔡恒平也是因病休学一年才从八三级屈尊到八四级来的。不过八六级仍有橡子、蒙夫、雷格等几个出色诗人，只是在前辈们群休闪亮登场的气势之下被掩盖了些许光芒而已。八八级在 90 年代初也脱颖而出了几个较有潜质的诗人。《启明星》1991 年底出版的第 22 期"诗专号"集中展览了他们的成绩。铁军、蓝强、沈颢、东君是其中比较出色的诗人，但毕竟给人一种辉煌时代的余绪之感。此后《启明星》的传统岌岌可危，直到 1994、1995 年另一个奇数年级——九一级的几位诗人奇迹般的出现。

　　胡续冬、王雨之、冷霜等诗人闯入诗坛在 90 年代中期的背景下有一种横空出世的效果。如此描述并非故意夸大其词，而是想表达一种惊喜。燕园诗歌的某些传统看似断裂，实际上都仍然有无法割断的血脉潜在地传承着。这并不是说胡续冬、王雨之们在重复着前辈们的写作方式，实际上他们对既往的时代以及自己所身处的时代均有着足够清醒的判断。胡续冬有首诗这样开头：

　　　　必须重新开始一场雪，就像
　　　　词语失去光辉
　　　　干裂的树干渴望点灯：一场雪
　　　　代表一头抵着天使的脚趾
　　　　并向悬崖奔跑的
　　　　羔羊

如果脱离开此诗的具体语境，我们不妨把这几句诗看成又一代诗人的自白。诗人们渴望重新点亮一盏诗性之灯，然而这个时代却首先要求他们在天使与悬崖并存的境遇中找好平衡。在某种意义上说，对于诗歌事业而言这是一个更困难的时代。既是诗人同时又是这批诗人中的理论家的胡续冬这样表述他们对这个时代诗歌的理解："一些在汉语现代诗歌抒情传统中相对贫瘠的东西在这个时期渴望得到充实，它们包括：城市语境的无序、个人生活图景、人性的肮脏面、复杂叙述、戏剧性、反讽、戏仿、用典、断片组接以及与色情、病弱有关的生命虚无感和与'大道周行'有关的历史虚无感等等——一个不伦不类但在现象上极度繁荣的中国现时代在社会干预性微弱模糊、信仰背景普遍残缺、知识背景错位紊乱的诗人身上最显著的共振莫过于此。这些东西连同文化中心地位丧失后的'低姿态'面目和诗歌内部技巧的不断成熟、诗人个性经验的最大限度保留将构成在改革开放后成长起来的新一代优秀诗人的主要特征。"这一段表述尽管略嫌晦涩，但仍掩盖不住一种理论洞见的穿透力，它表明燕园诗歌在 90 年代中后期已重新获得了理论前景，尽管更成熟的实践还有待时日。

情境：关于诗歌形式要素的一堂课

　　鲍斯威尔：先生，那么，什么是诗呢？

　　约翰生：唉！要说什么不是诗倒容易得多。我们都知道什么是光，可要说明它却不那么容易。

　　　　　　　　　　　　　　　　　　——《约翰生博士传》

　　小说、诗歌、戏剧和散文这四种体裁中，现代派诗歌相对来说是最难懂的。以往在讲课过程中，不少同学说老师讲的这一首诗他们理解了，但遇到别的诗歌时还是读不懂，因此希望讲点阅读诗歌的方法。这次课的目的，一是主要解读以戴望舒、卞之琳为代表的20世纪30年代现代派的几首诗歌，二是从中归纳、介绍几个进入现代派诗歌的具体角度。

　　其实古今中外关于诗歌的理论最发达，书也最多，比如关于小说叙事学的书差不多是从20世纪中期才渐渐兴起的，而关于诗歌的理论至少从柏拉图时代的《诗学》就开始了。但最复杂，最莫衷一是的领域也是诗歌的领域。首先，关于什么是诗便是一个很难回答的问题。研究诗歌的人一般都知道苏格兰作家鲍斯威尔（1740—1795）在《约翰生博士传》一书中与约翰生的一段对话（约翰生是美国 18 世纪非常有名的作家和词典编撰家）：

> 鲍斯威尔问：先生，那么，什么是诗呢？
> 约翰生答：唉！要说什么不是诗倒容易得多。我们都知道什么是光，可要说明它却不那么容易。

这话意味着给诗下定义是十分困难的事，而指出什么不是诗倒相对容易。但果真如此吗？什么不是诗？留言条肯定不是诗，比如我们可以看看这一个留言条：

> 我吃了放在冰箱里的梅子，它们大概是你留着早餐吃的，请原谅它们太可口了，那么甜又那么凉。

这看上去是一个典型的留言条，一个人偷吃了别人放在冰箱里的杨梅，觉得不好意思，想留个便条道一下歉。可实际上它却是 20 世纪美国大诗人威廉斯的一首非常有名的诗。我们再把它分行重新读一下：

> 我吃了
> 放在冰箱里的
> 梅子

它们大概是

你留着早餐吃的

请原谅

它们

太可口了

那么甜

又那么凉

　　一个留言条分行写，就是一首著名的诗。这意味着诗歌尽管很难从本体意义上给它下定义，但它仍然有一些形式性的因素或者说程式化的要素，决定一首诗之所以是诗。其实我们分析一首诗往往不是从诗的定义和本质入手的，而是从诗歌的形式要素入手的。今天就借助对中国 20 世纪 30 年代的现代派诗歌的解读，简单谈一下诗歌形式要素。

分　行

　　首先一目了然的就是分行。即使是一篇通讯分了行也会有诗的感觉。

　　美国学者卡勒举过一则通讯的例子：

　　昨天在七号公路上一辆汽车时速为一百公里时猛撞在一棵法国梧桐上车上四人全部死亡。

下面试试把这则通讯分行朗诵：

　　　　昨天
　　　　在七号公路上
　　　　一辆汽车
　　　　时速为一百公里时
　　　　猛撞
　　　　在一棵
　　　　法国梧桐上
　　　　车上四人
　　　　全部
　　　　死亡

朗诵时再加以悲哀的调子，还真是一首不错的诗呢。这一点很简单，不多谈。

韵　律

　　从韵律开始，进入了诗学相对复杂的层面。很多背过唐诗的人从小就会感到古体诗的韵律美。几岁的孩子可以什么意思也不懂而一口气背出几十首唐诗来。其中起作用的就是韵律感。为什么现在几乎所有两三岁的孩子，父母都逼着他们背唐诗，而不背郭沫若的《女神》呢，一方面他们认为唐诗有更永恒的经典的文学价值，另一方面也在于唐诗有强烈的韵律感。语言本身是有音乐性的，这种音乐性——一种内在的音节和韵律的美感不仅限于诗，日常语言中也潜在地受音节和韵律的制约。现代诗学的鼻祖雅可布逊曾举了个日常对话的例子。

> 问：你为什么总是说"约翰和马乔里"而不说"马乔里和约翰"？你是不是更喜欢约翰一些？
>
> 答：没有的事。我之所以说"约翰和马乔里"只不过因为这样说更好听一些。

一个女孩子把"约翰"放在前面说，就引起了另一个女孩子的猜疑。但"约翰和马乔里"把"约翰"放在前，正是出于音节的考虑。之所以"约翰和马乔里"更好听，是因为我们在说话时总会无意识地先选择短音节的词。比如，"五讲四美三热爱"，换成"五讲三热爱四美"，就怎么听怎么别扭。小说中也有韵律感的例子。有两句小说中的句子给我留下深刻印象，一下子就记住了。一是乔伊斯《都柏林人》中的句子："整个爱尔兰都在下雪。"一是巴乌斯托夫斯基《金蔷薇》中的一句："全维罗纳响彻了晚祷的钟声。"两句话当时就给我一种震动感。很难说清这种震动从何而来，但"爱尔兰""维罗纳"在音节上听起来的美感因素可能是其中的重要原因。假如把上两个城市换一个名字，如"全乌鲁木齐响彻了晚祷的钟声""整个驻马店都在下雪"，就似乎没有原来的韵律美。所以声音背后是有美感因素的，而且还会有意识形态因素，有文化和政治原因。比如有研究者指出，我们对欧美一些国家名字的翻译，就用的都是特好听的词汇：英格兰、美利坚、苏格兰、法兰西等等，听起来就感到悦耳；而对非洲和拉丁美洲小国的翻译，洪都拉斯、危地马拉、毛里求斯、厄瓜多尔，听上去都巨难听，一听就感到是一些蛮荒之地。这可以说是殖民地强权历史在语言翻译中的一个例子。

现在我们来看台湾诗人郑愁予写于 1954 年的《错误》，它就是韵律感极强的一首诗：

> 我打江南走过
> 那等在季节里的容颜如莲花的开落
> 东风不来，三月的柳絮不飞
> 你的心如小小的寂寞的城
> 恰若青石的街道向晚
> 跫音不响，三月的春帷不揭
> 你底心是小小的窗扉紧掩
> 我达达的马蹄声是美丽的错误
> 我不是归人，是个过客……

开头两句中"走过""开落"在韵脚上呼应，"东风不来""跫音不响"在音节、字数、结构上也有对应的效果。本来单音节词，尤其是介词、连词、判断词（"是"）在诗中一般都尽量回避，但《错误》却大量运用，如"打""如""是"……反而使诗歌的内在音律更起伏跌宕。尤其是"达达的马蹄"有拟声效果，朗朗上口。诗一写出，有评论家说整个台湾都响彻了达达的马蹄声，到处都背诵这首诗。

中国现代诗中最注重诗歌的韵律性的是"新月派"诗人，如闻一多、徐志摩、朱湘等。如徐志摩的经典名篇《再别康桥》和《雪花的快乐》。我们读《雪花的快乐》：

假如我是一朵雪花，
翩翩的在半空里潇洒，
我一定认清我的方向——
飞扬，飞扬，飞扬，——
这地面上有我的方向。

不去那冷漠的幽谷，
不去那凄清的山麓，
也不上荒街去惆怅——
飞扬，飞扬，飞扬，——
你看，我有我的方向！

在半空里娟娟的飞舞，
认明了那清幽的住处，
等着她来花园里探望——
飞扬，飞扬，飞扬，——
啊，她身上有朱砂梅的清香！
那时我凭借我的身轻，
盈盈的，沾住了她的衣襟，
贴近她柔波似的心胸——

消溶，消溶，消溶——
溶入了她柔波似的心胸！

　　这首诗我一直记着的是其中的"朱砂梅的清香"，为什么"朱砂梅的清香"让我难以忘怀呢？我也说不清楚。但是它至少音节很美，像"爱尔兰""维罗纳"，另外朱砂梅是具体的，而具体性是文学的生命。

　　中国现代诗中韵律美的顶峰有人说是现代派诗人戴望舒的《雨巷》(1928)，它使戴望舒一举成名，得到了雨巷诗人的称号。叶圣陶甚至说《雨巷》替新诗的音节开了一个新纪元：

撑着油纸伞，独自
彷徨在悠长、悠长
又寂寥的雨巷
我希望逢着
一个丁香一样地
结着愁怨的姑娘

她是有
丁香一样的颜色
丁香一样的芬芳
丁香一样的忧愁
在雨中哀怨
哀怨又彷徨

她彷徨在这寂寥的雨巷
撑着油纸伞
像我一样
像我一样地
默默彳亍着
寒漠、凄清，又惆怅

她默默地走近
走近，又投出
太息一般的眼光
她飘过
像梦一般地
像梦一般地凄婉迷茫

像梦中飘过
一枝丁香地
我身旁飘过这女郎
她静默地远了、远了
到了颓圮的篱墙
走尽这雨巷
在雨的哀曲里
消了她的颜色
散了她的芬芳

消散了，甚至她的
太息般的眼光
丁香般的惆怅

撑着油纸伞，独自
彷徨在悠长、悠长
又寂寥的雨巷
我希望飘过
一个丁香一样地
结着愁怨的姑娘

这首诗的成功之处在于运用了循环、跌宕的旋律和复沓、回旋的音节。衬托了彷徨、徘徊的意境，传达了寂寥、惆怅的心理。间接透露了痛苦、迷茫的时代情绪。旋律、音节的形式层面与心理气氛达到了统一。但有意味的是戴望舒本人却不喜欢这首诗。也许是因为它太雕琢，太用心，太具有音乐性。戴望舒很快就找到了新的诗学要素。取代了《雨巷》的是《我的记忆》。戴望舒的好友杜衡在《望舒草》序中说：从《我的记忆》起，戴望舒可说是在无数的歧途中间找到了一条浩浩荡荡的大路，并完成了"为自己制最合自己的脚的鞋子"的工作。这浩浩荡荡的大路也是 30 年代一代现代派诗人所走的路。其诗学的重心就在于"意象性"。

意　象

　　意象性是诗歌艺术最本质的规定性之一。诗句的构成往往是意象的连缀和并置。这一特征中国古典诗歌最突出，诗句往往是名词性的意象的连缀，甚至省略了动词和连词。如温庭筠的《商山早行》："鸡声茅店月，人迹板桥霜。"马致远的《天净沙》："枯藤老树昏鸦，小桥流水人家，古道西风瘦马"。这种纯粹的名词性意象连缀，省略了动词、连词的诗句在西方诗中是不可想象的。可以对照一下唐诗的汉英对译，比如王维的诗"日落江湖白，潮来天地青"，它翻译成英语是这样的："As the sun sets，river and lake turn white"。"白"在杜甫诗中可以是一种状态，在汉语中有恒常的意思，"白"不一定与"日落"有因果关系，但是在英语翻译中，必须加上表示变化和过程和结果的动词 turn，过程的是因果关系，而且必须有关联词 As。又如杜甫的诗"国破山河在，城春草木深"。译成英语则是这样："As spring comes to the city，grass and leaves grow thick"，其中表示时间性的关联词 As、动词 comes、grow 都得补足。从中可以看出意象性尤其是汉语诗歌艺术最本质的规定性之一。

　　现代派诗歌的突出的特征就是意象性。《我的记忆》有鲜明的意象性特征：

> 我的记忆是忠实于我的
> 忠实甚于我最好的友人。

它生存在燃着的烟卷上，

它生存在绘着百合花的笔杆上，

它生存在破旧的粉盒上，

它生存在颓垣的木莓上，

它生存在喝了一半的酒瓶上，

在撕碎的往日的诗稿上，

在压干的花片上，

在凄暗的灯上，

在平静的水上，

在一切有灵魂没有灵魂的东西上，

它在到处生存着，

像我在这世界一样。

用实用性语言来说这一大段诗，一句话就够了：我的记忆生存在一切东西上。但戴望舒却罗列了一系列意象，这正是诗歌语言之所以区别于日常语言的本质之处，是意象性的典范之作。另一个典型的例子是废名的《十二月十九夜》：

深夜一支灯，

若高山流水，

有身外之海。

星之空是鸟林，

是花，是鱼，

是天上的梦，

　　海是夜的镜子。

　　思想是一个美人，

　　是家，

　　是日，

　　是月，

　　是灯，

　　是炉火，

　　炉火是墙上的树影，

　　是冬夜的声音。

　　香港文学史家司马长风说，这首诗"不但没有韵，而且不分节，诗句白得不能再白，淡得不能再淡，可是却流放着浓浓的诗情"。它堪称"意象的集大成"，诗人的联想由"一支灯"的意象延展开去，"灯"在深夜中给诗人一种知音般的亲切感，由此联想到"高山流水"的典故。继而触发了一系列比喻，既以具象的意象解释具象的意象，又以具象的意象解释抽象的意象（"思想"）。这首诗的另一个值得关注之处在于，它几乎所有的意象都是具象的，是在现实世界可以找到对应的美好事物，然而被诗人连缀在一起，总体上却给人以一种非现实化的虚幻感，似乎成为废名参禅悟道的世界，具体的意象最终指向的却并非实在界，而是想象界，给人一种可望而不可即的缥缈感，所以司马长风说它洋溢着凄清夺魂之美。

风 格

从意象性随便谈及的是"风格"。意象性是诗歌的普泛的属性，本身没有风格特征，但诗人选择哪一种类型的意象却标志着风格。比如法国象征派大诗人波德莱尔写诗就不回避我们看上去是丑恶的意象，甚至专门写腐烂的尸体，因此被称为恶魔主义诗人。波德莱尔发明的是"审丑"的艺术，专门写尸体。如他的著名的《腐尸》，写一具腐烂的尸体，最奇怪的是这首诗竟是献给他的爱人的：

爱人，想想我们曾经见过的东西，
在凉夏的美丽的早晨：
在小路拐弯处，一具丑恶的腐尸
在铺石子的床上横陈，

天空对着这壮丽的尸体凝望，
好象一朵开放的花苞，
臭气是那样强烈，你在草地之上
好象被熏得快要昏倒。

苍蝇嗡嗡地聚在腐败的肚子上，
黑压压的一大群蛆虫
从肚子里钻出来，沿着臭皮囊，

象粘稠的脓一样流动。

这首诗我当年曾经在课堂上请一位女同学朗读，她读着读着就读不下去了，最后是换了一个高大威猛坚强的男生才把它读完。最后，波德莱尔把联想引向了爱人：

——可是将来，你也要象这臭货一样，

象这令人恐怖的腐尸，

我的眼睛的明星，我的心性的太阳，

你，我的激情，我的天使！

波德莱尔因此获得了"尸体文学的诗人"的称号。这首《腐尸》则使人想起鲁迅的《野草》中的《立论》，体现的是一种直面更真实也更本质的存在的精神。20世纪屈指可数的几个大诗人之一里尔克年轻时曾给大艺术家罗丹当过秘书，他说罗丹有一次对他感叹："我终于理解了波德莱尔的这首《腐尸》了，波德莱尔从腐尸中发现了存在者。"《腐尸》的意象反映的是生存、死亡等人类的最本质的秘密。

与波德莱尔一对比，我们就可以看出，中国20世纪30年代的一大批现代派诗人，尤其是戴望舒、何其芳体现出的是极端的唯美主义倾向，都是"古典美"的体现者。中国的现代派诗人意象的选择上却表现出一种"古典美"的风格。我们今天举的是一个更有代表性的例子，是郑愁予的《错误》，它体现的就是古典美。它的意象有浓厚的传统的江南文化气息，让人神往。

同时有旧诗词的氛围，有古典化倾向。容颜、莲花、柳絮、青石、春帏、跫音……都是古典诗词积淀甚久的意象，它标志了一个唯美主义抒情时代的诗风，风格体现为古典美，是一种极端的唯美主义倾向。这首诗的影响在近几年的新派武侠小说中也体现了出来。温瑞安的一部武侠小说就借用了《错误》做小说的回目，其中一回是："我达达的马蹄是他妈的错误。"另一回则是："我叽里呱啦的马蹄是美丽的错误。"温瑞安正像西方现代派画家为蒙娜丽莎添小胡子一样，是一种后现代的反讽的写作，是调侃，有游戏化的迹象，是后现代主义美学的充分表现，正反衬了《错误》的唯美主义。

情　境

分析现代派诗歌，更好的一个角度是情境。它不完全是意境，而有情节性，但其情节性又不同于小说等叙事文学，其情境是指诗人虚拟和假设的一个处境，按下之琳所说，是"戏剧性处境"。如他的《断章》，是现代诗中最著名的作品之一：

> 你站在桥上看风景，
> 看风景人在楼上看你。
>
> 明月装饰了你的窗子，
> 你装饰了别人的梦。

这是现代诗歌史上最有名的诗。小说家叶兆言——叶圣陶的孙子写过一部长篇小说叫《花影》，把这首诗作为题词，陈凯歌根据《花影》改编的电影（张国荣和巩俐主演）也同样把它作为电影的题词，虽然这是陈凯歌拍的最糟的电影之一。单纯从意象性角度着眼就无法更好地进入这首诗。虽然小桥、风景、楼、窗、明月、梦等也是有古典美的意象，但诗人把这一系列意象都编织在情境中，表达的是相对主义观念。单一的你和单一的看风景人都不是自足的，两者在看与被看的关系和情境中才形成一个网络和结构。这样，意象性就被组织进一个更高层次的结构中，意象性层面从而成为一个亚结构，而总体情境的把握则创造的是更高层次的描述，只有在这一层次上才能更好地理解卞之琳的诗歌。卞之琳的很多诗歌都是情境诗的代表作。再看《航海》：

轮船向东方直航了一夜，
大摇大摆的拖着一条尾巴，
骄傲的请旅客对一对表——
"时间落后了，差一刻。"
说话的茶房大约是好胜的，
他也许还记得童心的失望——
从前院到后院和月亮赛跑。
这时候睡眼朦胧的多思者
想起在家乡认一夜的长度
于窗槛上一段蜗牛的银迹——
"可是这一夜却有二百浬？"

　　诗人拟设的是航海中可能发生的情境。茶房懂得一夜航行带来的时差知识，因而骄傲地让旅客对表。乘船的"多思者"在睡眼蒙眬中想起自己在家乡是从蜗牛爬过的痕迹来辨认时间的跨度的，正像乡土居民往往从猫眼里看时间一样。而同样的一夜间，海船却走了二百海里。如同《断章》一样，《航海》也表现出一种相对主义的观念，即时空的相对性，同时也可以看出航海所代表的现代时间与乡土时间的对比。骄傲而好胜的茶房让旅客对表的行为多少有点可笑，但航海生涯毕竟给他带来了严格时间感。这种时间感与乡土时间形成了对照。最终，《航海》的情境中体现出的是两种时间观念的对比，而在时间意识背后，是两种生活形态的对比。

　　最后再来看《错误》。它更体现了一种情境的美学。它首尾有故事性，令人联想起一个有淡淡的伤感的哀婉的邂逅故事。我们不妨设想，一个江南女子倦守空闺，苦苦等候出远门的意中人，中间几个比喻暗示出女主人公的形象，描绘了一颗深闺中闭锁的心灵。这时候，一个游子打江南小城走过，他可能邂逅了这个女子，也可能暗恋上了她，抑或两个人还发生了爱恋的故事。但一切不过是美丽的错误，最终我只是一个匆匆的过客，在达达的马蹄声中，美丽的故事终于结束了。我曾经让同学根据这首诗歌想象一下可能发生的故事，结果同学们编造的故事有的非常复杂，差不多像一出台湾的电视连续剧。但是再复杂的剧本，它的故事也是确定的，而《错误》这首诗的想象情境却是不确定的，多义的，这就是诗歌营造的情境，它有故事性，但毕竟不是小说。所以它的虚拟的情境就有一种复义性，提供了多重想象的余地。也容纳了多重的母题。首先它是关于江南的一种文化想象。江南可以说是让无数中国作家魂牵梦绕的地方。比如北大的诗人，我们北京大学中文系八五级的系友，1991 年自尽的诗人戈麦，我最喜欢他的诗歌就是几首关于南方的组诗。如《南方》：

> 像是从前某个夜晚遗落的微雨
> 我来到南方的小站
> 檐下那只翠绿的雌鸟
> 我来到你妊娠着李花的故乡
>
> 我在北方的书籍中想象过你的音容
> 四处是亭台的摆设和越女的清唱
> 漫长的中古，南方的衰微
> 一只杜鹃委婉地走在清晨

戈麦是一位更喜欢生活在自己的想象世界中的诗人。在自述中对南方生活的描绘，就是他想象中的南方。但是我们关于南方的想象从哪里来的呢？不知别人怎样，我和戈麦的南方想象都存在于文本之中，存在于古典诗词中，存在于像郑愁予的这首《错误》中。我第一次去南方之前，关于南方的想象都来自文学作品，我早已经建构了关于南方的形象。到了南方之后才发现真正的南方和我想象中的并不一样。奇怪的是，以后我再想起南方，脑海里出现的仍然是文本中的想象化的南方，而不是现实中我见过的南方。这就是文化想象的力量。又比如关于北京这个城市，对于我来说，也存在于想象中。《错误》这首诗在我的南方想象中就占有非常重要的地位。这就是诗化的江南，或者说是古典化的江南。

同时，它也是关于游子的母题，让人想起辛弃疾的词："落日楼头，断鸿声里，江南游子，把吴钩看了，阑干拍遍，无人会，登临意。"这是宋词中不可多得的让人感慨的诗句。

当然它又是深闺的母题，这个深闺紧锁的形象，你可以把它看成是少女，也可以看成少妇。无论是少女还是少妇，这在季节里苦苦等待的形象，如莲花的开落的形象同样让我们心动。

最后是邂逅的主题。"美丽的错误"暗示了一种邂逅或失之交臂的普泛的人生境遇，是我们每个人都可能经历过的，或体验过的，隐含了丰富的美感内容。所以最终我们从情境的视角来理解《错误》，会领悟到其中的一种无奈的命运感。这就是它的最核心的"邂逅"的主题。

"邂逅"是文学家最酷爱的情境之一，它的奥秘就在一次性。而关于一次性的思考，最深刻的小说家是捷克流亡作家昆德拉。他的最重要的小说是《生命中不能承受之轻》，我调查过，这也是北京大学中文系的学生读得最多的小说，读过这部小说的超过半数。小说一开头就在思考关于"一次性"和尼采的关于"永劫回归"的命题，什么是"永劫回归"，昆德拉的意思是，命运只有是轮回的，才有重复，才有规律和意义，否则都只具有一次性，就会像引用一句德国谚语说的那样：只发生过一次的事就像压根儿没有发生过，而我们所说的生活，也就成了一张没有什么目的的草图，永远也完成不了。我的一个同学当年曾一遍遍地给我们讲他在一个假期在安庆坐长江轮渡时的体验。他说他那一次一直远远地注视着一个在船头迎风伫立的女孩子，女孩的红色的纱巾或裙裾迎风飘举。他说那是他有生之年见到的最美丽的一个女孩以及最动人的形象。然而我的同学说他当时最真切的体验是一种彻底的绝望。因为他知道以后可能永远没有机会再遇上这个形象，这次机遇就成为一次性的，留给人的，就是一种无限怅惘的感觉，甚至是一种绝望感。如果按昆德拉的思考，只发生过一次的事就像压根儿没有发生过，我们就可以说，我的同学真的遇见过那个最动人的景象吗？这一次性的机遇带给他的，是一种什么样的意义呢？这就是邂逅的主题以及它的一次性蕴涵的深沉的意味。

我知道很多人都喜欢日本画家东山魁夷的一篇散文《一片树叶》，里面说：

> 无论何时，偶遇美景只会有一次。如果樱花常开，我们的生命常在，那么两相邂逅就不会动人情怀了。花用自己的凋落闪现出生的光辉，花是美的，人类在心灵的深处珍惜自己的生命，也热爱自己的生命。人和花的生存，在世界上都是短暂的，可他们萍水相逢了，不知不觉中我们会感到无限的欣喜。

日本人喜欢樱花，就是因为它的短暂性，樱花是一种比较有意思的花，一棵树单独看不觉有什么了不起，但是漫山遍野地看，就觉得无比灿烂。在樱花开放时节，日本人可以说是倾巢出动，日本电视台还有关于樱花的锋线的预报，预报现在樱花在什么地方盛开。有人一直会从日本的南端追踪到北海道。泰戈尔说，生如夏花之灿烂，死如秋叶之静美，樱花给人的就是这种感觉。既灿烂，又短暂。

东山魁夷的《一片树叶》是影响很大的散文，当年哲学家李泽厚就曾经在《华夏美学》中引用过这篇散文，谈他的生命本体问题："人和花的生存，在世界上都是短暂的，可他们萍水相逢了，不知不觉中我们会感到无限的欣喜。"东山魁夷的感受是欣喜，但是李泽厚认为：

> 这种欣喜又是充满了惆怅和惋惜的……这种惆怅的偶然，在今日的日常生活中不还大量存在么？路遇一位漂亮姑娘，连招呼的机会也没有，便永远随人流而去。这比起"茜纱窗下，我本无缘；黄土垅中，卿何薄命"，应该说是更加孤独和凄凉。所以宝玉不必去勉强参禅，生命本身就是这样。生活、人生、机缘、际遇，本都是这样无情、短促、偶然和有限，或稍纵即逝，或失之交臂；当人回顾时，却已成为永远的遗憾……不正是从这里，使人更深刻地感受永恒本体之谜么？它给你的感悟不正是人生的目的（无目的）、存在的意义（无意义）么？它可以引起的，不正是惆怅、惋惜、思索和无可奈何么？

李泽厚启示我们生命本体充满了偶然性，邂逅之美的本质就表现在它是偶然性与一次性的。正因如此，邂逅才令人难以忘怀。所以东山魁夷说无论何时，偶遇美景只会有一次，两相邂逅就不会动人情怀了。当然我们必须说，一次性的邂逅留给我们的有刻骨铭心的回忆，但是两相邂逅则会有故事。钱锺书在他的小说《围城》中就告诫读者怎样制造故事，他说送女孩子礼物千万不能送书，而应该把书借给她们，这样一借一还就有了两次见面的机会，很多故事就是这样开始的。我当年有个写诗的同学，遇到好看的爱情小说都要买两本，其中一本就是专门准备借给女孩子的。

后记：诗心接千载

　　出于对废名的偏爱，也喜欢上了废名喜爱的一些中国古典诗句。

　　在写于 20 世纪 30 年代的《随笔》中，废名称："中国诗词，我喜爱甚多，不可遍举。"在有限的数百字的篇幅中，他着重列举的有王维和李商隐的诗句："我最爱王维的'春草明年绿，王孙归不归'。因为这两句诗，我常爱故乡，或者因为爱故乡乃爱好这春草诗句亦未可知。"还有李商隐《重过圣女祠》中的两句："一春梦雨常飘瓦，尽日灵风不满旗。"称这两句诗"可以说是前不见古人，后不见来者，中国绝无而仅有的一个诗品"。废名对自己的这一略显夸大其词的判断给出的解释是：

　　　　此诗题为"重过圣女祠"，诗系律诗，句系写景，虽然不是当时眼前的描写，稍涉幻想，而律诗能写如此朦胧生动的景物，是整个作者的表现，可谓修辞立其诚。因为"一春梦雨常飘瓦"，我常憧憬南边细雨天的孤庙，难得作者写着"梦雨"，更难得从瓦上写着梦雨，把一个圣女祠写得同《水浒》上的风雪山神庙似的令人起神秘之感。"尽日灵风不满旗"，大约是描写和风天气树在庙上的旗，风挂也挂不满，这所写的正是一个平凡的景致，因此乃很是超脱。

废名因为"一春梦雨常飘瓦"而"常憧憬南边细雨天的孤庙"，我则因为废名的解读而愈发感受到晚唐温李的朦胧神秘。

除了晚唐，废名还喜欢六朝。日本大沼枕山有诗云："一种风流吾最爱，南朝人物晚唐诗。"用到废名身上其实更合适。废名喜欢庾信的"霜随柳白，月逐坟圆"，称"中国难得有第二人这么写"，并称杜甫的诗"独留青冢向黄昏"大约也是从庾信这里学来的，却没有庾信写得自然。在写于抗战期间的长篇小说《莫须有先生坐飞机以后》中，废名曾不惜篇幅阐释庾信《小园赋》中的一句"龟言此地之寒，鹤讶今年之雪"，称那只会说话的"龟""在地面，在水底，沉潜得很，它该如何地懂得此地，它不说话则已，它一说话我们便应该倾听了"，我对废名在《莫须有先生坐飞机以后》中记录的作者历经战乱年代的不说则已的"垂泣之言"的"倾听"，也正是因为废名对《小园赋》中的这句诗的郑重其事的解读。

还有废名的"破天荒"的作品——长篇小说《桥》。《桥》虽然是小说，却充斥着谈诗的"诗话"。《桥》中不断地表现出废名对古典诗句的充满个人情趣的领悟。如在《桥》一章男主小林有句话：

李义山咏牡丹诗有两句我很喜欢，"我是梦中传彩笔，

欲书花叶寄朝云"。你想，红花绿叶，其实在夜里都布置好
了，——朝云一刹那见。

小说里的女主人公则称许说"也只有牡丹恰称这个意，可以大笔
一写"。在《梨花白》一章中，废名这样品评"黄莺弄不足，含入未
央宫"这句诗："一座大建筑，写这么一个花瓣，很称他的意。"这
同样是颇具个人化特征的诠释。废名当年的友人鹤西甚至称"黄
莺弄不足"中的一个"弄"字可以概括整部《桥》，正因为"弄"字
表现了废名对语言文字表现力的个人化的玩味与打磨。鹤西还称
《桥》是一种"创格"，恐怕也包括了对古诗的个人化的阐释。

　　"黄莺弄不足，含入未央宫"经废名这样一解，使我联想到美
国诗人史蒂文斯的名句"我在田纳西州放了一个坛子"以及中国当
代诗人梁小斌的诗句"中国，我的钥匙丢了"，并在课堂上把这几
句诗当成诗歌中"反讽"的例子讲给学生，同时想解说的是，废名
对古典诗歌的此类别出机杼和目光独具的解读，其实构成的是在
现代汉语开始占主导地位的历史环境中思考怎样吸纳传统诗学的
具体途径。废名对古典诗歌的诸般读解也是把古典意境重新纳入
现代语境使之获得新的生命。在某种意义上废名进行的是重新阐
释诗歌传统的工作，古典诗歌不仅是影响中国现代文学的一种遥
远的背景，同时在废名的创造性的引用和阐释中得以在现代文学
的语境中重新生成，进而化为现代人的艺术感悟的有机的一部
分。正是废名在使传统诗歌中的意味、意绪在现代语境中得以再
生。在这个意义上说，废名是一个重新激活了传统"诗心"的现代
作家。

　　我作为一个中国现代文学的研究者和从事文学教育的教师，对中国传统诗歌中的佳句、美感乃至潜藏的"诗心"的领悟，也深深地受惠于现代作家的眼光。

　　当年在高中课堂上学朱自清的《荷塘月色》，文中引用的"采莲南塘秋，莲花过人头。低头弄莲子，莲子清如水"最早唤起我这个漠北之人对于杏花春雨"可采莲"的江南的想象和神往。

　　而学鲁迅的《记念刘和珍君》，最后背下来的却是鲁迅引用的陶渊明《挽歌》中的那句"亲戚或余悲，他人亦已歌。死去何所道，托体同山阿"，一时思索的都是这个"何所道"的"死"。

　　上大学后读郁达夫，则喜欢他酷爱的黄仲则的诗句"如此星辰非昨夜，为谁风露立中宵"，脑海中一段时间里也一直浮起那个不知为谁而风露中宵茕茕孑立的形象。

　　后来读冯至的散文，读到冯至说他喜欢纳兰性德的"谁念西风独自凉，萧萧黄叶闭疏窗。沉思往事立残阳。被酒莫惊春睡重，赌书消得泼茶香。当时只道是寻常"，后来才逐渐体会到另一种历经天凉好个秋的境界之后依旧情有所钟的中年情怀。

　　读林庚，喜欢他阐释的"无边落木萧萧下"（杜甫）和"落木千山天远大"（黄庭坚），从中学习领会一种落木清秋特有的疏朗阔大的气息。沈启无说当年林庚"有一时期非常喜爱李贺的两句诗，'东家蝴蝶西家飞，白骑少年今日归'。故我曾戏呼之'白骑少年'，殆谓其朝气十足也"。于是留在我脑海里的林庚先生就始终是一个白骑少年的形象，这一"白骑少年"也加深了我对林庚先生所命名的"盛唐气象"和"青春李白"的理解。

　　至于沈启无本人则喜欢贺铸的词"凌波不过横塘路，但目送芳尘去，锦瑟华年谁与度？月桥花院，琐窗朱户，唯有春知处"，称"这个春知处的句子真写得好，此幽独美人乃不觉在想望中也"。这个"幽独美人"由此与辛弃疾的"灯火阑珊处"的另一美人一道，一度也使我"不觉在想望中也"。

读卞之琳，喜欢他对苏曼殊《本事诗之九》的征引：

> 春雨楼头尺八箫，何时归看浙江潮。
> 芒鞋破钵无人识，踏过樱花第几桥。

卞之琳的诗《尺八》和他华美的散文《尺八夜》都由对这首"春雨楼头尺八箫"的童年记忆触发。我后来也在卞之琳当年夜听尺八的日本京都听闻尺八的吹奏，再次被苏曼殊这一"性灵之作"（林庚先生语）深深打动。

与卞之琳同为"汉园三诗人"组合的何其芳则颇起哀思于"胡马依北风，越鸟巢南枝"的比兴，从中生发出的是自己生命中难以追寻的家园感。一代"辽远的国土的怀念者"的孤独心迹正由这句古诗 19 首反衬了出来。

读端木蕻良写于 20 世纪 40 年代的短篇小说《初吻》，则困惑于小说的题记"鸟何萃兮𬞟中，罾何为兮木上"，觉得这称得上是屈原的"朦胧诗"，不若林庚所激赏的以及戴望舒曾在诗中化用过的那句"袅袅兮秋风，洞庭波兮木叶下"那般纯美。

同是《诗经》，张爱玲最喜欢的是"死生契阔，与子成说。执子之手，与子偕老"，称"它是一首悲哀的诗，然而它的人生态度又是何等肯定"。而周作人则偏爱"风雨如晦，鸡鸣不已"。大约鸡鸣风雨中也透露着知堂对一个山雨欲来风满楼的时代的深刻预感。

……

这些诗句当然无法囊括古典诗歌中的全部佳句，甚至也可能并不真正是古诗中最好的句子，尤其像废名这样的作家，对古典诗歌的体悟，恐怕更带有个人性。但现代作家们正是凭借这些令他们低回不已的诗句而思接千载。古代诗人的遥远的烛光，依然在点亮现代诗人们的诗心。而这些现代作家与古典诗心的深刻共鸣，也影响了我对中国几千年诗学传统的领悟。

与读小说不同，读诗在我看来更是对"文学性"的体味、对一种精神的怀想以及对一颗诗心的感悟过程。中国的上百年的新诗恐怕没有达到 20 世纪西方大诗人如瓦雷里、庞德那样的成就，也匮缺里尔克、艾略特那种深刻的思想，但是中国诗歌中的心灵和情感力量却始终慰藉着整个 20 世纪，也将会慰藉未来的中国读者。在充满艰辛和苦难的 20 世纪，如果没有这些诗歌，将会加重人们心灵的贫瘠与干涸。没有什么光亮能胜过诗歌带来的光耀，没有什么温暖能超过诗心给人的温暖，任何一种语言之美都集中表现在诗歌的语言之中。尽管一个世纪以来，中国诗歌也饱受"难懂""费解"的非议，但正像我在本书中引用过的王家新先生的一首诗中所写的那样：

令人费解的诗总比易读的诗强，
比如说杜甫晚年的诗，比如策兰的一些诗，
它们的"令人费解"正是它们的思想深度所在，

艺术难度所在；

它们是诗中的诗，石头中的石头；

它们是水中的火焰，

但也是火焰中不化的冰；

这样的诗就需要慢慢读，反复读，

（最好是在洗衣机的嗡嗡声中读）

因为在这样的诗中，甚至在它的某一行中，

你会走过你的一生。

我所热爱的正是这种"诗中的诗，石头中的石头"。而其中"水中的火焰"以及"火焰中不化的冰"的表述则是我近年来读到的最有想象力的论诗佳句，道出了那些真正经得起细读和深思的诗歌文本的妙处。王家新所喜欢的杜甫"万里悲秋常作客"的诗句，也正是这种"诗中的诗"。在诗圣这样的佳构中，蕴藏着中国作为一个诗之国度的千载诗心，正像在冯至、林庚、戴望舒等诗人那里保有着中国人自己的 20 世纪的诗心一样。

我对新诗研究的最早的兴趣可以追溯到本科二年级时上洪子诚老师的当代文学史课。我从事文学研究的理想也正是在洪老师的课上萌发的。我的第一篇学步阶段的诗歌评论就是因为受洪老师课程的影响，写于本科二年级下学期，题目是《走向冬天——北岛的心灵历程》。我会永远记得 1987 年那个寒冷 1 月的雪后黄昏，自己在故乡边陲小城买到第 1 期《读书》，看到自己的名字印在杂志的封面上时那种难以言喻的狂喜的心情。从这个意义上说，在洪老师的影响下写出第一篇研究性的文章，是促使我走上今天这条以教书和写作为生的道路的重要因由之一，因此，多年来自己一直对洪子诚老师和当年他的课程心存感激。《走向冬天——北岛的心灵历程》发表后，洪老师给我提了宝贵的意见，建议我关注北岛们在 1976 年以前曾经就接触过西方现代派文学的资源，那次在课间向洪老师请教时洪老师的神态直到 20 多年后的今天依旧历历在目。孙玉石老师也对我的这篇诗歌研究的习作给予鼓励。也是在课间。那是本科三年级的第二学期，我选了孙老师现代诗导读的课程，最早培养了我对现代诗歌的文本解读的意识。也正是在孙老师一个学期的课程上，参与诗歌文本解读文字的写作和诗歌解读的课堂讨论，我逐渐感到自己终于一窥中国现代派诗歌的艺术堂奥，也多少决定了我在跟随孙老师读博士学位期间选择"象征主义"作为博士论文的论题。再后来照亮我的则是谢冕老师的《新世纪的太阳》等诗学著作，谢老师开阔的视域和恢宏的气势，使我反思自己在问学的道程中所最为匮缺的精神和气质。这些年我断断续续写的一些诗歌方面的文章，也正是受这几位老师深刻的影响的结果，所以我把这本诗歌论集的编辑，呈献给这几位老师，以表达我对引我走上诗歌研究道路的老师们的衷心谢忱。

进入新世纪之后的十几年中，与谢冕老师、孙玉石老师、洪子诚老师、张剑福老师以及臧棣、姜涛二兄一同参与北京大学新诗研究所的活动，我也加强了关于诗歌的阅读和写作，陆续写出《从政治的诗学到诗学的政治——北岛论》《"一个种族的尚未诞生的良心"——王家新论》《临水的纳蕤思》《尺八的故事》《"辽远的国土的怀念者"》等与诗歌相关的文章，试图从中体味所谓世纪的

"诗心"，也在思考诗歌带给人类的"乌托邦"属性。

　　本书的名字就来自于我对 20 世纪 30 年代中国现代派诗歌所建构的想象世界的体悟。以戴望舒、何其芳为代表的一代诗人对"辽远的国土"的怀念，也正是人类固有的"乌托邦"情结的体现，而诗歌是建构乌托邦想象的最好的家园。但诗歌也是适合"异托邦"想象的"居所"，中国现代诗人也在同时构筑福柯意义上的"异托邦"，进而生成的是 20 世纪远为繁复的诗歌世界。

　　最后感谢晏藜女史热心、细致而富有创意的工作，使这本诗歌论集《辽远的国土》成为我最精美的一本书。

2022 年早春于京北上地以东